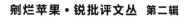

剜烂苹果·锐批评文丛 第二辑

王鹏程 著

批评的德性

作家出版社

王鹏程

1979 年 6 月 9 日生于陕西永寿县。2011 年 6 月毕业于清华大学中文系，获文学博士学位。2012 年—2015 年在南京大学从事博士后研究工作。2015 年被聘为中国现代文学馆第四届客座研究员。2016 年 12 月，被特别破格为教授，并被遴选为博士生导师。现为西北大学文学院教授、博士生导师。著有《马尔克斯的忧伤——小说精神与中国气象》（专著）、《或看翡翠兰苕上》（论文集）、《见著知微——觑尘斋文史论稿》（论文集），编有《陈忠实文学回忆录》。曾获陕西省文艺评论奖一等奖、陕西高校人文社科研究优秀成果奖一等奖、中国当代文学研究优秀成果奖等。

目　录

批评的德性（代序）／1

第一辑

我倾心有事实感的批评／3

先锋文学的"蝉蜕"／6

重建文学批评与文学出版的良性互动／10

"或看翡翠兰苕上"

　　——文学史中的 70 后、80 后批评／14

到处是水，哪一滴可以喝呢？／18

写作的责任：探索生活隐秘，维护人的尊严／23

李準：黄河流不尽／35

《平凡的世界》：青春大海上的精神灯塔／42

高孤决绝的悲情歌手

　　——阎连科散文读札／46

关于新时期以来史诗小说经典化的思考／50

新中国文学七十年：记忆与愿景／55

第二辑

《剑桥中国文学史》"1841—1949"部分错疏举隅／61

"拿来主义"者要"运用脑髓"

　　——从止庵先生的《夏志清的未竟之功》说起／94

魔幻的鬼影和现实的掠影

　　——评余华的《第七天》／ 100

第三辑

秦腔对陕西当代小说的影响／ 109

路遥小说的道德空间／ 122

生命与艺术的淬砺

　　——陈忠实散文论／ 142

安黎：黄土地上的现代"公牛"／ 155

以思想和爱意为犁的垦荒者

　　——评安黎新编散文集《耳旁的风》／ 159

白鹿之后待大雅，斯人文苑足千秋／ 162

"真正的批评不会永远缺席"

　　——在第六届"陕西文艺评论奖"颁奖典礼上的发言／ 167

第四辑

《创业史》的文学谱系／ 171

悲观的诗学

　　——论格非的《春尽江南》／ 196

从"城乡中国"到"城镇中国"

　　——新世纪城乡书写的叙事伦理与美学经验／ 217

越过深渊的见证

　　——论陈徒手的知识分子研究／ 238

正本清源，打开历史与美学的僵结

　　——论李建军的《重估俄苏文学》／ 251

后　记／ 265

批评的德性（代序） 🍂

"德性"这个词，现在人人避之若浼。

跟不少古雅醇美的词语一样，这个词衍生出了新义，同时也被糟蹋、被污染。

提到这个词，人们首先想到的是天津卫的名骂——"瞧，那德性！"这个名词性的非主谓句，"性"读轻声，表示看不起某人的仪容举止、行为作风等。文坛非圣地，向来是非多。你看不惯他的德性，他看不惯你的德性，难免有人按捺不住，喊出一声："瞧，那德性！"这一声喊叫，虽然痛快淋漓，但于"德性"原初表示嘉言懿行的涵义，实在是莫大的浪费和误会。

我们且看看"德性"在东、西方"高尚"的过去。

在中国，"德性"一词最早出现在《礼记·中庸》中，指人的自然至诚之性。子思云："故君子尊德性而道问学。"郑玄注："德性，谓性至诚者也。"孔颖达疏："'君子尊德性'者，谓君子贤人尊敬此圣人道德之性，自然至诚也。"子思所谓的"德性"，是人所固有的向善的天性、义理之性，不过他指出：必须通过学习、实践才能获得。文学批评，本来就是一件"尊德性"而"道问学"的善行，或良药苦口，或吮痈舐痔，或口蜜腹剑，或虚与委蛇，面目各异，固然说不上皆与人为善，但皆可言与文为善。不过，唯有"尊德性"是不够的，这需做子思后面所言的"细密功夫"：须"致广大"，即心胸开阔，不被丝毫的私意所蒙蔽；须"尽精微"，即分析事理精审入微，没有毫厘之差；须"极高明"，即思想观念达到最高、很高的境界。虽不能至，也须心向往之。可惜，我们当下的文学批评，"尊德性"的不少,"致广大""尽精微"与"极高明"以及有这种"细密功夫"的,少之甚少!

汉语里的"德性",后来有了品性、品质、道德的意思。如李渔的《风筝误·和鹞》:"就当才貌都有了,那举止未必端庄,德性未必贞静。"这种"德性"论,实际就是中国人的道德思维——以德论人,以德用人,以德服人,以德治天下,等等。但道德是内在性的自律和约束,只看表面道德,不谈"同情之了解",不谈精神结构,难免逻辑混乱,产生道德绑架。文学批评也概莫能外。不道德的文学批评永远觉得自己是道德的,道德的文学批评可能被指责为不道德的。因而,这种从道德的维度讨论文学批评的"德性",不在本文题旨之内。

西方的"德性",最初的涵义比汉语宽深了许多。古希腊的 arete(德性),指人因为"卓越"而获得"荣誉"。这个"卓越",不单指道德,包含着人所能拥有的各种优点,包括心智、肉体、实践等方方面面。可以说,"德性"就是将知识上的"认识你自己"与实践上的"成就你自己"完美结合起来,从而成为卓越的人。然而,后来人们将 arete 翻译成"美德"或"德性",涵义被压缩在道德评价的狭小范围之内,"丧失了所有的希腊风味"。联系到文学批评,文学史上希望通过"卓越"而获得"荣誉",从而具有"德性"的批评家,应该为数不少。但这是一个美好的奢望,历史上获得这种"德性"的批评家,实在是寥若晨星。以中国当代文学批评而言,我们不乏所谓的杰出、卓越甚至冠之以大师名号的著名批评家,但若从古希腊意义上的"德性"来看,我们有"德性"的批评家,掰着手指就可以数过来。获得古希腊意义上的"德性"是非常困难的。《美诺篇》中,苏格拉底跟美诺的对话也显示了获得"德性"的难度。美诺问苏格拉底:"德性可以教授吗?还是说德性是通过实践获得的?或者,德性既不能教也无法通过实践获得,它就是一种天性?"这个问题很难回答,实际上每个人只有以自己的言行才能获得答案,这个答案也唯此才有真正效用,才有实际意义。无论怎么说,对于文学批评而言,获得古希腊意义上的"德性",虽是陈义甚高的学术期望,但也该是文学批评的理想目标。

"德性"在东西方还有一种共同的释义，那就是该事物成为该事物的本性。这是本文的中心，也是这本书的主旨。

那么，本文所谓的文学批评的"德性"是什么呢？姑且申论如下：

从本质上看，文学批评是批评者对批评对象的客观审视和主观把握，是一种包含着事实判断和价值甄别的创造性的审美活动。从人格精神上，它要求批评者是自由的、独立的、自尊的、求真的；从学养储备上，它要求批评者熟悉批评对象所属的专业领域，具有扎实的基本知识、精深的专门知识与广博的辅助知识；从眼光见识上，它要求批评者熟悉创作者，熟悉批评对象隶属的艺术谱系，对之有深刻的反思，并有可靠的经验支持和远大的批评理想。以上三者，是一切有价值、有意义的批评有效开展所必须遵从的基本原则，倘若违反了一条，得出的结论可能就要大打折扣，甚至毫无价值。具备了以上三条，才可以进入批评活动。

而具体的批评活动，从以下两个方面展开：

首先，批评者对批评对象的事实判断，尽可能追求客观性，即严羽所谓的"论诗若哪吒太子，析骨还父，析肉还母"，亦即西谚所曰的"把恺撒的还给恺撒，把上帝的还给上帝"，不扩大，不缩小，不遮蔽，不粉饰，"惟精惟一，允执厥中"。

其次，批评者对批评对象作出的价值甄别，要"好处说好，坏处说坏"，不吹牛拍马，也不目中无人；不捧杀，亦不骂杀；不胡乱比附，大肆发挥，亦不漠然视之，妄下断语。而是将其置于其所属的艺术长河与当时的发展进程所形成的坐标系中，给出一个深中肯綮的判断和恰如其分的位置。价值甄别是主观性的审美活动，因批评者的差异而有所不同，也允许有一定的偏差和误判。我们知道，即使一流的批评家，也有看走眼的时候，但客观性的审美经验始终拘牵限制着价值甄别的准确度和可信性，批评者只能在这种隐形的传统和经验所限定的范围内，揭示其所达到的程度以及对传统的继承与发展。其有效性以及价值和意义的大小，取决于这种揭示的客观性与精确性。倘若超出这个范围，硬要将老虎说成猫，或者把蚂蚁说成大象，其就不成为价值甄别和文学批评，而是成了滑稽闹剧或天方夜谭了。

以上是我所理解的文学批评的"德性"。

这种"德性"，在我看来，是文学批评的基本要义，也是文学批评的理想愿景。当然，还有古希腊意义上的可望而不可即的"德性"批评。这本小书，贯之始终的，就是努力试图回到"德性"即"本性"——这种东西方释义一致意义上的批评。但由于本人才质愚鲁，精力所限，所得如鼹鼠饮河，不过满腹。聊以慰藉的，是自己不曾停歇，并会坚持下去。

2020 年 4 月 7 日于长安小居安

第一辑

我倾心有事实感的批评

　　文学批评作为一种审美体验和价值判断，"知多偏好，人莫圆该"。那么，批评诸要素中最关键的是什么？学识、视野，抑或眼光、方法……？窃以为，最关键的还是事实感——艺术经验里真理性内涵的呈现。正如伽达默尔所言：艺术作品的真理性既不孤立地体现在作品上，也不孤立地存于审美主体上，而是存在于过去与现在的沟通，以及"不断更新的被经验的实在性"[①]上。这就决定了事实感是一种无形的"软能力"，是一种看起来极为普通而又十分难得的批评才能。但它无疑是批评的生命线，关系到批评的可靠感和有效性。

　　缺乏事实感，批评就会"东面而视，不见西墙；南面而视，不睹北方"。批评是知识与思想、美感与经验、事实与判断力融合而成的一种高度个人化的结构和能力。学识渊博、视野开阔、眼光深邃等的重要性不言而喻，是保证批评活动有效的必要条件。但这些并非充要条件，不能保证形成恰切得当的判断。批评活动的可靠与有效，除了基于这些要素形成的审美经验之外，决定性的因素是建立在事实感之上的判断力。艾略特在《批评的功能》中曾提醒道："批评家必须具有非常高度发达的事实感。这绝不是一个微不足道的或常见的才能。它也不是一种容易赢得大众称赞的才能。事实感是一件需要很长时间才能培养起来的东西。它的完美发展或许意味着文明的最高点。那是因为有这么多的事实领域需要去掌握，而我们已掌握最外面的事实领域、知识领域，以及我们所能控制的最外

3

---

① 洪汉鼎：《阐释学Ⅰ：真理与方法·译者序言》，〔德〕伽达默尔：《阐释学Ⅰ：真理与方法》，洪汉鼎译，第Ⅸ页。北京：商务印书馆，2010年。

面的领域，将被更外面的领域用令人陶醉的幻想包围起来。"①批评是全面的、综合性的活动，它不仅需要理论和技巧，更倚重于文学知识和生活经验而形成的价值尺度和事实理性。这种事实感的形成，漫长而艰难。它面对人类的文学传统和价值经验，立足于现实生活，在批评主体的审美经验、批评实践与自我反省中不断砥砺，不断增长，最终趋于正确得当的差别意识和价值等级。

批评的事实感置身于人类的文学传统和价值经验之中，并在与现代审美经验的双向互动中"守故鼎新"，判断批评对象把握现实的宽广程度、深入本质的深刻程度，阐明它说出的能力及"时代"价值与"历史"意义。由于种种因素，人类与文学传统和价值经验的联系会发生偏移、弱化，与世代累积的尺度和经验发生隔膜，甚至被拦腰砍断，只能看到脚下的地面。这就更有必要在向传统与经典的返归中寻找经验支持和价值支援。这种"返归"会告诉我们：什么是文学中持久而过硬的东西，什么是可以"确信"的，一部作品有什么样的意义，应该摆放在一个什么样的位置。批评家在向文学传统和价值经验的不断返归与调整中，阐释现实，发明传统，重塑传统，获得抓住要害、指明关键的批评能力，从而促进文学的鉴赏、批评与发展。

二十世纪以来，由于"新批评""结构主义批评""解构主义批评"等的影响，文学被理解为语言、结构、象征、修辞、体裁等有限的内在关系或无边的意识形态，人类存在广泛共识的价值等级体系摇，文学趣味颠倒混乱，相对主义大行其道，文学批评庶几成为文学发展的障碍。文学价值不能仅从审美价值或者意识形态蕴含来确定，文学作品内在意义上关联着语言、结构、形式等因素，并形成整体性的审美效果和价值倾向。这种整体性的价值无法单独存在，每一方面都是构成价值的内在本质。而判定这种整体性的内在价值与传统、现实以及未来的关系，正是文学批评的要务。

4

---

① 〔英〕艾略特：《艾略特文学论文集》，李赋宁译，第83—84页。南昌：百花洲文艺出版社，2010年。

有事实感的批评，历史意识鲜明，将传统现实化，将现实传统化，探索传统发展的逻辑与批评对象深隐的秘密；其关注文本的整体性，寻找沟通历史与现实的节点，能以特殊的方式突出那些被忽略的，然而却有重要意义和整体价值的一切，能肯定那些逸出传统的戛戛独行的"创造"。以事实感为支撑的可靠价值区域，同批评者的知识、感觉、经验熔铸为敏锐的感受力、可靠的判断力和对真理性内涵的固执追求：不被理论拘囿，不被现实限制，不被现象迷惑，不被派别蒙蔽，能以敏锐的洞察、深邃的目光与清澈的理智，刺透深遁于批评对象外部的真实意图；能够克服暂时性和相对性，同过去、现在与未来所构成的意义世界建立联系，确定其在何种程度上实现了所属的艺术门类的发展要求，并探寻新的端倪和趋向。

文学批评是在过去与现在之间建立联系并获得意义的真理性活动，事实感像航标一样，起着决定性作用。事实感是一切批评活动可靠、有效的先决条件，是一切杰出批评家无不具备的突出才能。这也是文学批评获得生命力的唯一通道。

2016 年 12 月 10 日于长安小居安

先锋文学的"蝉蜕"

先锋文学从二十世纪八十年代中后期的兴起，到九十年代的转型以至新世纪的"蝉蜕"，屈指算来，已有三十多个春秋。这三十年间，先锋文学的探索为当代文学带来了新鲜的血液，在叙事形式、叙事技巧以及语言风格等方面带来了崭新的经验，对整个当代文学产生了广泛的影响。比如李洱老师前段时间在"纪念先锋文学三十年国际研讨会"上谈到先锋文学对《白鹿原》的影响，我们可以看到《白鹿原》对魔幻现实主义的借鉴和化用。如果反观这三十年的中国文学历程，先锋文学所引入的叙事经验对很多作家都产生了或隐或显的影响。在八十年代中后期，可以说这种影响是整体性的、覆盖性的。九十年代以后，渐渐由集体性的影响变为个体性的影响，直至今天，这种影响依然在持续。在 60 后、70 后甚至 80 后的作家身上，我们都可以看到。先锋文学当然也存在着这样那样的问题，但不可否认的是，先锋文学参与构建了当代文学的格局，丰富了当代文学的生态，一定程度上规范和引领了当代文学的努力方向和创作潮流，并表现出持续坚韧的文学生命力和创造力。

八十年代中后期，先锋文学登上文坛时，自觉表现出对小说形式的整体迷恋，如过度迷恋形式，语言的反叛和反对传统逻辑型的结构，与传统的审美趣味和艺术追求相去甚远，使读者和批评家接不上榫头，出现认同危机；没有在其文学资源中创造出新的经验，令读者和批评家失望；等等。这种写作空间和批评空间的重合困难，使得先锋文学的评价出现很大的争议。九十年代以后，先锋文学出现了"裂变式"的叙事转型，由形式和叙事的实验向日常生活叙事和古典传统叙事挪移或者回归。这种转型，当然有一些论者所言的迎合通俗大众的审美趣味、适应欲望化的生活伦理，但更多的是先锋文学自身对小说实验兴趣的衰减，反抗精神的不足，以及形式空间资源枯竭和创造力的匮乏等带来的调整。九十年代后由于市场经济、消费浪潮的冲击，网络媒体的发达，先锋文学陌生化的形式被挤对到边缘化的处境，这种"虚伪的形式"很难得到官方以及批评家的认同。因此，他们的反叛精神、超越姿态逐渐弱化，几乎又是不约而同地放弃了纯粹的叙事和形式上的探索，在先锋的"雅"和日常的"俗"、现代的"新"和传统的"旧"之间寻找调整之道和突围之路。所不同的是，作为整体的先锋派出现了裂变，已很难作为一个整体来审视和考察。它们呈现出不同的叙事追求和美学形态。残雪和北村固守先锋阵地；余华和苏童回归传统现实主义；马原和孙甘露或搁笔蓄势，或逐渐淡出文坛；格非、潘军、洪峰在先锋和传统之间寻求融合和突围。总体而言，蝉蜕后的先锋文学回归日常叙事，"曾经在小说创作中致力于表现自我与现实、自我与历史、自我与他人之间的紧张关系的先锋作家，这时频频瞩目于俗世人生，打出了'欲望的旗帜'，描绘起'活着'的本相，创作方法上向传统写实文学全面撤退"[1]。他们注重故事情节的讲述，弱化了小说形式的陌生化、弱化了对历史的兴趣和精神性等因素，增强了通俗性。我们看到，不少转型后的作品纷纷触电，如余华的《活着》，北村的《周渔的喊叫》，苏童的《妻妾成群》《红粉》《米》等，潘军的《合同婚姻》《重瞳》（改编为话剧，还自编自导自演了《五号特工组》等多部电视剧），马原从事文化宣传片的制作，等等。当然，他们的转型并没有停止，余华的《活着》《许三观卖血记》《兄弟》《第七天》、马原的《牛鬼蛇神》、苏童的《黄雀记》、格非的"江南三部曲"等，摆脱了"生搬硬套西方现代主义小说创作方法上的局限，更为中国化了一些"，也更为成熟了一些。"余华走向了意义，孙甘露则走向语言，苏童等走向诗化。小说的确被他们写得'不像小说'了。"[2]如果要考察先锋文学的贡献和与当下文学创作

---

① 王爱松：《当代名作家的创作危机》，《文学评论》2005 年第 1 期。
② 张语和：《重估先锋文学的意义》，《文艺争鸣》2007 年第 6 期。

的关联，必须将其置于当代文学的发展脉络之中，从现象入手，来分析其贡献和意义。我觉得有以下几个方面：

先锋文学打破了政治性、社会性文学以及反映论的现实主义的束缚，通过叙事形式的创新，构建了新的主体意识和文本形式，为中国当代文学提供了具有典型意义的"有意味的形式"，如果说传统现实主义文学注重的是"写什么"的话，先锋文学则注重的是"怎么写"。先锋文学对元小说借鉴，在叙述结构、叙述视角、叙述语言等方面的革新，冲破了之前长期的形式沦为内容附庸的牢笼，在精神维度上，贯彻着西方现代主义的理论思考和深刻的哲学探寻，表现出对西方现代主义艺术形式的吸纳借鉴和对西方现代主题的认同，为单调死板的中国文坛带来新鲜的空气，苏醒了创作者的主体意识，完成了中国文学的深层自觉。

先锋文学的兴起，是当代文学学习西方现代派文学的过程。这一时期掀起的"中国文学如何走向世界"的大讨论，也是先锋文学所引发的。他们提出的一些问题，在今天依然是值得思考的文学命题，如文学与读者的关系问题、小说的语言问题等等（先锋小说家们从西方哲学的语言转向及后现代主义文学作家那里看到了语言的特殊意义，索绪尔有关能指和所指的理论给他们提供了一扇通往语言本体论的大门，乔姆斯基、维特根斯坦等人给了他们进一步的启示。"语言是文学的生命，是文学存在的世界"[1]的观点深入他们的思想，可以说，他们的语言观是对语言工具论的一次彻底反叛，他们所认同的是语言本体论）。实际上，不光现代主义文学，整个世界文学潮流都涌了进来，对中国的文学观念进行了洗涤和更新，使得作家的创作更为自觉，也使得当代文学有了一种世界眼光。

先锋文学在九十年代的蝉蜕之后，有不少先锋作家将目光投向了传统，取得了较好的成绩。如高行健《灵山》《一个人的圣经》将目光投向道家文化和《山海经》等传统经典，体现出楚湘文化的

---

[1] 〔法〕罗兰·巴特（Roland Barthes）：《符号学美学》，董学文、王葵译，第4页。沈阳：辽宁人民出版社，1987年。

特征和鬼巫气氛；格非则学习吸收《红楼梦》《金瓶梅》等传统经典的意境、语言，展现出全新的审美经验；苏童的《碧奴》则重新阐释演绎孟姜女哭长城的传说，对人的心理、情绪和欲望的表现具有浓郁的先锋精神和现代品质。对于这些作家而言，如何在回归传统同时，保持在叙事、形式方面的探索的激情，并能熔之为一炉，创造出具有高度个人化特征和鲜明风格的作品，成为他们的创作追求。就此而言，所谓先锋文学的"终结"其实只是表层现象，先锋的地火其实一直在运行。其他如史铁生、阎连科、李洱、刁斗、李锐、蒋韵、艾伟、东西等仍在矢志不渝地进行着叙事探索，表现出先锋的精神或品质，"这些同样运用先锋叙事方式的作家们同时更把小说理解为某种关乎于精神的事物，真正地在形式与精神有机结合的层面上对于中国当代小说的发展演进产生了扎实有效的推进作用"①。一时代有一时代之文学，一时代亦有一时代引领风气的先锋文学。先锋文学作为一个整体虽然早已瓦解，但作为个体的先锋文学一直没有停止探索。正如洪治纲所言，"真正的先锋就是一种精神的先锋，它体现的是一种常人难以企及的精神高度，是一种与公众意识格格不入的灵魂探险。只有作家的精神内部具备了与众不同、绝对超前的思想禀赋，具备了对人类存在境遇的独特感受和发现，他才可能去寻找新的审美表现方式，才有可能去颠覆既有的、不适合自己艺术表达的文本模式"②。先锋正如时代弄潮儿，谁能手把红旗永不湿？就此而言，捍卫先锋，就是捍卫文学的未来。

2015 年 12 月 18 日于长安小居安

---

① 王春林：《新世纪长篇小说中的先锋叙事》，《文艺争鸣》，2010 年第 8 期。
② 洪治纲：《捍卫先锋，就是捍卫文学的未来》，《文学报》2009 年 1 月 22 日。

重建文学批评与文学出版的良性互动

文学批评与编辑出版的关系，我是个门外汉，简单地谈谈我的看法，以期抛砖引玉。

看到这个议题的时候，我就想起哈佛大学出版社的林赛·沃特斯 2004 年出版的一本书:《前途的大敌:出版、出局和学术研究的衰落》。他在开头引用了沃尔夫冈·泡利的一句话作为题记:"我不在乎你思维缓慢。我看重的是你出版比思考快。"沃特斯在书中提出"不出版，就出局"的学院体制与某些编辑、出版单位的一些不合理规则合谋，给学院中的学者们，特别是年轻学者，造成了巨大压力，并会在一定程度上导致学术研究的衰落。就中国而言，这个问题更为复杂。

考察新世纪的文学批评与文学出版，"市场化"是一个无法回避的核心问题。文学出版在市场原则特别是消费主义观念主导下似乎表现为完全按照市场逻辑运行，出版成为"文化工业"的一个重要组成部分。"市场化"使出版社发生了根本转变，比如文化事业变成了文化产业、文化工业，传统的出版由单纯生产转为生产经营性的，传统的纸质媒介转为大众传媒。这些不但改变了文学出版的外在环境，同时也使得文学出版原则、理念、价值、导向、评价，以及与作者和读者的关系等内在因素发生重大转变，效益、市场、影响等成为主导型的因素，消费价值压倒了审美价值、精神价值和社会价值。从出版社到编辑到作者，都表现出对文学本身的轻视和忽略，文学批评的格局也呈现出前所未有的复杂性。一方面，是"批评的危机""批评的缺席""批评正在退化"的慨叹，大家觉得文学批评在转型的时代愈来愈艰难，批评的失语症愈来愈严重。另一方面，是批评话语的膨胀，后现代、后殖民等批评概念、名词、话语急速膨胀，批评众声喧哗，体现出严重的不及物、不在场的尴尬。我们觉得批评找不到自己的根据，批评无言的痛苦和有言的空洞成为我们这个文学时代深刻的精神主题。近年来，随着新型电子媒介的勃兴，以纸质为媒介的印刷文化受到了严重的冲击，传统意义上的文学出版已经到了边缘化的位置。在这样一个大背景下，专业化和小众化的文学批评更是遭遇到了前所未有的困境。当然我们也不乏有责任和有担当的出版机构和刊物的坚守，比如《南方文坛》的"今日批评家"专栏（年初结集为《批评的初心》）、《文学报》的"新批评"专栏（2012年出版的《文学报·新批评文丛》系列文丛共五辑八十万字）、北岳文艺出版的"火凤凰新批评文丛"（2017）、云南人民出版社周明全策划的"'80后'批评家"系列以及他的《"80后"批评家的枪和玫瑰》等，都用坚韧的努力，体现出文学批评与出版的良性互动，一定程度上改变了文艺批评的生态。但这种努力和互动就庞大的中国文坛而言，还是太少了，还远远不够，可以说仍是一种不平衡的微弱的互动关系。那么，在这样一个复杂的社会环境和文学场域当中，文学批评和文学出版如何建立良性的互动呢？我觉得可能应该从以下方面着手：

一、在市场化的出版环境下，文学出版机构要有自己的出版理念、出版追求，能够建立自己的出版规则，确立自己的出版品牌，树立自己的出版精神，形成稳定的出版风格，开拓出自己的出版阵地；同时能够体谅文学批评出版的专业性和特殊性，考虑到其主体性，通过其他出版物的反哺，保证文学批评出版的质量。当然，做到一定程度的时候，即使专业性的文学批评出版，也会获得巨大的市场份额和经济效益。行业内当然也有例子，比如广西师大出版社。这里我想以《纽约时报·书评周刊》为例。我们都知道，这个1896年创刊的刊物有很高的权威性，在美国乃至全球都有重要的影响，它强有力地影响着图书的销售乃至出版社的命运。首先是源于办刊人严肃、严谨、认真的作风。其次，它们有一个公正的、科学的选书和分书系统：出版社在图书出版前的四个月，将要评介的校样送到该刊。该刊组织编辑"预读"，并写出"阅读报告"，一般每个编辑平均每天阅读两本书。每逢星期日，刊物执行编辑召集编辑讨论，最后决定评价哪些书，并确定谁来撰写书评、谁来做书评的编辑，即集体讨论选出适当的书、适当的书评人、适当的编辑。再者，他们的书评撰稿人遍及全球，都是相关领域内的专家，基本上避免了圈子批评；接到书评约稿后，一般在一个月内完成任务，时间也较为充裕。如此一来，保证了书评的质量，使其具有一定的公正性、客观性和权威性，这就是《纽约时报·书评周刊》的成功法宝。我们的文学出版也可以借鉴其经验，对文学批评的时代趋向、风格趣味、探索追求等有一个准确的把握，打破前工业时代单枪匹马的手工作坊的做法，使得我们的出版形成充满活力的内在机制。

二、文学出版机构要给编辑自由的空间和成长的环境，使得他们能够成长。在出版社企业化以后，编辑的收入与出版物的效益直接挂钩，使得他们面临巨大的生存压力。编辑的作用，正如罗贝尔·埃斯卡皮所言："同助产医生的作用相似，并不是他赋予作品以生命，也不是他自己的一部分血肉给它们并养育它。但是，如果没有他，被构想出来并且已临近创造的临界点的作品就不会脱颖而出。"编辑参与作品意义的建构和最终完成，其责任和义务是将作者的作品引向集体生活，从而获得社会意义。他们同作者以及读者是一个文学利益的共同体，市场、效益只是附加的产品。如果本末倒置，将这精神的共同体置换成消费的共同体，就完全纳入了文化工业生产的逻辑，那么，出版的精神效益往往会降到最低点。九十年代以来，强大的市场力量改变了以往编辑与作者与读者的关系，经济效益的最大化成为主要的追求目的。

三、编辑也要不断完善自己，培养自己的识见、眼光，朝着学者化和专家化的方向发展。编辑绝不是文化审美场域中的"陪衬"，他们的审美选择和文化判断对出版物的质量有着决定性的作用。同时，与作者的交流互动具有互补性，会达到出版物价值的最大化。当他们作用于社会群体时，在双向维度上最能建构起互动效应。本来，编辑的学者化、专家化是中国现代出版业产生以来的一个特色和传统，比如茅盾与《文学月报》、郁达夫与《创造》、徐志摩与《新月》、林语堂与《宇宙风》、张中行与人民教育出版社、傅璇琮与中华书局等。编辑的眼光和水准往往决定了出版物的水准。这些编辑，自己也是著者，将文学与文化的生产、助动、校正、传播等诸多功能集于一身，使得出版品趋于完美。由于出版的市场化和效益化，这样的一个良好的传统已经丧失殆尽。我们呼吁我们的编辑和出版机构能够有所为有所不为，能够在时代的风浪中占稳自己的领地，为文学批评的出版、为文学出版，提供厚实温暖而又舒适温馨的精神产床。

四、出版机构既要垦殖大片的绿地，也要善于栽种培育单个的批评苗木。既要建立诸如"今日批评家""火凤凰新批评文丛""新批评文丛""'80后'批评家文丛"这样的批评阵地，推出大批优秀的批评家，同时也要不择细流，通过批评书系等形式，为优秀的批评个体提供生存的土壤。当大量的单个树苗蔚然成林时，我们的批评生态也就逐渐趋于健康完善。其也会以巨大的精神效益和社会效益反哺出版机构，形成文学批评与文学出版的良性互动。虽然电子传媒对传统出版业造成了一定的冲击，但我觉得对文学批评这个很小众化的领域影响并不是很大，纸质出版依然主导着专业性的阅读。未来，依然属于那些风格鲜明、立意卓远、真正能够影响文学批评和文学发展的出版物和出版机构。

以上是我的几点浅见，请各位前辈、老师、专家、同仁批评指正。谢谢大家！

2016年5月26日于武汉洪山

"或看翡翠兰苕上"
——文学史中的 70 后、80 后批评

"人事有代谢，往来成古今。"①稍微留意一下，我们就会发现，70 后、80 后批评家已郁郁葱葱，蔚为可观，虽未呈现出整体性的气象，但已经取得了令人瞩目的成绩，极个别批评家甚至已光芒熠熠。这不仅仅由于他们的睿智、才华与努力，也缘于莫之能御的时光之河。70 后批评家已过"不惑"，80 后批评家也已"而立"。他们之间，最大的相差近十岁，最小的相差微乎其微。因为早生或晚生几小时几分钟，竟被荒唐地划为另一代人。且不论这种划分在学理上是否可靠，以及他们尚在发展之中潜藏的未知可能，如果硬要透过文学史这个窗口来定位他们，我们还是能归纳出一些特征：他们有着敏锐的问题意识、扎实的理论功底和开阔的学术视野，但缺乏正确得当的甄别能力和差别意识，缺乏独立性、介入性和创造性，难以揭示出作品背后潜在的、作家难以表明的东西，尚未在个人批评和整体的文学思潮互动中，建构出具有双向互动功能的批评话语，尚未在共时性和历时性交错的坐标系中构建文学及批评的清晰图景，搭建起个性鲜明的批评话语体系。他们或许已看到了兰苕之上的翡翠鸟，但还没有掣鲸鱼于碧海之中。

文学批评是一种寻找差异的审美活动，甚至可以说，寻找差异是一切真正批评活动的唯一目标。批评这个词源于希腊动词 hrinein，原意为分开或选择，也就是区分的意思。批评不仅要寻找各个文本之间差异的准则，同时也要探求各个文本的独特歧义。就70 后、80 后批评家而言，他们的生活、教育和学术训练，呈现出

14

---

① 孟浩然:《与诸子登岘山》。

很大的一致性。他们生活的时代理想主义已经消解，文学的价值等级层次解体，相对主义、折中主义甚为流行。对绝大多数人而言，文学已没有了神圣性，已不是纯粹的精神上的追求，仅仅是一种职业或谋生的方式。他们在九十年代或新世纪初接受的文学教育和学术训练，重理论，轻阅读，愈是熟悉各种理论、各种主义，结果距离文学也愈来愈远，文学感受力随着理论的熟稔"七窍凿而混沌死"。而关键的文本细读能力、整体透视能力孱弱，没有在经典和元典的涵泳咀华中形成稳定的审美感受力和判断力，这些都决定了他们批评的质量。

　　70 后、80 后批评家，大致有以下几种类型：一是"屠龙派"。他们熟练地运用各种理论，寻找可以关在笼子里的鸟儿，解方程式般地分析阐释各种创作现象和文学作品。任何作品经由他们理论的机床，都能变幻出令人目迷的眩晕。这种批评没有美感体验，难以揭示出作品的蕴含，痴迷寻找自己有用的材料，率尔操觚，侃侃而谈，滑行在表层，成为一种不及物的理论饶舌。并不是不能运用理论，而是必须考虑到理论的具体性、切合性和有效性。批评是基于个人审美经验上的审美判断，真正意义上的批评必须是从作品到理论，再从理论来审视作品，在文学史的谱系和现实的文学场景中作出价值和意义的判断。从理论到作品的这种批评路径的倒置，使得批评不能"技近乎道"，成为一种无关精神和体验的理论表演和话语"屠龙"。二是"放大派"。这类批评不从作品的整体效果上去定位作品的价值，而是挑选觉得最有特征的部分，津津乐道，不舍琐屑。就像造房子，他们不去看这个房子造得怎么样，而是盯着这个钉子是哪个铁匠打造的，铁匠的铁又是从哪里购来的，为什么要钉在这里而不钉在那里。下来又是木材是谁加工的，瓦是哪里烧制的，木材加工得很精致，烧瓦片的工匠手艺是祖传的，等等。我们看不到这座房子正面怎么样，结构怎么样，整体上是不是美观漂亮，是不是结实等整体性的关键性的评价。三是"拐弯抹角派"。这类批评征东引西，转弯抹角，犹豫不决，含糊其词，看起来精致纤巧，却从来不表明自己的观点。他们或由于自己本来就糊涂，或者因为某种文学之外的因素假装糊涂，这种旱涝保收的批评，将自己放在同批评对象同样的高度甚至更低，将自己发现的一颗小行星的意义阐述得比整个宇宙都大，没有识见，也没有判断，自然也没有力量。四是"印象派"。这类批评有着很好的艺术直觉和审美悟性，能够进入到作者和作品的灵魂深处，能发现那些被低估或者被遗忘的作家，或能发现一些平庸作品的精彩之处。但这种批评容易将自我投入到批评对象之中，炫耀才情而无关作品，没有解析，排斥判断，如同木塞一样，浮在水面上。这几类批评，究其成因，最大的、最本质性的问题就是没有事实感。

知识的渊博是一回事，判断正确又是另一回事。批评是知识与思想、美感与经验、事实与判断力融合而成的一种高度个人化的结构和能力。知识、思想、理论、美感、经验等基本要素的重要性不言而喻，否则批评活动无从谈起。然而决定批评成熟与否，除了基于这些要素形成的美感经验之外，决定性的因素是事实感。艾略特在《批评的功能》中曾提醒道："批评家必须具有非常高度发达的事实感。这绝不是一个微不足道的或常见的才能。它也不是一种容易赢得大众称赞的才能。事实感是一件需要很长时间才能培养起来的东西。它的完美发展或许意味着文明的最高点。那是因为有这么多的事实领域需要去掌握，而我们已掌握最外面的事实领域、知识领域，以及我们所能控制的最外面的领域，将被更外面的领域用令人陶醉的幻想包围起来。"在我看来，事实感不仅包括审美能力，也包括透视能力、判断能力和介入的能力。实际上，不止 70 后、80 后，我们整个的文学批评，最严重的问题就是事实感的缺乏和判断力的萎缩。我们的教育肯定聪明而不追求诚实，没有适合批评精神的社会土壤，"定于一"的文化心理也很难倾听不同的声音，容纳不同的立场。李长之曾大胆放言："我敢揭穿了说，中国的知识分子都有焚书坑儒的倾向的，只要那书不是自己一派的书，儒不是自己一派的儒。知识分子之不能容纳知识分子，比什么都厉害。"在这样的社会环境中，稍有不同意见，就会被刮目而视，打入另类，甚至波及利益和生存。因而中国人的事实感不强，独立人格很难形成，批评精神自然难以养成。就 70 后、80 后批评家而论，由于他们自身的弱点和时代的限制，批评更加困难。他们多是所谓的"青椒"或"青研"，处在师徒、友朋、熟人等各种关系圈子之中，处在各种课题项目的包围之中，倘要追求客观公正，有很大的困难，但我们不能因此怨天尤人而不反思自省，消解对认真、公正、美好等事物的追求。像歌德那样将批评活动中事实感的缺乏归咎为人格的欠缺显得过于夸张，但混淆是非、模糊标准无疑会削弱批评的尊严和威信，式微批评的价值和意义。

哪里没有对艺术的爱，哪里就没有批评，温克尔曼如是说。文学批评仅仅有爱也是不够的，还得有事实感。有事实感的批评，才有可能有客观性、介入性和可信度，才有可能发展出创造性的批评。70 后、80 后批评家功底扎实、眼光敏锐、视野开阔、才华横溢，他们以在场的姿态，积极地、不断地介入作家作品和文学现场，已显示出蓬勃的生机。我们相信，他们必将建立起属于自己的理论话语和理论体系，开辟出文学批评的崭新形态。

2016 年 3 月 18 日于长安小居安

到处是水，哪一滴可以喝呢？

全媒体时代的到来，彻底改变了文学的创作和存在方式，空前拓展了文学发表的空间和传播途径，根本上改变了传统的文学生态和审美趋向。网络文学、数字杂志、手机文学、数字报纸等的流行，使得文学的传播、交流和互动更为便捷，文学的价值观念、审美追求更为自由多元，文坛呈现出前所未有的"蓬勃"与"繁荣"。与此同时，文学"准入"的门槛降低，文学创造成为文学生产，价值观念混乱、审美趣味畸形、制作草率粗糙，类型化和同质化等一系列问题如影随形，出现了"海量"与"速朽"齐飞、"过剩"与"稀缺"并存的狂欢图景和迷离景观。柯勒律治有诗言道：到处是水，却没有一滴水可以喝。这也是我们今天所处的全媒体时代文学的精妙隐喻——文学作品如恒河之沙，却没有多少可以直接饮用的清甜淡水。从情感深度、精神力度以及人类的普适价值等方面来看，全媒体时代的文学拒绝深刻，追求平面，沉湎世俗，崇拜平庸甚至沦为庸俗，与传统文学拉开了很大的距离。尽管偶尔也有差强人意的作品，但总体上呈现出精神上的贫困和艺术上的平庸。这种全媒体时代的"市场焦虑"与文学的"艺术正向"之间的悖论，成为我们这个时代文学发展的"阿喀琉斯之踵"。

全媒体时代审美的深刻变形以及畸形，已经不是康德《判断力批判》中所谓的纯粹形式问题，也不是文体、叙事与风格的问题，而是一个具有复杂社会内涵的文化问题和审美问题。在所谓的现代性的规训和市场丛林的操纵之下，我们已经成了马尔库塞所谓的"单面人"，人文承担、责任承担、艺术承担等严重缺席，精神层面的内在活力和紧张已消失近无。在现代性水过而地皮尚未湿的尴尬情境中，我们又被所谓的后现代洗劫一空，成了实实在在的橡皮人和空心人。我们的生活和世界表面看起来是一个整体，个人很难抽身而出，但其本身却是支离破碎，个人也是原子化的。我们接受大量过剩的信息，却对实际发生了什么了无兴趣。越来越多的大众话题，越来越少的个人意识，使我们处于精神涣散、杂乱无章的境地。每个人都想从大海沉船上救出自己，但都找不到，也抓不住一根"稻草"。中国的人心，从来没有像今天这样，被各种不同文化和价值撕扯成如此不堪收拾的碎片。精神深度、道德关爱、责任担当、终极关怀等传统文学所承载的深度模式，被世俗化、大众化、平面化、娱乐化甚至低俗化等调侃、解构乃至摒弃，削平高度和取缔深度内化为社会主潮，文学的审美认同标准和价值厘定尺度漫漶不清甚至完全消解，文学呈现出可技术复制的平庸特征。如何在自由写作中承担责任，如何通过审美对象来把握自身命运和现实的关系，如何超越现实生活的碎片化和强制性，如何将日常生活重压下潜藏的东西呈现出来，构建生活及存在的意义，成为全媒体时代文学的中心问题。

相较传统写作，全媒体时代的文学在创作、发表、阅读、互动等方面更为自由和便捷，但在责任担当、精神自律、意义建构和艺术探求上，出现了严重的空位和缺席。在一些作者看来，"我的地盘我做主"，写作可以无拘无束，可以自由自在，可以游戏调侃，可以低俗庸俗，可以嬉笑怒骂，可以秽语连篇，"我写故我在"，只要自己悦心快意即好，只要能取悦大众就行。因而，欲望性爱、政治八卦、血腥暴力、打斗猎奇成为其鲜艳标签，同时也成为其鲜明症候。精神品质、思想内涵、心灵抚慰、存在勘探等文学所关注和思考的核心问题被无情放逐，文学成为大众通俗甚至低级庸俗的欲望狂欢。在他们看来，鲁迅所谓的"国民精神所发出的火光"或者"引导国民精神的前途的灯火"式的写作，不过是老生常谈的陈词滥调，是孔乙己式的迂腐多情。于是，"文艺的精神品格和价值承担、人类的道德律令和心智原则，终于让位于个体欲望的无限表达，在线写作的修辞美学让位于意义剥蚀的感觉狂欢，失去约束的主体在虚拟的自由里失去的是现实的艺术自由，得到解放的个体最终得到的只能是消费意识形态的文化表达，导致许多网络作品创作者淡化或者放弃了所应当担负的尊重历史、代言立心和艺术独创、张扬审美的责任"。①我们看不到精神的磨砺、灵魂的冲突、艺术传统的赓续以及新的美学上的探索，诸多消极的、畸形的精神暗面、人性弱点和价值追求被无限放大，欲望化、物质化、犬儒化的生存哲学和生活方式被高度肯定，文学成为一用即抛的速食快餐和消遣纸牌，这些都使得全媒体时代的文学出现星星多而月亮少、沙砾成堆而珍珠近无的可怜窘状。全媒体时代的写作，如果不能建立积极而自由的写作主体性，建立文学与现实生活的依存性关联，建立强健的精神品质，挖掘思想深度，提升艺术高度，就很难突破目前的"海量"与"速朽"齐飞、"过剩"与"稀缺"并存的矛盾背反。

当然，全媒体时代不乏具有担当和自律的作家，但由于缺乏辽远的目光和宽阔的视野，无法穿透碎片化、物质化和同质化的生活，建立起对精神生活的整体性理解，他们可能对自己生活的土地和熟悉的领域有着深刻透彻的理解和书写，但缺乏超越性的精神视境，局限于一己小悲欢的咀嚼，无法反映整体性、普泛性和本质性的问题，从而局促了自己的精神领地和艺术探索。传统文学也存在这样的问题，不过全媒体时代由于写作的唯市场、唯大众马首是瞻，这个问题凸显得尤为严重和突出。我们这个时代虽然碎片化、娱乐化、物质化，但人类生活几千年来形成的基本价值尺度和精神理念并没有失去意义。无论是虚构文学，还是非虚构文学，都需要呈现出生活中被遮蔽、被钝化、被忽略的敏感、疼痛及伤害。文学家的职责，即是在日常生活逻辑和文学伦理逻辑之间寻找这些差异，并能通过恰切的形式，传达出对世界万物和人类本身安身立命的东西。博尔赫斯说："故事一页接一页进展下去，直到它展示了宇宙的各种尺度。"从这个意义上说，文学是表层生活下的深层勘探和价值确认。倘若不能呈现人类和万物的"各种尺度"和基本价

---

① 陈竞:《网络文学：繁荣背后的问题与反思》,《文学报》2009 年 5 月14 日。

值，不能发掘出生活岩层下的神秘节点，不能阐发对生活的深沉洞见，那么这样的文学肯定是无力的。

这就需要有灵魂的写作。精神是普泛的，而灵魂是个体的。作家必须深入到自己的生命里面去，看清自己，否则就无法去讲述；同时，又要超越自我，成为"他者"。就是在"我"的生命看见了"你"的生命，通过"我"的生命把"你"的生命故事讲出来。正如陀思妥耶夫斯基所呼喊的"我不能成为没有别人的自我。我应该在他人身上找到自我，在我身上发现别人"。在当下中国的日常生活和文学书写中，我们看到更多的是卡夫卡所说的"人在自我中永远地丧失了"，或者是社会表象的浮泛再现和社会学分析，或者是刚下潜到人性的深处，却很快露出水面。文学当然基于个体的体验，但这种体验如果不能同他人、人类、世界建立积极的沟通和联系，也就很难唤起不同读者对生活世界的多层面的理解和想象。如 2015 年获得诺贝尔文学奖的阿列克谢耶维奇，"看遍了他人的痛苦"，她自己亦"活在其中"。读她书中那些不同人群、不同声音讲述的奇异而残忍的故事，我们麻木的心灵恢复了感觉——疼痛和被撕裂的感觉，仿佛看见了我们自己、我们兄弟姐妹的命运。一切好的文学，实际上都是"从他人身上找到自己，在自己身上发现他人"。文学家的使命，就是用精神、价值、理解、沟通等作为材料，建造"自己"与"他者"互相通达的桥梁，区别只在于桥的大小、宽窄、承重，一些所谓"弄文学"的人一辈子也搭建不起来。对于全媒体时代的文学而言，只有深入自我又超越自我，看见"自己"又能沟通"他人"，基于个人体验而能到达远方，做到"无穷的远方，无数的人们，都与我有关"，才有可能逃脱"速朽"的厄运。不可否认，全媒体时代为文学卸下了与之无关的种种辔头，为文学创作的自由、多元、丰富、繁荣提供了空前的可能，为文学与读者的接近与互动提供了很大的便捷。与之相随，大众化、世俗化、商品化和消费化的浪潮又使得文学丧失了审美品格和精神关注，繁荣的表象下潜藏着危险的暗流。正如本雅明在《经验与贫乏》中所言："随着技术释放出这种巨大威力，一种新的悲哀降临到了人类的头上。"

这种"新的悲哀",不仅仅是个人经验的贫乏,"也是人类经验的贫乏,也就是说,是一种新的无教养"。这种经验贫乏,并不意味着人们不渴望新的经验。反之,"他们试图从经验中解放出来,他们渴望一种能够纯洁明确地表现他们的外在以及内在的贫困环境,以便从中产生出真正的事物"。①新媒体时代的文学,只有克服外在的喧嚣与内在的贫困,冲出技术与市场的束缚限制,关注并反映具有整体性、普泛性、本质性和迫切性的时代困惑和精神问题,才有可能"产生出真正的事物"。文学固然要考虑市场化和商品化的要求,但不能牺牲其精神性和艺术性;固然要追求生活化和世俗化,但不能庸俗化和低俗化;作家要考虑读者的意见,但不能丧失自己的独立性,完全被读者和市场左右。只有处理好了市场需要和文学追求之间的关系,解决了市场焦虑和艺术正向之间的困惑,拒绝时代的订单,内嵌光阴的力量,揪住灵魂的冲突,关切人类的命运,在精神和行动上与所处的时代缔结深刻的牢靠的联系,守护爱、美、善与良心,并能在艺术上赓续传统甚至羽化蝉蜕,才有可能为人类提供柯勒律治所谓的可以直接饮用的清甜淡水。

2016 年 1 月 16 日于长安小居安

---

① 〔德〕本雅明:《经验与贫乏》,王炳均、杨劲译,第 254 页。天津:百花文艺出版社,2006 年。

写作的责任：探索生活隐秘，维护人的尊严

绝大多数人大概都不会否认：我们处于一个喧哗而空虚、膨胀而焦虑的时代。在亘古未有的历史变局和难以把握的现实迷乱中，我们前所未有地无所依傍、无所适从。我们的文学书写也莫能置身其外。尽管我们每年都有大量的文学作品与时代同步，力图表现出这个"大时代"的五脏六腑，但我们总觉得这些芜杂而喧闹的类型化叙事在逼近现实时也在逃避现实，表现出浅表化、同质化和空心化的特征。这里的逃避现实不是描摹现实的逼真性，而是面对现实时，情感态度、道德选择和精神取向上的摇晃或悬置。这种逃避，使得这些作品掩埋在不言自明的流行的主题思想之下，体现出纳博科夫所谓的现代小说最典型的"庸俗"（poshlust）[1]特征。其症候具体表现为"装模作样的垃圾，俗不可耐的老生常谈，各个阶段的非利士主义，模仿的模仿，大尾巴狼式的深沉，粗俗、弱智、不诚实的假文学"[2]，以及平面化的新闻式写作、社会学式的材料连缀等。因此，我们感叹缺少洞穿时代本质的力作——这里所谓的本质不是局部生活纤毫无遗的描摹，而是能紧抓时代敏感的神经；缺少对同情、尊严、自由、平等、爱意等人类的基本精神和基本信念的维

---

[1] "poshlust"是俄语，意为"庸俗"。包含平庸琐碎、附庸风雅、精神世界贫乏空洞等特点。纳博科夫认为，俄国文学的一个灵魂性的主题，就是表现和批判"庸俗"，即"poshlust"。他"所说的庸俗文学，固然包含着那些畸形和病态的文学，但也包含着那些其实并不庸俗的文学"。[李建军：《重估俄苏文学》（下），第634页。南昌：二十一世纪出版社，2008年] 本处所谓的庸俗是一般意义上的，着重指纳博科夫所谓的平庸琐碎、病态猥琐、附庸风雅、精神世界贫乏空洞等特点。

[2] 《巴黎评论·作家访谈1》，第73页。北京：人民文学出版社，2012年。

护；缺少抵抗遗忘、反抗绝望、给人希望的作品，缺少"黑暗王国里的一线光明"……正如已故的著名评论家雷达先生曾指出的："我们的文学并不缺少直面生存的勇气、揭示负面现实的能力，也并不缺少面对污秽的胆量，却明显地缺乏呼唤爱、引向善、看取光明的能力，缺乏辨别是非善恶的能力，缺乏正面造就人的能力。"①正因为缺少这些能力，我们的文学繁复而单薄、热闹而凄清、精致而平庸，当下史诗般的集体痛苦和空前过渡时代的焦虑慌乱以及维系生活的脆弱而坚韧的信念，没有得到理想和充分地展现。雷达所谓的这三种"能力"，正是文学之为文学存在意义上的理由与使命——在一切坚固的事物烟消云散的时代，文学可能是滋养一切坚固的事物的最肥沃的土壤。当然，这并不是说我们的文学要追求所谓的正能量，简单地扮演精神抚慰和道德说教的掮客，成为幼稚的理想主义者或者廉价的乐观主义者，而是要在对现实的介入中像上苍一样悲悯人类，润物无声地关怀、砥砺和完善我们的精神和道德世界。

但这并非易事。由于历史的惯性和现实的拖拽，当下不独文学，其他事情在这片大地上要革故鼎新蜕变新生也极为不易。二十世纪以来，在不断革命和市场经济的双重打击之下，日常生活的亲切感与艺术生活的诗性遭遇到了前所未有的攻击，文学被现实生活的庸俗和焦虑浸染，普遍社会共识的瓦解与文化共同体的分化，使得绝大多数作品难以在个人境遇里去思考时代、重塑现实。再加之现实的巨大吸力，以及写作者自身文化教养的约束限制，我们的写作形成了一种特别迟钝、无趣甚至可以说是懒惰的趋向——沉迷于日常生活的灰色格调，陷入芜杂现实的自然呈现，不断探测生活和人性的最坏的可能。我们变得与我们思考的东西相同，我们对生活之丑和人性之恶的重复诉说虽然未必使得我们变得更丑更恶，但也似乎未能使我们有丝毫的趋美向善。我们凝视深渊，深渊也凝视我们。正如帕斯捷尔纳克所言："如果指望用监狱或者来世报应恐吓

---

① 《长篇小说艺术暨文学发展趋势研讨会综述》，中国作家协会创作研究部编：《长篇小说艺术论——长篇小说艺术暨文学发展趋势研讨会论文集》，第 7 页。北京：作家出版社，2012 年。

就能制服人们心中沉睡的兽性，那么马戏团里舞弄鞭子的驯兽师岂不就是人类的崇高形象。"[1]别林斯基在批评法国狂热文学热衷于通奸、乱伦、弑父、杀子的不道德性时也曾指出，这些文学"从全面而且完整的生活中仅仅抽引出这些实在是属于它们的方面，择其一点而不及其余。可是，在作出这种由于片面性而已经是十分错误的选择的时候，文学的无裤党们遵循的不是为自己而存在的艺术要求，其目的却是为了证实自己的个人信念，因此，他们的描绘没有任何可靠性和真实性，更不要说他们是蓄意对人类心灵进行诽谤了"。[2]相反，人们对善和美追求得愈强烈，无疑会距离善和美愈近。在当下中国，喧哗热闹芜杂纷乱的现实的确是个富饶而又庞杂的矿藏，以此去挖掘道德极限、人性极限和忍受的极限当然也有意义，我们有必要在现实和想象的范围内去释放我们的恐惧与不堪承受的生命之重。但这种极端的经验和魅影重重的叙事并不能使我们对自身的处境有所警惕，并不能纾解我们的焦虑，反而使得我们虚无绝望缠身，取缔了生活的意义。对写作者而言，最重要的品质即是对深不可测的人性始终保持敬畏和好奇之心，既不给其泼污水将其展现得一团漆黑，也不一味颂扬视其黑暗阴鸷而不见，能敢以自己的艺术思考和思想创见始终如一地去窥探人性、透视人性，给予人性与人心一个可靠的确认和呈现。

现代主义文学的负面影响也不可低估。自现代主义以来，人类对自己的信心已经瓦解，不仅读者不相信作家笔下的人物，他们对作者凭空想象出来的东西多存戒心，甚至连作家也不再对笔下的人物有充分坚固的信任，他们怀疑自己笔下的人物无法取得读者的认同和感动。在此之前，"读者和作者通过小说中的人物相互了解，并且从这个牢固的基础出发，一起共同致力于新的探索和新的发现"，可是现在，"由于他们对小说的人物采取怀疑态度，彼此之

---

① 〔苏联〕帕斯捷尔纳克：《日瓦戈医生》，蓝英年、张秉衡译，第57—58页。北京：外国文学出版社，1987年。

② 〔俄〕别林斯基：《现代人》（断片），《别林斯基选集》（第二卷），满涛译，第74页。上海：上海译文出版社，1979年。

间也不能取得信任，结果他们在这破坏了的领域中相互对峙"。他们相互怀疑，相互提防，正如司汤达所谓："怀疑的精灵已经来到这个世界。"[①]二十世纪以来整个世界范围内的现代文学，已经"让我们无法对生活中那些普通的、直接的、平凡的事物产生共鸣，因为在卡夫卡的《城堡》、艾略特的《荒原》中他们总是以极端的方式把这些事物构成的世界描述为'人间地狱'；陀思妥耶夫斯基笔下的'地下室人'对社会的敌视态度并非源自他对社会生活的缺陷所做的反应，而是'源自社会对他的自由所表示的污蔑——社会希望自己具有仁慈之心，希望自己能体现崇高而美好的存在元素'"[②]。在现代主义小说那里，"爱、同情、悲悯、宽恕等人类主体化的感情丧失了意义，成为一个被搁置的幻觉，而怀疑、孤独、绝望等不断膨胀，成为小说主导性的精神世界。同时，个体与群体分离，虚构同真实分离，感性同理性分离，精神和物质分离，人类的一切活动仿佛就是人类创造与自己的分离。倘若现代小说不能以自身的丰富性和完整性来与异化的社会现实对抗，超越异化的现实所强加给人类的片面性，在审美空间中给人以希望、慰藉、勇气、力量等积极因素，将人还原为人类合理性存在意义上的完整的人、饱满的人，那么，其永远只能在封闭的世界里循环，找不到突围和救赎的路口"。[③]事实是，不少杰出的现代主义作家一直在批判和嘲笑人物的观念，但却一直缺乏令人信服的方式，来实现对人物的完美置换。而我们的大多数写作者将现代主义文学作为重要的艺术经验和精神资源，在不断的模仿中抛弃了对整体性的维护和对精神世界的修复，也就必然导致了我们的写作缺少在污泥中孕育出莲花的能力。

那么，文学存在的理由又在哪里呢？我们知道，在荒寒的夜

① 〔法〕纳塔丽·萨罗特：《怀疑的时代》，伍蠡甫、胡经之主编：《西方文艺理论名著选编》（下卷），第239页。北京：北京大学出版社，1987年。
② 范昀：《特里林的现代文学课》，《书城》2017年第3期。
③ 见拙作：《"脱榫"时代的文学（代序）》，《马尔克斯的忧伤——小说精神与中国气象》，第2—3页。北京：生活·读书·新知三联书店，2018年。

晚，有微黯的星光；在酷冷的冬日，也有熹微的暖阳。这是宇宙存在论上的互补原则与合理性。同理类推，这也应该是我们文学存在论上的合理性。正像美国著名作家辛格所说的："尽管我们有苦难，尽管生活永远不会带来我们想让它带来的天堂，我们还是有值得为之活下去的东西。人类得到的最大礼物，就是自由选择。确实，我们对自由选择的使用是有限的。但是，我们拥有的这一点自由选择，是一份如此伟大的礼物，它的潜在价值可以有如此之大，以至仅仅为了它本身，人生就值得活下去。"①是的，无论现实多么绝望，生活多么艰难，人类总要活下去，人类都得选择；只要拥有一点点自由选择，"人生就值得活下去"。正如意大利记者、反法西斯人士贾伊梅·平托尔的写作所追求的那样——他虽然接受了完全属于欧洲颓废派的教育，性格却"是人类性格中最为离奇的"，"与颓废主义、逃避和模棱两可的道德观最不相干和背道而驰的"；他"在一个疯狂挥霍的时代"，建立了"一种严格的道德和对历史的把握"——"一种打了折扣而且难以理解的现实感，不在作品中加入最为显眼的表象，也不在对于善与美的体现上吝啬，这就是平托尔（他是里尔克的译者和蒙塔莱的读者）从先于他的文学文明中吸收到的狮子的骨髓，这是一种渗透进行动和历史智慧当中的风格给我们的启示"。这种"文学文明"，使我们获得了自豪和信心，即"我们希望穿越整座压在我们身上的否定文学（那种由诉讼、局外人、恶心、荒芜之地和下午的死者构成的文学）的大山，希望能够找到支撑我们的脊梁、使我们获得力量的教诲，而不是向指责让步。尽管如此，我们也并不试图将任何东西变甜，或者让任何不情愿的人去适应这个游戏，因为这种文学能够为我们所用的，正是它仍旧包含的如此多的苦涩，以及仍旧留存在我们齿间的沙粒"。②这里所谓的在"文学文明"中吸收到"狮子的骨髓"，要突破现代主义文学

27

---

① 《巴黎评论·作家访谈2》，第117—118页。上海：上海文艺出版社，2015年。

② 〔意〕卡尔维诺：《狮子的骨髓》，《文学机器》，魏怡译，第23—24页。南京：译林出版社，2018年。

的畛域，抛弃文学随着时间必然进步的"文学进化论"的偏颇，在人类文学文明的大河里汲取"支撑我们的脊梁、使我们获得力量的教诲"，坚韧的不曾觉察的隐藏的信念，以及曾经照亮我们而现时已经微弱的火光，从而使得人类能够穿越绝望和虚无，去迎接属于自己的未来和世界。这是一种理性而健全的写作理念，也是一切写作者值得珍视的写作态度。

上述的写作理念和写作态度，必然落实到对"人"的维护上，无论这个"人"如何不堪如何堕落：兽性如何战胜了人性，人性又是如何输于神性。正如契诃夫在一封信中所指出的——"作家的责任是在维护人"。如果没有对人的维护，对人的信心，那么一切写作的意义在无意中也就被取缔。但在写作最重要的"维护人"的宗旨上，我们面临着严峻的、前所未有的危机，其中最关键的因素，就是人的本质的干枯。这既表现为写作者的干枯，也表现为写作者笔下人物的干枯。写作者的干枯，表现为写作者精神的标准化和趋同化，缺乏深度思考的能力和设身处地的能力。思考一旦松懈和缺席，就自然沦入惰性的写作，不能呈现出复杂性、多样性和整体性，从而沦为一种塑料花式的抽象的印象和感知；缺乏设身处地的能力，就不能将笔下人物的处境作为自己的处境，在自己的特殊性里彰显时代的普遍性。因而，遍览当下的文学写作，我们可以看到，尽管素材和艺术手法不同，在对现实的理解和塑造上，我们可以看到写作者表现出不约而同的一致性。原因即写作者主体在生活的提炼、思想的磨砺、精神的淬炼方面，缺乏深度和差异，不能将自己置身进去。他们固然同情、怜惜、悲悯笔下的人物及其所处的世界，但居高临下或者隔岸观火，很少将自己放进去，很少与人物一同燃烧，我们看到的是一种客观化的冷漠和超然。作为文学书写，我们应该坚持和追求的，"并非是建立与现实的一种情感关系，也不是同情、思念、抒情、怜悯的方式，以及针对当下困难的那些欺骗性的解决方法。那些不愿意隐藏在这个消极世界中任何现实的人，他们那苦涩和稍显扭曲的嘴巴，其实更加恰当。只要他们的目光中包含着更多的谦卑与洞察力，能够不断地捕捉那些在一次人类的相遇、一种文明的行为，以及一个小时流逝的方式中，出乎意料地在你面前闪烁并表现出正确、美丽、真实的东西。面对一个瓦解和杀戮的世界，尽管我们并不相信世界完全是消极的，却也无法用高兴、甜蜜而欢欣的表情来取代否定的文学，危机中的文学，以及遵循极其糟糕的纲领和存在主义思想的文学在人脸上勾勒出的这张苦涩而稍显扭曲的嘴巴"。①也即是说，文学作品要与现实建立积极的情感和意义上的关联，其黏合剂不是千人一面、百口一声的同情、怜惜和悲悯，而是创作主体对所表现对象的特殊的伦理态度。这种特殊的伦理态度完全是个人化的，是一种人格化的独特的禀赋，从而使得所表现的对象体现出强烈的艺术幻想。而我们的文学书写，普遍缺少这种人格化的禀赋——"以强烈的力量，使自身与人物合成一体，亲身极其痛苦地体验作品人物（按照作家意志）所遭遇的一切。"②揆诸中外成功的文学作品，无一不是体现出创作主体特殊的伦理态度和强烈的人格化的禀赋。如果没有这些东西，就如剔骨之肉，难以强劲坚稳地站立起来。

创作主体特殊的伦理态度和强烈的人格化的禀赋，只有建立在写作对象的积极的、完全的、有情感意义的联系上，才可能生根发芽并熠熠夺目。在我们的写作中，创作主体的伦理态度和人格禀赋却很难渗透到作品之中去，他们常常被社会流行的观点左右或者裹挟，为了某种安全而平庸的看法而自我蒙蔽和自我欺骗，因而很难避免出现同质化的现象。大多数写作者认为，在这个喧哗而下沉的时代，他们的想象力已经完全输于现实。因而，沉湎于现实的忠实再现，能够弥补他们想象力不足而带来的缺憾。这固然有道理，但情形未必全然悲观。如果再现的只是现实的部分棱面，必然会带来片面或者局部的描述，难以陈述出生活的逻辑和现实的肌理。这种写作的危险正如恩斯特·布洛赫所言："不脱离时代而写作，并不等于按生活本身写作。因为许多看上去倾听现实脉搏的人，只接触

29

---

① 〔意〕卡尔维诺：《狮子的骨髓》，《文学机器》，第19页。
② 〔苏联〕K，帕乌斯托夫斯基：《金蔷薇》，李时、薛菲译，第127页。桂林：漓江出版社，1997年。

到一些表面的事情，而没有感触到实际发生的事情。这样的作家描写的不是事情本身，而是流行的见解，所以在读者中造成他们写了时代小说的假象。它们也许能供人消遣，但一定是短命的。"①这不仅因为"现在"有许多东西是暂时性的，还因为时代距离太近带来的困难——时代的直接感受有着震撼人心的富有启发性的内容，需要创作者特别细心地去予以处理和把握，需要恰如其分地设置焦距和透视距离，避免将悬浮在水面的油腻当成现实的全部。更重要的是需要创作者从精神上去刻画人物，洞察时代的内核以及潜藏在现实暗面的本质性的内容。而经过写作者大脑思维化合创造的虚构，能从本质上靠近现实，具有生活存在的真实性和本质性。现实即使如何荒诞离奇，也离不开写作者创造性的综合的化合和虚构。倘若只是罗列、连缀荒诞离奇的现实，未经过创造性的转化与虚构，那么这些现实和事实之间的逻辑、肌理必然是凌乱涣散的，现实之下和现实背后需要勘探的隐藏的甚至是最为关键的部分，就无由出现。而这些，正是写作的中心。因为即使再离奇的现实，在读者那里，也多多少少有所知闻，因而也就难以唤起阅读的激情。读者最为关心的，可能是写作者探究到的自己未能观察到意识到的，以及写作者的伦理态度和人格禀赋在作品中的灌注。所以，写作者越是忠于观察到的现实，就可能距离现实越远，也很难激起阅读者的认同和共鸣。这里有一个悖论，就是在事实和虚构之间，有一个梅勒所谓的"有趣的互反关系"，即你"越尽量地描写实际情况，它就越显得虚构化。当你有了一大堆干巴巴的事实时，麻烦的是这些事实大都不是——我想说什么来着——精炼的。它们上句不接下句，到处都是补丁、变形和夸张。还常常不能保证真实。通常来讲，你都不用把所有这些事实凑起来，所以不管你怎么努力怎么认真，这个故事最后常常是和现实相背离的"。换言之，"任何历史要是完全依靠事实建立起来的话就会充满错误，会误导。必须靠人脑才能把

① 〔德〕恩斯特·布洛赫：《论文学作品反映当代的问题》，伍蠡甫、胡经之主编：《西方文艺理论名著选编》（下卷），第723页。北京：北京大学出版社，1987年。

曾经的现实综合起来。今天，现实已经不一定非得是曾经发生的那些事件了，而必须是人们有限的脑子里能容纳的现实，是事情将会怎么发生的可能"。①这个综合提炼，使得生活的褶皱毕露无遗，使隐藏在生活表面背后的文化、习惯、心理、思维、认知等展露出自己的本来面目，从而更加接近现实的腹地和生活的本质。我们当下的写作，之所以写作者认为自己写得不错，而读者和评论界却不大买账，甚至一片失望，很大程度上就是这个悖论导致的结果——写作者没有将现实消化，像蜜蜂采集百花酿出蜂蜜，只不过稍加整理，将现实挪移到电脑和书本之上。或者简化了生活的复杂性，用充满惰性的逻辑，用某种自以为是的"前见"梳理生活，将生活毛茸茸的质感和硬硬的棱角全部磨掉。这样的作品也为数不少。

写作者主体的干枯以及创造性虚构的悬置，势必在人物塑造上缺少投入和灌注，导致作品中人物的干枯。在当下大量的作品中，我们看到的主人公跟我们透过窗口看到的大街上匆忙奔走的行人差不多，至多也不过和这些人聊过几次。这些人不是真正的立体的复杂的活人，不是完整意义上的人，他们的生活只是形式上的生活而非真实上演的生活。他们的心理世界，他们自己之间的联系以及与世界的联系，我们很难看到。这种明显的联系或者隐秘的联系，恰恰是我们最关心的。我们大概都不否认，"小说的主人公是小说家和现实结缘的产物。但是我们是用自身或者至少是部分的自我，来哺育这些生活给予我们的形式和记忆中保留下来的形象的"。②哺育的悉心精到与否，决定了人物的真实可信性。在当下的写作中，我们经常会看到一种流行的书写，即书写生活中的失败者，主人公几乎都是失败者。这种流行的书写，是新闻报道的文学化转换，本身就体现出思维的惰性和平面化。之所以如此，是因为我们的写作者

---

① 《巴黎评论·作家访谈 2》，第 328—329 页。上海：上海文艺出版社，2015 年。

② 〔法〕莫里亚克：《小说家及其笔下的人物》，崔道怡、朱伟等编：《"冰山"理论：对话与潜对话》（下卷），第 443 页。北京：工人出版社，1987 年。

不是在灵魂的冲突中写作，不是在不得不写的内心的驱使下写作。仅仅因为同情、怜悯、关注某一个题材、某一类人，就以为是"真妊娠"，就摆出写作的伪姿态，不是仰视或者平视，而是俯视，不能站在世界的低处观察这个世界，表现生活的感受和人类的痛苦。因而，无论是人物、故事，还是艺术深度和思想深度，都是极不理想甚至极为浅薄。以《骆驼祥子》——这部现代文学史上最早书写"农民工进城"的经典之作为例，"老舍不仅是熟悉人力车夫的生活，'而是一直进入到他们的内心，穿透他们历史命运的纵深；也不是冷静地再现他们的生活，或者停留在对于被压迫者与被损害者的一般哀怜同情上，而是与描写的对象燃烧在一起，融合成一体'。因而，祥子这个'仿佛是在地狱里也能做个好鬼似的'淳朴正直的农村青年堕落为所谓的'坏嘎嘎'的城市无赖的性格转变和心理过程，才被震撼人心地刻画了出来。这种震撼'不是一般意义上的艺术吸引或者思想触动，而是穿透心灵的震撼，通向现实的反思'。"①而我们的文学书写不乏感动，也不乏怜悯，但无法产生"穿透心灵的震撼"，形成艺术上的感染力，将自己的感情传达给读者。我们关心的是，这些人物是怎么一步一步失败的、怎么被生活毁掉的，却没有生动地显示出来。如果能够像皴染那样有层次有明暗地展现出来，像骆驼祥子那样显现出来，那肯定不失为优秀的作品，问题是，绝大多数没有。比如城镇化浪潮中的进城者叙事，我们在文学书写中看到的，绝大多数是失败了、毁灭掉了。而实际呢，在我们的周围，我们能够看到的，更多不是我们文学作品中所刻画的那种失败者，他们的失败从来不像我们的文学书写那样显而易见，而是在一种坚韧的支撑中不动声色地溃败的。这种衰竭、崩塌和坏死，就像日常生活那样平平淡淡、不易觉察，并没有那么具有灾难性。正如艾略特在《空心人》中所言："世界就是这样告终，不是嘭的一声，而是嘘的一声。"文学书写的任务，就是写出这"嘘的一声"。

---

① 参见拙作：《从"城乡中国"到"城镇中国"——新世纪城乡书写的叙事伦理与美学经验》，《文学评论》，2018年第5期。

这"嘘的一声"，可能是现实中的失败，但却是精神上的胜利。精神和战争一样，是讲究成王败寇的，即使现实生活中失败了，但只要精神上胜利了，还是值得珍重地坚持的。正如斯坦贝克所讲的——"作家的责任就是提升、推广、鼓励。如果写下的文字对我们正处于发展中的人类种族以及半发达的文化有任何助益，那就行了：伟大的作品已是一个可以依赖的团队，一个可以求教的母亲，一份能让顽廉懦立的智慧，给弱者注入力量，为胆小鬼增添勇气。我不晓得有什么消极的、让人绝望的工作可以冒充文学的。"①当然，这种胜利不是阿Q式的精神胜利，而是在失败中对值得珍视、坚持的人类精神和品性的坚持和守护。我们不相信所有的人都被毁掉了，在我们的周围，我们到处可见没有被毁掉的仍在挣扎、仍在坚持的人们，世界恰恰是依赖这些人而存在的。我们这个时代的英雄，是在日常生活中滚打、挣扎的普通人，是生活在底层、默默无闻的人，是被时代抛弃在"垃圾堆上的人"。正如赫拉巴尔所认为的，我们这个时代写作的重心在日常生活中——"最大的英雄是那些每天上班过着平凡、一般生活的普通人；是我在钢铁厂和其他工作地点认识的人；是那些在社会的垃圾堆上而没有掉进混乱与惊慌的人；是意识到失败就是胜利的开始的人。"②日常生活中的人们忍受着生活的重压，但不自暴自弃，在艰难困苦中依然会开怀大笑；他们有着这样那样的缺陷，但遵守着为人和生活的基本底线，追逐和挖掘着简单甚至陈腐但依然令人感慨、感动的存在的意义。另一方面，在日常生活的表皮之下，隐藏着复杂的、强烈的、不平凡的事物，重大事件都会在个人的日常生活中有所投射和映照。人物的一笑一颦可能就是这种深藏的事物的某一个侧面，一个饰品一个挂件可能就映照出内心深处的东西。文学的任务，就是寻根问底，写出这些隐藏的事物、情绪和精神，探索生活中深隐的秘密。如果写作者被这种探索的激情吸引捕获，那么就会产生巨大的热情和高度

33

---

① 《巴黎评论·作家访谈2》，第175页。上海：上海文艺出版社，2015年。
② 何瑞涓：《赫拉巴尔——写作的秘密是生活，生活，生活！》，《中国艺术报》2018年9月12日。

的自信，同笔下的人物和事物"燃烧在一起，融合成一体"，读者也会心随神往，顺从地跟着作者的书写。写作的创造性的欢乐和意义就在于这种探索和发现，创作者也是在这种探索和发现中确认了写作的价值和自信。倘若只是把自己观察到的、意识到的东西摆出来，并没有多大的意义，也不能称之为创造性的写作。

我们的文学要经受住时间的考验，就得把握所处时代的本质内核，探索生活以及自己内心未知的领域，开拓新的文学领地。如此，才有可能避免"现在"带来的局限，成为我们现在这个进行的时代的一个开端，成为通向未来的一个津渡，获得长久或者永恒的生命力。一百多年前，英国小说家兼文学批评家菲利普·托因比在提醒福楼拜时说，他作为作家的"最高责任：不断发现新的领域"，并防止他犯下"最严重的错误：重复前人已发现的东西"①。菲利普·托因比的这个提醒，对于我们当下的文学写作，也不啻一个值得深思的警醒和告诫。

2018 年 12 月于长安小居安

---

① 〔法〕纳塔丽·萨罗特：《怀疑的时代》，伍蠡甫、胡经之主编：《西方文艺理论名著选编》（下卷），第 249 页。

李準：黄河流不尽

　　我知道李凖先生的名字是上世纪九十年代中期。不过，根据《黄河东流去》改编的同名电视剧，却早在二十年前就植入到我的成长经历之中，成为颇为有趣的童年记忆。1987 年，我上小学二年级，电视剧《黄河东流去》热映。当时农村电视很少，看电视不方便。农村孩子放学回家，要帮家里干农活，也很少有空余。在同学家里，我断断续续地看了一些。通过班上的同学讲述，故事情节都连贯上了。课间活动或打柴割草，我们一帮小孩子在房前屋后、田间地头重新编排演绎剧情，玩得不亦乐乎。我领受的角色是"四圈"，后来变成了绰号，被同学喊了大半年。电视剧中四圈由老演员陈裕德饰演。他是南阳人，幼时随父母逃荒到西安，后来考入上海戏剧学院，接受了专业的训练。他熟悉生活，能把握人物的内心世界，再加上演技精湛，把四圈演活了。"四圈"是个阿 Q 式的人物，是不幸者，也是个不争气者。在赤杨岗他是小偷小摸、东游西逛的痞子，出了村子他看大门、拉包车，做过"中将梦"，也曾有过"桃花运"，可惜都破灭了。李凖以幽默甚至嘲讽的笔调同情他、揶揄他，不过对于他身上的道德闪光和人性意识也不吝赞词。小孩子玩耍，喜欢饰演英雄或正面人物，我当然也不喜欢四圈这个角色，但我们班长的命令无人敢违逆，我只好认真饰演。就这样，四圈在我的童年记忆上留下了烙印，我也在不知不觉中走进了李凖创造的艺术世界。

　　童年的记忆美好而温馨、悠远而顽韧。后来读李凖的作品，唯有《黄河东流去》带来的阅读热情和艺术震撼不曾减弱，这既缘于其在我童年经历中留下的深刻记忆，同时也由于其浑厚苍劲、大气磅礴的美学力量。在我与四圈以及其他"河南侉子"的不断重逢中，阅读、欣赏、玩味逐渐含纳为沉郁的情感共振和沧桑的人生体验。黄河东流去，难民西逃来。每当在陕西的西安、咸阳、铜川等地听到高亢硬直、慷慨酣畅的豫剧唱腔，我都不由得会想起那幅悲壮遒劲、令人"血气为之动荡"的"流民图"——《黄河东流去》。

逐渐了解了李準，他强烈的自省精神、自我解剖的无畏勇气所表现出的道德境界和人格光辉，更令人尊敬、钦慕。《黄河东流去》正是在这样的精神视镜里"涅槃"重生的佳构杰作。他在《黄河东流去·开头的话》中写道："……我们整个中华民族在一场浩劫之后，大家都在思考了：思考我们这个国家的过去和未来，思考我们为之付出的带着血迹的学费，思考浸着汗水和眼泪的经验。我作为一个作者，思考不比别人更少，这两年来有多少不眠之夜啊！"上世纪八十年代，确是李準所谓的"思考的一代"。他拿起手术刀，严厉地解剖自己。他的"思考"，不是清算某些个体在历史中的责任，而是"造成这些浩劫的根源"，即"我们这个古老的中华民族的伟大的生命力和因袭的沉重包袱"。(《黄河东流去·代后记》)李準以强烈的历史忧患意识和难得的道德勇气，严肃甚至严苛地审视和反思自己前期的写作，同时也是在以个体为经验，翻检一个时代的文学。他发现，包括自己在内的不少作家，在为时代"鼓与呼"的同时，丧失了自己独立思考的权利。他说，"作家必须独立思考，没有独立思考就不要当作家了"，这是几十年来的惨痛经验。正是缺乏独立思考的精神及环境，自己的创作才沦为政治、政策的简单传声筒："五十年代我们都是正统思想，上级说啥就写啥，什么小脚女人、黑社会，回头看看真惭愧，把自己宝贵的精力浪费在那最无价值的描写上，太可惜了。"这样的写作，不仅浪费了光阴，创作出的作品也很快被遗忘——"我国农村题材的文艺作品受庸俗的政治干扰最大。我写了十几个电影，现在重新复映的只有三四个，还是凑凑合合拿出来的。人没死，作品已经死了，或者上半年写的，下半年就死了。"[1]"我欠了很多账。这个账就是我五十年代写了一

---

[1] 《"文艺的社会功能"五人谈》，《文艺报》1980年第1期。

些不真实的作品。当时我是满腔热情，太幼稚，只知紧跟形势，配合运动，没有独立思考。我在合作化期间写的反对'小脚女人'，批判'右倾保守'的作品，今天都拿不出来了。为什么？就是不真实。这是我要永远记取的教训：粉饰生活的虚假的东西好写，但是短命；反映生活真实的作品难写，但有生命力。"[1]这种披肝沥胆的自我反思，痛陈弊病，带有李準豪爽质朴、快人快语的个人风格。这种理性思考的意义不会局促于他的创作，必然牵涉一批作家，涉及一个时代作品的重新估量，因而引起不少人的不快甚至批评。李準并没有因此停息，直到 1997 年，他还在反思自己的作品，担忧自己的作品"甜、少、速朽"[2]。

回顾李準的小说写作，从《不能走那条路》到《李双双小传》到电影《大河奔流》，他的作品清新、朴实、浑厚、幽默，"洗练鲜明，平易流畅，有行云流水之势，无描头画脚之态"（茅盾语），洋溢着喜剧气氛，但几乎都是观念先行，机械化、简单化地反映生活。他在与时代的"共名"中确立了自己的位置，同时也失去了独立的思考。《不能走那条路》反映的主题固然重大，但不是作者提出来的，基本上是对政策、路线的文学性阐释，没有作者的深刻思考，更谈不上对文化、伦理、人性等的挖掘和表现。《李双双小传》相对则比较成功，人物性格鲜明、生活气息浓郁，歌颂了敢想敢为、关心集体、大公无私的精神，批评了基层干部自私自利的行为。不过，李双双的形象渲染过度，完美而不真实。她学技术、搞改革，养猪、办食堂，干一样，成一样，几乎没有丝毫缺点；她方向明确，意志坚定，思想没有丝毫的犹豫和反复，村支书对她也是言听计从……这些都过于简单。作者停留在生活的表层，回避了现实生活中的严峻矛盾，乐观地表现了农民对"大跃进"的认同，体现出浪漫主义精神，但缺乏现实主义力量。他也曾偏离主流意识形态预设的轨道，但很快就被拉了回来。当然，这不是李準或个别

37

---

① 李準：《在黄山笔会上的发言》，《安徽文学》1980 年第 10 期。
② 孙荪：《怀念李準》，《牡丹》2000 年第 3 期。

作家的问题，而是时代规约下的普遍限制。夸过其理，名实两乖。

"运动文学"是没有生命力的，李準对此有着极为清醒的认识。他通过全面的反思和自省，回到了对现实和历史思考的自觉状态。他要写一部不朽的大书，这就是《黄河东流去》。

这部书的底子，是电影《大河奔流》。《大河奔流》是失败的，李準按照"三突出"的理论塑造人物，只写了李麦一家人的命运。更令人难以接受的，是李麦竟然成为林道静式的英雄。这部电影上座率很低，观众不买账，李準自己也承认"失败了"。《黄河东流去》在《大河奔流》的基础上另起炉灶，写了七家人的命运，四分之三的情节和电影不同。他摒弃了工具论、阶级论的羁绊，恢复现实主义的活力和传统，探索民族文化和民族灵魂。他反思："文艺到底是干什么的？是塑造整个一代人的灵魂，是潜移默化，是整个人类创造出来'美'的信使，也是大自然的介绍人，绝不是'传声筒'！"《黄河东流去》要"在时代的天平上，重新估量一下我们这个民族赖以生存和延续的生命力量"。他"决不再拔高或故意压低人物"，不去塑造叱咤风云的英雄，而是着力表现"有缺点和传统的烙印"的普通人，"生活里是怎么样就怎么样"。（《黄河东流去·开头的话》）他以"乡村能人"去塑造李麦，形象骤然鲜活了起来。他按照生活本来的样子塑造的"河南侉子"群像，也逼真饱满，呼之欲出。他不再根植于政治观念之上，简单地咀嚼苦难或者诠释人民创造历史的命题，而是将目光投向人们的精神世界，直面历史的存在，关注我们民族沉重的历史和苦难的岁月，自觉地将触觉伸向历史和人生的深层，探究中华民族的生活方式、生存状态、道德伦理和生命精神，称量中华民族的生命力量、生命韧性与创造精神，找寻这个古老而伟大民族生存、发展的精神支柱，表现出恳切质朴的民族情怀与浑厚浩然的民族精神。

《黄河东流去》之所以能做到以"丰满的塑造带着沉重的历史负担、面对重重困难而坚韧不拔的民族性格"（张光年语），源于李準拥有"生活的浓度"。他说："有人以为文学作品最难的是编故事的能力和表达它的文字功夫，其实不然，最难的是作品的生活浓度，生活有多少'浓度'，才是衡量作品高低的不可缺少的标准。……生活的浓度不是一种技巧，而是体现在作品的各个方面的生命线。比如：主题思想的鲜明度，选择题材的切入点，人物形象的立体感，故事情节的自然流泻，以及语言、细节、风格、氛围等，生活的浓度无所不在，无所不包。"[1]1942年，李準作为流亡学生，跟随黄泛区的难民由洛阳逃荒到西安，目睹体验了难民流离失所的悲惨遭遇和恓惶生活，看到了他们顽强地保持着的生活习俗和道德精神；中华人民共和国成立初期，他在黄泛区从事信贷工作，看到了人民的苦难与热情，也进行了大量的调查；1969年起，他成为"黑帮"，被下放到黄泛区监督劳动了三年，了解了无数难民的"流亡史"。在创作《黄河东流去》时，李準已经和这片多灾多难的土地融为一体。正是因为有着"生活的浓度"，有着对民族精神和生命力把握的热情，《黄河东流去》中的人物才如大刀阔斧砍出来的一般，粗粝、质朴、真实，充沛着浓郁的泥土气息。倘若说"生活是创作的源泉"是普遍意义上的创作律则，那么，李準的"生活的浓度"则是贯彻和融汇着李準独特经验和体验的写作诗学。

　　"黄河水白黄云秋，行人河边相对愁。"[2]面对人祸天灾，人们只能抛家离舍，仓皇逃命。当"家"被抛弃的时候，他们在逃亡中会表现出怎样的生活状态和生命精神呢？《黄河东流去》围绕着"家"的迁徙流转而展开，要回答的就是这一问题。李準说："几千年来，农民总是和他们的'家'联系在一起的，他们的土地、茅屋、农具和牲畜，构成了他们独特的生活方式，从而产生了他们特有的伦理和道德。但是，当他们的田园被淹没、家庭被破坏，变成了一群无家可归的流浪者的时候，他们会怎样呢？他们的伦理观、道德观，以及大批流入城市以后，他们的家庭、人和人的关系会有些什么变化呢？本书就是希图从这一方面，给读者介绍一些真实生活。"（《黄河东流去·代后记》）李準正是通过"家"这把认识中国的"钥

39

----

[1]　周民震：《一掬抱憾的泪水——祭亡友李準》，《民族文学》2003年第1期。

[2]　白居易：《生离别》。

匙"来透视中华民族的生活方式、伦理道德和精神心理。他集中描绘了七个家庭的迁徙和遭遇，通过几十口人的命运，塑造了坚忍不拔的中华民族群像，给我们展示了具有文化内涵和历史意义的精神世界，谱写了一曲波澜壮阔的史诗般的历史赞歌。李麦刚强善良，海老清倔强朴实，徐秋斋迂腐正义，王跑狡黠自私，陈柱子精细周到……这些人物让我们看到了中国农民的勤劳勇敢、善良淳朴、刻苦耐劳、互帮互助的优秀品质，看到了他们对故土家园的热爱、对传统道德的坚守、对爱情的执着追求和坚忍不拔的生活意志。作者在极力刻画中华民族坚韧顽强的生活意志、生生不息的生命精神、互帮互助的伟大人情的同时，毫不隐讳中华民族长期背负的"因袭的沉重包袱"。对于海香亭、海骡子、孙楚庭、四圈、王跑等的鱼肉乡里、阿谀奉承、见利忘义的民族劣根性，作者也毫不掩饰，严肃地予以揭示和批评。李準用历史的辩证法，既彰显了伟大的民族精神和坚韧的民族生命力，同时也揭橥了这个古老民族之所以因循守旧、停滞不前、多灾多难的内在原因。

　　不过，作者宏大的写作意图和作品实际有着一定的距离。李準在将视点转向历史深处和人们的精神世界的时候，由于思想认识和前期创作心理的顽强孑遗和惯性作用，简单地将道德性和阶级性等同起来，并没有彻底地从人的视觉去表现个人与群体、与社会的关系，将民族性与阶级性辩证地统一起来。我们在《黄河东流去》中看到，地主、官僚、富裕者全是坏蛋，他们道德败坏，如海南亭凶狠毒辣、海福元为富不仁、孙楚庭草菅人命等。而贫穷者如李麦、海老清、徐秋斋等则有道德上的优越感，"身上闪发出来的黄金一样的品质和纯朴的感情"，他们身上的小农意识和民族劣根性被温情脉脉的乡情遮蔽住了。这种道德上的划分依然没有超越唯阶级论的藩篱，民族文化心理依然小于阶级性，也不完全符合社会生活的实际。由于作者过分喜欢这些人物，他们明显被理想化和拔高了，灵魂内在的冲突以及传统文化的负面价值都没有深刻地被揭示出来。如此，就很难深入到人物心理的深层，表现出其灵魂上的、道德上的多维冲突，也很难深入到生活和历史的深处，真实地再现那一时期的真实生活状态和复杂社会关系。这也同作者要刻画群像，笔墨过于分散不无关系。其次，作者试图通过议论来增强历史感和哲理性，但多处不能与作品血肉般地相连，表现出明显的说教气。此外，赤杨岗难民在洛阳、西安、咸阳等地逃难的历史性揭示不足，艺术表现上也比较弱，等等。这些都使得小说不能深邃地透视到民族灵魂的深处，揭示出我们民族的生命精神。

"亦是今生未曾有，满襟清泪渡黄河。"①以《黄河东流去》为转折点，李準痛定思痛，从时代和集体的束缚中挣脱出来，完成了思想上的重建、精神上的重塑和艺术上的丕变。他深入到人物命运的深处，深入到历史的深处，深入到中华民族精神的深处，"万里写入胸怀间"，不仅在小说上创作出了民族的精神史诗，而且在电影文学方面创作了《牧马人》《高山下的花环》等脍炙人口的佳作。只要中华民族还在、奔涌的黄河还在，人们便不会忘记千百万黄河儿女迁徙逃难的悲惨历史，不会忘记李準的《黄河东流去》。

2015 年 6 月 8 日于咸阳毕塬

---

① 龚自珍：《众兴道中再奉寄一首》。

《平凡的世界》：青春大海上的精神灯塔

热映的电视剧《平凡的世界》引发了全社会的广泛关注和热烈讨论，我们有必要再一次去认真审视路遥留给我们的这份珍贵而伟大的遗产——它为何感人，它究竟凭借何种力量打动千百万观众和读者，激励无数平凡人去奋斗逐梦？同时也应该思考，我们专业的文学评价机制和标准出了什么问题，为何会出现普通读者、观众的"阅读热""观看热"与研究者的"叙述冷"。如此，方能告慰于逝者，无愧于观众和读者。

《平凡的世界》是一部关于青春的书、人生的书、苦难的书、奋斗的书，也是一部伟大的道德之书和精神之书。路遥的精神世界是由普通劳动者和底层青年构建的"平凡的世界"，在中国当代作家中，他最能深刻理解"平凡的世界"里的人们对于中国尤其是青年的意义。我们知道，孙少安和孙少平有路遥自己的影子，甚至很大程度上是他的"自叙传"。他和孙少安、孙少平们之所以被无数读者称道，被那么多人敬仰，就在于他在人生和青春浩瀚茫然的大海上竖起了精神的灯塔：自尊、自强、奋斗、追梦、同情、悲悯、包容……这些人生和青春的关键词源自于路遥对于心灵的深刻洞察，源于他刻骨铭心的青春体验和人生磨砺，同时也离不开伟大的俄罗斯文学的精神灌溉。他用质朴、诚挚和纯粹作为写作的墨水，总能把日常生活和平凡世界里的琐碎现象拉伸成道德信念和精神信仰的一部分。他也虚构，但更是将生活和盘托出，呈现出最为真实和本质的存在，在众声喧哗中给生存于苦难之中、在困境中挣扎的人群和青年以方向指引和贴心抚慰。他不像托尔斯泰和陀思妥耶夫斯基那样去考问灵魂，或者揭发人性的暗面；他倾注心力，感受乡村生活的喜怒哀乐，书写底层群体和青年平凡、充实而又充满温情的生活，发现日常生活中的闪光点，平凡世界里有"金子般心灵"的人们。你可以说他不是杰出的艺术家，但他绝对是伟大的布道者。他总是"把关注普通大众的人生作为自己审美的价值取向，总是于苦难意识与悲剧情节中展现一代农民（特别是青年农民）的奋斗的精神美，而这正是中国当代'城乡交叉地带'曾经拥有和正在拥有的现实"。他通过孙少平热烈赞美自尊自强、积极进取的向上精神："我们出身于贫苦农民的家庭——永远不要鄙薄我们的出身，它给我们带来的好处将一生受用不尽，但是我们一定要从我们出身的局限中解脱出来，从意识上彻底背叛农民的狭隘性，追求更高的生活意义。"这种不向挫折低头、勇于奋斗拼搏的精神，是路遥心中的理想人格，也是他对人生和青春意义的真诚诠释。他笔下的人物像广袤沉雄的黄土高原一样，用宽厚坚硬的脊梁承载起了一个民族的繁衍、生存与发展。正如小说第二部第四十二章所写的："什么是人生？人生就是永不休止的奋斗！只有选定了目标并在奋斗中感到自己的努力没有虚掷，这样的生活才是充实的，精神也会永远年轻。"这些奋斗和拼搏不是于连式的不择手段，不是现代社会弱肉强食的丛林法则，也不是狂热的英雄主义，而是一种如沐春风、坚实坦荡、深沉刚毅的"硬汉子精神"——以最为美好的道德信念和坚定的精神信仰为归宿。这正是伟大的艺术所要极力达到的目标。因而，阅读《平凡的世界》的体验会使我们想起《战争与和平》里的彼埃尔公爵。经过战争的洗礼之后，他浑身散发出伟大的人性光辉。娜塔莎当着玛丽小姐的面这样夸赞他："他不知怎么变得非常清洁、光亮和新鲜了，好像刚从俄罗斯浴室里走出来。你明白吗？从一间道德的浴室里出来。"《平凡的世界》可谓"中国的道德浴室"，一代代青年都渴望在这间浴室里清洗自己的道德污秽和精神委顿，寻找心灵的安妥，舒展理想的翅膀，磨炼奋斗的意志，书写属于自己的精彩人生。值得欣慰的是，在物欲横流、道德失范、信仰缺失、精神颓靡的当下，竟然还有《平凡的世界》这样的作品抚慰普通人尤其是青年的困境和苦难，用最真切的诚挚之心去激励他们走上道德上的完善、精神上的净化和永恒的向上之路。这不能不说是一代又一代青年的幸运和福祉。我们可以说，路遥是一位伟大的青春歌手，更确切地说，是一位洞察青年心灵的伟大牧师。他完成了关于青春的伟大发现。以他为开端，开始了一代代青年的新纪元。在他之后，青年已经不是他以前的那种样子了。在他之后，也很难有人享受这份荣耀。因而，在人们的精神生活随着物质的丰裕而急剧下滑的处境下，《平凡的世界》能引发无数读者与观众的心灵共振与共鸣不足为奇。

路遥曾说："我们应该追求作品要有巨大的回声，这回声应该响彻过去、现在和未来。"他在历史、现实和未来之间寻找可以贯通的"永恒"，这种"巨大的回声"和"永恒"，既是强烈的时代精神，同时也是深沉的历史感、纯净的道德诗意和灿烂的精神光芒，集中体现在他笔下的郑小芳、孙少安、孙少平等人物身上。《你怎么也想不到》中的郑小芳讲出了人之所以为人的高尚和伟大："人，应该追求一种崇高的生活，永远具有为他的同类献身和牺牲的精神……假如有一天，全世界每个人都坐在了火箭上，够先进了吧？但火箭上的这些人已不是真正的人，而是狼或者老狐狸，那这种先进又有什么意义呢……"这种明确而坚定的审美理想和精神指向，是路遥小说最为突出和鲜明的艺术特征，同时也形成了他小说春风化雨般的感染力和同化力。马尔库塞说："艺术不能直接改变世界，但它可以为变更那些可能变革世界的男人和女人的内驱力作出贡献。"《平凡的世界》以审美的形式参与社会生活，以在"城乡交叉地带"奋斗的人们为中心，关注普通人的生活，洞察青年人的心灵，将过去、现在和未来整体性地贯穿起来，表现出强烈的时代精神、深沉的历史意识和巨大的精神能量。它使我们发现，自尊、自强、奋斗、追梦、温情、怜悯、包容等良好道德和美好精神在我们当下的社会是何等稀缺而又何等必要！凡是经历过困境、苦难和青春的人们，都会从这部伟大的小说中寻找到自己的位置，获得道德上的洗涤和心灵的慰藉。正如莱蒙托夫诗里所写的："我是在你身上爱着我往昔的痛苦，还有我那早已消失了的青春。"如果我们世界的主体是普通人的"平凡的世界"，是青年人成长、奋斗、拼搏的世界，那么，《平凡的世界》必然就会成为普通人尤其是青年的"道德训诫书"和"精神《圣经》"。

就创作方法而言，路遥是质朴的现实主义者，在魔幻现实主义、心理分析、新历史主义、先锋主义等方法风靡流行时，他不相信"全世界都成了澳大利亚绵羊"，坚守现实主义的阵地，在种种方法热和主义热的迷雾中坚定独行。其实，他不在乎什么主义，也不会去雕琢掩饰，他用热情、道德、信仰、精神来写作，这些都是他的主义。经过心灵的吐纳和转换，这些成为沛然莫御的道德激情和精神力量。《平凡的世界》可能粗糙，但绝不琐碎；可能简单，但绝不做作；真诚，但绝不矫情；热情，但不狂热。它用孩子般纯真的眼睛看待世界，灌注着路遥的激情、信仰、良知、责任、精神和生命，捍卫着世界之美，赞颂着人性的胜利。它虽然称不上艺术上的千古杰作，但绝对是当代长篇小说史上的精神绝响，是青春大海上永恒的精神灯塔！

2016 年 9 月 28 日于长安小居安

高孤决绝的悲情歌手
——阎连科散文读札

散文是小说家灵魂的镜面。在散文里，小说家打磨掉了包裹在外的石头和沙砾，唯余熠熠生辉的珠玉，以真实、真诚和真情，照亮、震撼乃至攫住我们。契诃夫的《伊凡诺夫》里有台词言："我是来寻找散文的，结果却遇到了诗。"读阎连科的散文，也有类似的感慨与收获。他的散文，我们能强烈感受到真实与悲伤的诗情。

他的小说也有力透纸背的悲情，但其包裹在虚构和想象之中，隐藏在荒诞而神奇的叙事之中，与我们遥遥相望，需要我们灵魂的奇遇。在这样一个纷乱喧嚣的上升或者下沉的时代，小说的想象力与读者灵魂奇遇的概率，并不亚于我们遇见外星人。这不仅仅因为我们匆忙焦虑，静不下心来，也因为小说家的想象力输于现实甚或赢于现实，还缘于这种想象力是否恰切，是否能把握穿透现实并适合读者的脾胃。阎连科的意义在于——在喧嚣而荒凉的时代，在昨天和今天的桥梁已经坍塌或被拆除的历史与现实的荒芜中，他用自己的文字给我们留下那个时代张牙舞爪以至分崩离析的真实情况，将庞大纷繁的历史压缩在自己奇诡阴森而恣肆汪洋的文学想象中。他已建构的瑰丽奇伟的文学景观，只是他伟大的艺术雄心和文学抱负实现的一部分。

而他的散文，直接面对时代的本质和内核，以深沉、炽热的情感与艺术冲力与我们照面。在短兵相接的境遇里，他无法顾及招式、套路与章法。他如兔搏虎，如蛇吞象，用尽全力，以笔为矛，以头撞墙。散文之于他的小说，更直接、更勇敢、更尖利，更能穿透坚硬和混沌。

他是个普罗米修斯式的河南犟汉。

对于绝大多数中国人而言，故乡是一个既回不去也走不出的地方。在这种情感的悖论中，乡愁被幻化为一种普泛空洞、矫情抽象的抒情。阎连科不去忖念忸怩做作的乡愁——"老家里有土地、有房屋、有亲人，想了就回去，不想了就猫在哪儿看人、发呆，吸霾天，既不议论乡愁去，也不议论议论乡愁的人，如同世界和我没有关系样。"他曾经拼命离开土地，拼命脱离农村，如果现在让他回去，他会愿意吗？实际上，对于阎连科这批从农村挣扎出来的作家而言，哪里有什么乡愁，说"乡怨""乡恨"还差不多！为赋新词强写的乡愁，在虚情假意里编织出的乡愁，实在夥矣！同样，母校也是中国人特有的施予过多其他外在东西的一种情感，这种以亚血缘关系为基础而形成的熟人社会的情感伦理，四处满溢，多数成为相互炫耀、相互攀附、相互依存的一种庸俗的情结。阎连科曾在河南大学、解放军艺术学院进修过，并获得盖有钢印的毕业证书。然而在他看来，河南大学的文凭是"半买半捡的函授教育"，解放军艺术学院就读的两年，虽是"脱岗住校，可那时，除了每天躲在宿舍疯写小说外，是能逃课的必逃课，不能逃的课，也处心积虑地要逃课"。因而，他"渐渐地从心里把自己开除出那所学校去"，并坦言"我是一个没有母校的人"。这里，他丝毫没有为自己脸上贴金，他"将疏远当作存在，将旁观作为智慧"。在真诚的自我认识和自我反省中，我们能够看到一个作家对真实的维护和对虚荣的穿刺。在《别走我们这条路——致创造性写作研究生班的作家们》的发言里，他表达得更充分，也更动人——"我的教训是，我和现实的矛盾有太深的隔阂，以致使疑虑与不安，成为了我写作最重要的动力和阻力。清楚地知道人的黑暗在哪儿，又不能像鲁迅在《野草》中优雅地一跃，把自己融进黑暗里，并让自己睁开盯着黑暗的眼，从渊黑中发出两束光芒来。哪怕是微弱的可以逾越黑暗的幽蓝的光。而我自己，人在黑暗，心在黑暗，抱怨太多，幽叹过重，甚至我都觉得我的小说中有种怨妇气，太缺少了超越和明亮。"或许正因为这种对真实的维护和追求，对自我鞭辟入里的反思和忏悔，从而使得他的写作获得了一种异于同侪的特质。

他是个堂吉诃德式的文学信徒。

如他所言，包括他在内的同代作家"几乎都是为了饥饿、进城和个人命运而开始读书和写作的"，"起点之低，真是低到了尘埃里去"。然而，到了城里获得所谓的成功之后，又有谁能够彻底摆脱名利的束缚。文人的酸腐、文人的悲剧——"就在于我们的内心有不息的理想。我们那一点点的不同与可敬，也缘于在世俗、混乱，乃至于龌龊、肮脏的现实中，我们还有这一点点的理想。"他像堂吉诃德一样，在获得成功后，依然继续怀疑，出击，用长矛刺向时代的巨大风车，成为阿甘本意义上的少数的"同时代人"。在他看来，怀疑不仅是凝视时代、凝视前辈必不可少的精神品质，同时也是反抗绝望与创造性写作的基石——"不走老师和前辈们的文学之路，也才真正是我们这个创造性写作研究生班毕业后最好的前行和主义，一如每一位大作家和每一部大作品，都必然要建立在因为对世界和经典作家及作品怀疑而开始的创造上。"在这推心置腹、金针度人的殷殷寄语中，我们可以清晰地窥见他不为世动、不因时变的初心与信仰。不忘初心，必果本愿。

他是我们这个时代高孤决绝的悲情歌手。

在他这里，高孤决绝"不是傲气和俯瞰"，"高孤是一种精神的洁净和自塑，是一种立场的坚定和守持"，是一种虽千万人吾往矣的关怀与悲悯。在纷杂繁复的小说的叙事与真诚灌注的散文书写中，他探究尽头，悲情地凝望着世界的荒诞与人类精神污秽而幽暗的角落。

悲情的背后是深情，是敏感与善良、纯粹与坚稳。

在为希梅内斯的《小银和我》所写的中文版序《去往童年的圣道》中，我们可以看到他童年的"草香和花美"，可以看到他的内心"白如絮云、阔无垠际"，可以看到他"用文字和故事，还原出心灵返童的路道"的努力。他夫子自道般地言道："这样的写作，不仅是诗人的一种才华，更是当孩童的纯真和圣洁到来时，世界上一切的灰暗都会发光和歌唱的影与音。"他用当代写作中极为稀缺的纯粹和坚稳、敏感与善良，维护着自己的深情与悲情。他为什么这么高孤决绝，这么深情、悲情？我们可以用艾青那句揪人心魄的诗来作答——

　　"因为我对这土地爱得深沉！"

2018 年 11 月 17 日于长安小居安

高孤决绝的悲情歌手

关于新时期以来史诗小说经典化的思考

上世纪八十年代"文学复兴"以来，随着"告别革命"的社会转型和市场经济替代计划经济的市场转向，宏大革命史诗的光晕逐渐黯淡，新的历史观念逐渐形成并取得了广泛的社会认同，一大批带有史诗性质和史诗追求的长篇小说如《古船》《白鹿原》《长恨歌》《尘埃落定》《生死疲劳》《笨花》《兄弟》《受活》《平原》《圣天门口》《额尔古纳河右岸》《北上》等相继涌现，这些作品建构起了新史诗小说的系谱与序列，成为"后革命"时代的"经典"或正在经典化。

这些新的史诗小说着力重写革命史、家族史、村落史、民间秘史及运河史等，通过对历史的重新叙述，表现出与宏大革命史诗的对话性、互文性和反叛性，调侃、戏说、瓦解、解构变异甚至颠覆革命史诗叙事，历史的必然性、整体性和目的性被偶然性、琐碎化和虚无性替代，"'革命叙事'被转化为'欲望叙事'，革命斗争被解读为权力之争，革命的动机受到深刻的怀疑，革命的灾难性后果被深度揭示。与之相对的是，社会安定的必要性、传统文化的恒定性、人之常情的可靠性、凡人生活的合理性受到特别的肯定和推崇，无论是'革命'还是'反革命'，都放到'人性'的意义上来解读"。这种"含混却已稳定并且安全的'新历史观'与'史诗化'的创作方式相结合，成为作家们支持其历史'重述'的重要思想资源"。①这些作品将"新历史观"与"史诗化"的追求融为一体，企图在宏大历史叙事解体之后重塑历史的整体性，揭示历史和生活的

---

① 邵燕君:《"宏大叙事"解体后如何进行"宏大的叙事"？——近年长篇创作的"史诗化"追求及其困境》,《南方文坛》2006 年第 6 期。

内在本质和精神含义，表现出多层次、多主题、多人物、多线索、多声部和多冲突的叙事特征，以及史诗小说在审美、精神与道德等方面超时空的内在规定性。

然而，在宏大历史叙事消失、生活的目的性和意义被消解之后，大部分作品的观照和审视缺乏普遍的广泛的历史基石，广度上的开展与深度上的开拓极不相称，不能深入到历史和现实的内在本质；内容的丰富和庞杂缺少意义上的梳理，提炼不出时代精神和生活的意义；结构上的贪大占全使得叙事枝蔓芜杂，顾此失彼，疏散拖沓；人物形象虽然众多，但类型化与扁平化严重，缺乏生动的典型和独特的"这一个"，全景性的描绘也使得作家无力兼顾揭示人物的内心世界；写不出人类共通的"人性心理结构"和"共同美"……之前宏大历史叙事中极为有限且弥足珍贵的对人的精神性的珍视、对道德完善的追求、对"高度庄重"（阿诺德语）的肯定等也被不加甄别地荡涤而尽。按照相对主义的观点，经典是被建构出来的，但从本质主义来看，即使被建构起来的经典，也必须具备成为经典的艺术价值。由于精神视野的逼仄，艺术上缺乏开拓性和创造性，文本的可阐释空间的局促等诸多限制，我们的史诗性小说包括已经经典化的史诗小说通常难以具备真正的文学经典所包含的超时空性、永恒性和世界性。对于新时期的史诗小说"经典"和正在创作的史诗小说而言，如何在小时代的日常生活中确立生命的意义，如何在大历史中寻找个体生命的价值，如何在宏大的历史叙事和平淡的日常生活叙写之间寻找恰当的结合点及比例，如何走出史诗与反史诗的双重规约限制，是难以面对、必须面对且必须超越的写作难题。尤其是随着历史认知的多元化、生活的复杂化、审美的多样化，作家们在时代的喧哗和浮躁中如何将历史的整体性和现实的客观性以严密的、诗性的艺术手段整合成有机整体，从而展现生活的全面景观和庄严诗意，成为决定史诗小说成功与否的决定因素。在这种历史境遇下，德国小说家德布林所呼唤"史诗"文学，或许是史诗小说发展的正确道路：他希望"文学表现的人物和环境是典型的而不是个别的，因为他不相信那种与其他个体截然不同的所谓个体特殊性；这一主张是建立在对人的社会性充满信心的基础上的。……作家本人也不该被看成独立的个人，而应该被看成是同时传达许多声音的个人：他自己的声音以及他人的声音或者确切地说公众的声音也就是时代的一种回声。新的史诗题材应该是作家个人声音与集体回声的有意识对话。还应该避免陷入同样危险的纯粹集体主义和纯个人主义的陷阱中去"。①但在具体操作中，如何把握典型与特殊、个人声音与集体回声、纯粹集体主义与纯个人主义的比例和尺度，无疑是一件难事。

　　人类需要史诗，需要史诗小说。当代中国文学更为需要。小说史表明："具有峰巅意义的、得以长久流传并被其他民族所看重的往往是那些气势磅礴的史诗作品，因此，可以这么说，衡量某一时代、民族的文学发展水平，最重要、同时也最基本的标准之一就是看他是否向人类提供了史诗式的作品。"②对于当代中国的长篇小说创作而言，需要史诗是毋庸置疑的。在二十世纪以至当前尚未终结的历史巨变和时代转型中，我们经历了辛亥革命、北伐战争、大革命、抗日战争、解放战争、"反右"、"大跃进"、"文革"、改革开放等一系列"三千年未有之变局"，所遭遇的反抗与屈从、耻辱与抗争、磨难与欢欣、苦难与辉煌等，无一不具有前所未有的史诗性质。因此，我们期待具有史诗规模、史诗容量、史诗气度、史诗精神和史诗深度的回溯、反映、反思与自省。由于受制于意识形态规训、受限于深刻的历史思考的缺乏、受约于痛定思痛的民族精神的匮乏，再加之缺乏普遍的人类意识、人性思想和人道主义精神，以及小说家审美感受力的孱弱和艺术水准的平庸，迄今我们尚缺乏甚至没有真正记录民族心路历程和精神变迁、具有精湛深邃艺术魅力、放在世界小说之林中也毫不逊色的史诗性经典。同时，我们长期以来的史诗小说理论指引和史诗小说创作实践，有着怎样的理论误导、艺

---

① 〔法〕托多洛夫：《批评的批评——教育小说》，第33页，王东亮、王晨阳译。北京：生活·读书·新知三联书店，2002年。
② 汪政、晓华：《有关史诗的理论务虚——读黑格尔、卢卡契》，《文艺评论》1994年第3期。

术错位与经验误解，也值得冷静审思和认真清理。我们知道，史诗小说首先必须具有历史的广度和思想的深度，具有敏锐的观察力和深刻的透视力，能够在望远镜和显微镜之间把握住时代精神绵延的走向，并能通过独具意味的、含有诗意的叙事形式表现出来。正如别林斯基所言："一首诗，不论它包含了怎么美好的思想，不论这首诗对当代的问题作出多么强烈的反映，如果其中并没有诗意，那么其中就不可能有美好的思想，也没有提出任何问题。我们在其中可以看到的，那不过是执行得糟透的美好的意图而已。"[①]如果不能兼顾这些因素，徒具史诗的架构、容量和规模，俨然不能称之为史诗性的写作。我们大多数的史诗经典，停留在史诗小说的外在的形式属性上，强调其同历史事件和社会现实的历史学和社会学意义上的联系，没有从审美属性上把握史诗小说的文体特征。其次，史诗小说，同其他小说类别一样，有一种哈维所谓的本能性的"支配中心"，即"承认人在社会中的丰富性、多样性和个性，同时相信这些特征作为目的本身都是好的"，[②]其追求复杂性，存在着多种多样的信念和道德。就此而言，我们的史诗小说无论是"革命历史小说"还是"后革命"时期已经经典化的史诗小说，窄化了世界、社会、自然、人生、心理、命运等的复杂内涵及其关联与缠绕，体现出单一的、黑白分明的思维和认识特征，严重削弱了小说的广度和深度。再次，史诗的艺术魅力不在外在的规模、容量和形式，也不是思想本身，而是"蕴藏在艺术对思想的表现之中，蕴藏在个人风格、艺术家的印记和生命的气息之中"。[③]其要求作者能够同民族和人类的命运与灵魂同呼吸共命运，具有宽阔的胸襟、伟大的精神境界和均衡完美的道德关切，并能以诗意的巨大活力和充沛感染力，

① 〔俄〕别林斯基：《一八四七年俄国文学一瞥》，《别林斯基选集》（第六卷），第 586 页。上海：上海译文出版社，2006 年。

② W.J.Harvey：Character and the Novel, London, Chatto and Wendus company, 1965, p.24.

③ 〔法〕罗曼·罗兰：《托尔斯泰传》（节译），陈燊编选《欧美作家论列夫·托尔斯泰》，第 47 页。北京：中国社会科学出版社，1983 年。

向内形成作品中心人物的品行性格。最后需要特别指出的是，史诗小说作为长篇小说的一种形式，并无文体上的优势。如果能像契诃夫、莫泊桑、鲁迅那样"纳须弥于芥子"，"一花一世界，一木一浮生"，丝毫也不逊于粗制滥造的大部头史诗。就小说家而言，"性各异禀"，尺短寸长，必须从自己的才情禀赋出发，认清自己的实际，选择适合自己的文体，才不至于被创作史诗的导向捆绑，急功近利、云集景从创作所谓大部头的作品。如此，才有可能回应卢卡奇对"伟大叙事时代的召唤"，创造出真正无愧于时代的史诗性经典。

2015 年 5 月 10 日于咸阳毕塬

新中国文学七十年：记忆与愿景

文学是时代的精神表征。七十年来的新中国文学，参与了新中国筚路蓝缕的发展历程，见证了新中国翻天覆地的巨大变化。作为具体而宏大的精神性存在，她关涉着中华民族的文化传承与文化积累，蕴藏着民族情感与精神力量，更寄寓着一代代中国人的精神诉求和美好愿景。

说其具体，是因为新中国七十年的文学之于每个中国人，是一部部鲜活的作品、一个个熟悉的名字，是一次次阅读后的沉思或感慨；说其宏大，是因为其将每个中国人与集体、时代、民族和国家前所未有地紧密地联系在一起，塑造着这个民族的性格气质、精神结构，决定了这个民族的情感需求和精神走向，是民族群体和国家整体的文学存在和精神景观。

1949 年，源于"延安文艺"的新中国文学开始抽枝发芽，开花结果。借用维柯的说法，我们步入了"英雄的时代"，革命理想成为政治理想。追溯波澜壮阔的革命史，英雄辈出；注目正在进行的社会主义建设，各条战线涌现的劳动者——英雄，更是如同雨后春笋，叙写英雄、歌颂英雄、塑造英雄自然而然成为文学创作的首要任务。这是一个需要英雄并产生了英雄的时代。在革命历史与农村建设两大题材内，涌现了一批我们耳熟能详的名字。如朱老忠、沈振新、江姐、梁生宝、江华、刘雨生、周大勇、杨子荣等，这些被文学史命名为"三红一创、青山保林"（《红旗谱》《红岩》《红日》《创业史》《青春之歌》《山乡巨变》《保卫延安》《林海雪原》）的"红色经典"中的英雄人物，成为既往革命和崭新生活的主体，表现出强烈的主体意识和当家做主的自豪感。他们超越了个体利益和个人主义，意志坚定、品格崇高，情感世界、精神境界、价值追求汇聚在集体、民族与国家的宏大使命中，为之努力奋斗，甚至献出生命。中短篇小说、散文、戏剧和诗歌领域，也出现了不少进行时代抒写和时代抒情的典范作品。但不到二十年，这类尚有人间味的英雄烟火气全无。"英雄"成为萧长春、欧阳海、王杰式的，高大全的、由特殊材料铸成的"圣徒"。这种状况一直持续到上世纪七十年代末。1949—1979 年，这三十年的新中国文学，特征鲜明——普通劳动者是作品的主人公，他们苦大仇深、嫌富爱贫、公而忘私，人性的崇高品格与革命理想完美统一；他们个人命运的变化，被叙述为历史的必然选择，并被赋予强烈的时代意义和进步色彩。

　　1976 年，"文革"结束。随着改革开放的春风，文学终于迎来了"黄金时代"。鲜明的精英意识、强烈的启蒙色彩和浓郁的社会责任，是八十年代文学本质性的精神内核。从"伤痕文学""反思文学""改革文学""寻根文学""知青文学""都市文学"到"小巷文学"，种种文学现象与文学思潮，无不在诠释北岛那句著名的诗句——"在没有英雄的年代里，我只想做一个人。"对"人"的价值的肯定、发现和高扬，空前地牵动着中国人的情感世界。文学终于能坚持自己的主体性和审美性，其功能也由工具型向思考型转换，由粉饰型向批判型转变。《班主任》《伤痕》《犯人李铜钟的故事》《天云山传奇》《芙蓉镇》《古船》《红高粱》《活动变人形》等批判反思历史，聚焦社会政治、日常生活、精神文化等方方面面的问题，沉痛而深刻，引起强烈的社会共鸣；《乔厂长上任记》《沉重的翅膀》《人生》《新星》《浮躁》等描写改革开放初期中国社会走向新的变革的艰难进程和根本动力，呼唤并塑造了一大批高扬理想主义的改革者，激动了整整一代人的心灵；八十年代后半期，在现代主义和后现代主义的影响下，一大批青年作家以"断裂"的姿态走向"先锋文学"，格非的《青黄》、莫言的《透明的红萝卜》、余华的《现实一种》、苏童的《妻妾成群》、孙甘露的《我是少年酒坛子》等作品，试图在世界文学的版图中，确立中国作家的自我身份。此时的文坛，杂花生树，群莺乱飞，各种主义和流派，独领风骚三五天。以至于黄子平调侃说，我们当时被创新的小狗撵得连撒尿的工夫也没有。好景不长，在无法预期的吊诡的历史变局中，风行一时的王朔的"痞子文学"和在山海关卧轨自杀的后来被"神话"的诗人海子，滑稽而悲壮地宣告了八十年代文学高涨的理想主义的终结。

临近千禧年的九十年代，社会主义市场经济全面展开，国家文化政策亦随之调整，文学体制、文学格局、文学生产以及作家的存在方式，都发生了深刻变化。大众文化和消费主义流行，新传播媒介日益普及，中国文学进入去精英化时期。尤其是文化市场和新闻媒介对禁忌、苦难、欲望、私密的放大和引导，一时令国人目乱睛迷。如"《废都》现象""诗人之死""张爱玲热"等，都蕴含着复杂的时代因素和纷杂的思想文化问题。这一时期成绩突出的是长篇小说，回首翻检，《活着》《白鹿原》《九月寓言》《心灵史》《马桥词典》《尘埃落定》等长篇，难得地经住了时间的考验，成为长篇中的经典之作。几乎同时，重构历史的长篇写作也如火如荼，唐浩明的《曾国藩》、二月河的《雍正皇帝》、凌力的《少年天子》、高阳的《胡雪岩全传》、霍达的《补天裂》等，拥趸甚众。与长篇小说热和历史小说热相映成趣的，是九十年代的"散文热"。余秋雨的"文化散文"率先引起轰动。此后，"学者散文""大（文化）散文""小（女子）散文""系列散文""专栏散文"等纷纷登场，热闹一时。这种"热"的背后，一方面是因为散文文体的大众化；另一方面，与市场经济下世俗化的认同倾向和消费心理也有密切的关系。

新世纪文学沿袭了之前的市场化机制，并在全球化的语境中更为细化和多元。其突出特征是文学性的扩散化和日常生活的审美化。以韩寒、郭敬明为代表的"青春文学"，以李娟、梁鸿、黄灯为代表的非虚构文学，以贾平凹、王安忆、李佩甫、格非、徐则臣等为代表的新城乡叙事，以及内容驳杂数量惊人的"网络文学"，关注于现实，聚焦于日常生活的审美化，审美性、人文性、精神性日益萎缩，表现出繁荣而萧索的奇异景观。

新中国文学七十年，我们的叙事形态从城乡中国走向城镇中国，从新形态的城市叙事走向"新时代"的新题材和新形象。遗憾的是，在我们数量惊人和体量硕大的作品中，依然匮乏从日常生活开拓出新的境界和新的意义的能力，缺乏精神化合的能力，缺乏照亮和指引的能力。即使在代表一个时期创作水平的作品上，这种遗憾依然非常突出。对当下的文学创作而言，如何将过去、现实与未来融合起来，如何在它们之间建立本质性的联系，创造出诗意充沛的审美世界，并为当代国人提供道德关怀和精神支持，依然是中国文学长期面临的紧迫任务。

2019 年 9 月 22 日于长安

第二辑

《剑桥中国文学史》"1841—1949"部分
错疏举隅

　　孙康宜和宇文所安主编的《剑桥中国文学史》中文版[①]问世以来，在学术界引起广泛关注和强烈反响。赞誉者掎裳连袂，商兑者亦不乏其人，就其贡献和遗憾均有肯定和检讨。遗憾的是都集中在古代文学部分，近现代部分（《剑桥史》将 1841—1949 年划为现代）几无涉及。限于也止于本人所学，仅就《剑桥史》"1841—1949"部分存在的错误、纰漏以及问题胪列并作讨论。

一、史实上的错误和疏漏

　　无论著何种史，史实的准确可谓基础。错误成堆、纰漏百出，首先会给读者传递错误的知识，贻害于人；其次，往往使观点、推断等受到很大的影响，牵涉到所著史书的质量。再次，这也是学术态度的问题。就《剑桥史》"1841—1949"部分而言，错误和疏漏确实不少，且就主要举例如下（反复出现或相近的问题归为一条，楷体字为原文，宋体字为笔者愚见）：

　　（一）1841 年仲夏，学者、诗人龚自珍暴卒于江苏当阳书院。（465 页）

61

　　龚自珍卒于 1841 年 9 月 26 日，农历八月十二，时维仲秋，而

[①]　孙康宜、宇文所安主编：《剑桥中国文学史》，北京：生活·读书·新知三联书店，2013 年。以下该书简称《剑桥史》，本文只讨论下卷，引文凡出本卷，只标注页码。

不是"仲夏"。卒地是江苏丹阳云阳书院（亦称"丹阳书院"）[1]，而不是当阳书院，当阳书院在湖北，亦名玉阳书院。

（二）梁启超（1873—1929），二十世纪之初文学革命的领军人物，曾经形容自己一度被龚自珍的诗作震撼，初读若"受电然"；然而，再读则"厌其浅薄"。……龚自珍或许预料到梁启超日后对他的批判，辩称自己的诗歌简单易读，甚至在思如泉涌、不可抑制之时，依然保持这一特点。（466页）

梁启超在《清代学术概论》中说："自珍性詄宕，不检细行，颇似法之卢骚；喜为要眇之思，其文辞俶诡连犿，当时之人弗善也。……晚清思想之解放，自珍确与有功焉。光绪间所谓新学家者，大率人人皆经过崇拜龚氏之一时期。初读《定庵文集》，若受电然，稍进乃厌其浅薄。然今文学派之开拓，实自龚氏。"[2]梁启超此处主要论"今文学派"，而非龚定庵之诗作。至于"龚自珍或许预料到梁启超日后对他的批判"的后见之明，纯属臆测。后文提到龚自珍的《赋忧患》一诗，又误之为"文"。（486页）在征引龚自珍的"九州生气恃风雷"的时候，又误写为"九州风气恃风雷"（618页）。

（三）在第一次鸦片战争前夕，他已经作诗宣扬末世论调："秋心如海复如潮，惟有秋魂不可招。"（467页）

"秋心如海复如潮，惟有秋魂不可招"出自龚自珍《秋心三首·其一》，这三首诗作于道光六年（1826），谓之"第一次鸦片战争前夕"亦无不可，但谓其"宣扬末世论调"却不妥当。此年3月，龚自珍第五次参加会试，名落孙山。次年龚好友谢阶树、陈沆、程同文等相继离世，其心情之坏，甚于三年前写《夜坐》时。《秋心

---

① 郭延礼：《龚自珍年谱》，第 221 页。济南：齐鲁书社，1987 年。
② 《三大师论国学》，第 82—83 页。上海：生活·读书·新知三联书店，2007 年。

三首》伤己悼友，凄凉落寞，既有痛苦与执着，亦有希望和幻灭。云其"宣扬末世论调"，未必也。再则，原句为"但有秋魂不可招"，而非"惟有秋魂不可招"。[①]

（四）1877 年，黄遵宪的一次重要职务变动对他后来的诗学观念造成了直接影响。他不再从传统仕途中谋求升迁，而是接受了一个外交官职位的礼聘。在此后的二十余年时间，他遍游美洲、欧洲和亚洲多国。

他提出，"诗之外有事"，"诗之中有人"，这恰恰阐释了他为自己的主要诗集取名《人境庐诗草》（1911）之个中缘由。（471 页）

据黄遵宪年谱，"八月，先生中式顺天乡试第一百四十一名举人。旋入赀为知府，以五品衔拣选知县用。"[②]同年 12 月，列入派往日本使馆的成员名单中，为参赞官。其做外交官，走的是传统的仕途，而且是"入赀"，即纳钱财获得功名，而非"礼聘"。黄遵宪海外使节时期为 1877—1894 年，非"二十余年"。

"诗外有事，诗中有人"是黄遵宪 1902 年《致梁启超书》中提出的诗学理想，非"诗之外有事"，"诗之中有人"。《人境庐诗草》至 1902 年始定稿，终未刊印。1905 年黄遵宪逝世，其侄伯叔将《人境庐诗草》稿本并印费交与黄的知交梁启超代为付印。梁于 1911 年付印于日本，凡十卷，分装四册，共收诗六百四十一首，为黄的最后手定本。[③]《剑桥史》所叙，让人误以为黄遵宪自己在 1911 年印行了《人境庐诗草》。

---

① 参见郭延礼：《龚自珍年谱》（第 114 页）、孙钦善选注：《龚自珍诗文选》（第 95—96 页，北京：人民文学出版社，1991 年）。

② 吴天任编著：《清黄公度先生遵宪年谱》，第 25 页，台湾：商务印书馆，1985 年。

③ 吴天任：《黄公度先生传稿》，第 497 页。香港：香港中文大学出版社，1972 年。

（五）"桐城三祖"戴名世（1653—1713）、方苞（1668—1749）、刘大櫆（1697—1780），都是安徽桐城人，自幼即被目为神童。（472页）

"桐城三祖"为方苞、刘大櫆、姚鼐，学界已为惯常。方苞以"义法说"、刘大櫆以"神气说"、姚鼐以阳刚阴柔与神理气味格律声色说，共同奠定了桐城派散文的理论基础。三祖之说，盖源于方东树《昭昧詹言》："愚尝论方刘姚三家，各得才学识之一，望溪之学，海峰之才，惜翁之识，使能合之，则直与韩欧并辔矣。"[1]另，对于戴名世是否为桐城派创始人，学界一直存在争论。窃以为，戴名世与方苞同为桐城籍，两人有密切往来，文学、学术观念相近，戴对方也有深刻影响。但不可忽略的有两点：一、戴名世死后，桐城派方形成；二、戴名世有强烈的反清意识，与桐城派对比鲜明。[2]

（六）然而实际原因应该是，这部著作（《海上花列传》）在过去从未被视为狭邪小说。（480页）

《海上花列传》被归为狭邪小说，是从鲁迅的《中国小说史略》开始的。其二十六章"清之狭邪小说"有专论。

（七）晚清侠义公案小说发端于俞万春（1794—1849）的《荡寇志》（1853）。（482页）

在《荡寇志》（1853）之前，尚有《儿女英雄传》。《儿女英雄传》

---

[1]　转引自朱东润：《中国文学批评史大纲》，第344页。上海：上海古籍出版社，2001年。

[2]　参见曾光光：《戴名世与桐城派关系辨析》，《安徽史学》2008年第5期。

初名《金玉缘》，又名《日下新书》，后改名《正眼法藏五十三参》。后经东海吾了翁重订，题曰《儿女英雄传评话》，共四十回，成书于道光二十九年（1849）。

（八）1906 年，启蒙戏剧社成立，著名作家吴趼人的
历史小说被改编为京剧脚本。（495 页）

中国近代第一个话剧社为春柳社，1906 年年底由在日本学习的李叔同（息霜）、曾孝谷组建，先后加入者有欧阳予倩、吴我尊、陆镜若等人。启蒙戏剧社查无其名，或《剑桥史》另有所据。

（九）其中四种最为出名：《新小说》（1902—1906），
《绣像小说》（1903—1906），《小说月报》（1906—1908）
和《小说林》（1907—1908）。（497 页）

上文说的是晚清四种最出名的小说杂志。晚清最著名的四种小说杂志，学术界一般认为是《新小说》《绣像小说》《月月小说》和《小说林》。《小说月报》晚出，也非最著名者。另，《小说月报》的创刊和停刊日期均错误。《小说月报》1910 年 7 月创刊，上海小说月报社（创刊时是上海商务印书馆出版）印行，1931 年 12 月停刊，共出版二十二卷。

（十）他最负盛名的作品《二十年目睹之怪现状》，自
1903 年在梁启超的《新小说》上甫一连载，立即受到读
者欢迎。连载至 1910 年全书完成，共计一百零八回，是
当时最受瞩目与称道的小说。（500 页）

《二十年目睹之怪现状》并非在《新小说》杂志连载完。其初连载于 1903 年至 1906 年的《新小说》杂志，刊至四十五回《新小说》杂志停刊，后广智书局出版单行本，分八册，至 1910 年出齐，

共一百零八回。

（十一）刘鹗的《老残游记》（1906）是晚清最为著名
的小说之一。（501页）

《老残游记》的连载出版比较复杂，并非1906年完成。其1903
年始刊于《绣像小说》，至十三回中断。后重刊于《天津日日新闻》，
并续至二十回，1907年该报又发表二集九回。1906年初集单行本
出版。1935年二集六回本印行。

（十二）曾朴的《孽海花》（1907）取材于赛金花（小
说中称为傅彩云）。（502页）

《孽海花》的成书比较复杂，非1907年完成。小说的前六回由
金松岑完成，1903年《江苏》杂志第八期刊出前两回。金松岑"以
小说非余所喜"，请曾朴续写。曾朴在前六回的基础上续写，1905
年完成并出版前二十回，1907年在《小说林》杂志发表二十一至
二十五回。迟至1927年曾朴又完成了后十回。1931年，三十回本
由真善美出版。1959年，中华书局出版三十五回本。《剑桥史》既
然要标明时间，就要对成书过程予以介绍。否则，误导读者。

（十三）民国初年，文坛突然出现一股以骈文写作小
说的热潮。
《玉梨魂》的极度流行不仅是因为上述爱情故事复杂
的主旨。小说用优美的骈体文写就，让爱情以既熟悉又陌
生的面貌打动读者。（511页）
如《玉梨魂》，《断鸿零雁记》也以辞藻华丽的骈文写
成。或许只有通过古典叙述模式，这名孤独的僧人方得以
传达他的深切悲伤，确认自我存在的真实意义。古文因其
紧凑质朴，寓意深远，显然是漫无方向的一代文人传达情

绪的合适媒介。(512 页)

　　骈文实际上是民国初年的官方文体。1915 年，孙中山发起讨伐袁世凯的二次革命时，其宣言就是用优雅的古文写成的。(515 页)

民国初年出现了旧派言情小说热，其写到婚恋悲情，都是"骈四俪六，刻翠雕红"，但叙述也用散文，很难说其是骈文写成，而是骈散结合的文体，在旧体诗文中融入新东西，让读者感到既熟悉又新奇。《剑桥史》中一会儿说其是骈文，一会儿说其是古文，令人不知所云。骈文因其字句皆成对偶而得名，以四字六字与四字六字相对为基本句法者，又称四六文。古文常指除赋、骈文等有韵之文外的古代散文，不讲究押韵、对偶，句法灵活，长短不一。至于说骈文是民国初年的官方文体，更是无稽之言。民国初年的官方文体是文言文，即一般意义上的古文。《剑桥史》将骈文和古文混为一谈，全书多处滥用。

　　（十四）桐城派呼吁信、达、雅，促进了"古文体"，中和了繁琐复杂的"时文"，因此为新写作方式的兴起开辟了道路。(516 页)

信、达、雅是严复提出的翻译标准。严复虽为桐城派，但信达雅是否成为桐城派的共识颇值怀疑。另，严复《天演论》之后的译作摒弃了意译而以直译为主，刻意模仿先秦文体，愈来愈为艰涩难懂，说其"中和了繁琐复杂的'时文'，因此为新写作方式的兴起开辟了道路"并不符合史实。

　　（十五）研究者常常把五四运动视作中国迈向现代化途中的一大转折点。这一场在全国范围内兴起的文化政治运动，始于 1919 年 5 月 4 日，针对第一次世界大战后退让畏缩的国际政策，呼吁自力更生。(462 页)

67

爱国抗议活动迅速席卷所有主要城市，并发展为一场全国性的运动，强烈呼吁社会政治改革和文化革新。文学一向被视为思想改革的关键因素，文学革命于是成为此次运动的主要目标。（517 页）

关于五四运动的传统叙述，一般始于 1915 年。当时，康奈尔大学的一群中国学生，就文学改革中语言活力的问题展开了一系列辩论。在辩论的高潮阶段，当时主修哲学专业的胡适抛出了"文学革命"的观点。（518 页）

众所周知，广义的五四新文化运动包括三个层面的内容（即"大五四"），即 1915 年开始的思想革命，1917 年开始的文学革命，1919 年开始的五四学生爱国运动（也谓之"小五四"）。学界很少有人将 1919 年发生的五四学生爱国运动作为五四运动的起点，倒是《剑桥史》一会儿说是 1919 年，一会儿说是 1915 年。其甚至认为，学生爱国抗议活动引发了"社会政治改革和文化革新"，"文学革命于是成为此次运动的主要目标"，这与史实不符。"社会政治改革和文化革新"和"文学革命"早在学生爱国运动之前开始。

1915 年夏，胡适与任鸿隽、陈衡哲、赵元任等在康奈尔大学就白话文与文言文展开争论，彼时胡适为康奈尔大学文学院学生。同年 9 月，胡适进入哥伦比亚大学哲学系学习。《剑桥史》所述让人误以为胡适 1915 年在康奈尔大学时已主修哲学。

（十六）1916 年，在写给陈独秀（1879—1942）的信件中，胡适提到建立新文学的基本步骤需从八事入手：一曰不用典，二曰不用套语，三曰不讲对仗，四曰不避俗字俗语，五曰须讲求文法结构，六曰不作无病之呻吟，七曰不摹仿古人，语语须有个我在，八曰须言之有物。（519 页）

胡适在 1916 年 8 月 19 日致朱经农的信中完整提出了"八事"主张。同年，8 月 21 日，胡适将"八事"内容重抄寄给陈独秀，言"年来思虑观察所得。以为今日欲言文学革命"。陈将信函直接刊载在当年 10 月 1 日的《新青年》2 卷 2 号上通信栏目上。《剑桥史》所引"八事",即出此处,但不完整,第三条应为"不讲对仗(文当废骈,诗当废律)",第四条应为"不避俗字俗语(不妨以白话做诗词)"。胡适说,前五条"为形式的方面",后三条"为精神(内容)的方面"。胡在致陈独秀信一月后,写成《文学改良刍议》,一份刊于《留美学生季报》,一份刊于《新青年》。《文学改良刍议》中言:"吾以为今日而言文学改良,须从八事入手。八事者何?一曰,须言之有物。二曰,不摹仿古人。三曰,须讲求文法。四曰,不作无病之呻吟。五曰,务去滥调套语。六曰,不用典。七曰,不讲对仗。八曰,不避俗字俗语。"我们可以看到,"从'欲言文学革命'的八事,到文学改良的八事,对排列顺序做了较大的更改。从形式和精神两方面分而列之,变成现今留给文学史的有些散乱而看似无逻辑的'八事',且把'精神上之革命'的内容和陈独秀提出异议的内容全部提前"[①]。胡适的《文学改良刍议》在致陈独秀信的基础上作了重大调整和删改,在《新青年》上发表之后产生了广泛而深刻的影响。如果引内容差异甚大、尚未修改且反响不大的致陈独秀信函,并不妥当,也无人以胡适致陈独秀信函中所提的"八事"作为文学革命的立论基础。

(十七)激进知识分子陈独秀接续胡适之说,在 1919 年 2 月号的《新青年》中提出了文学革命的三个原则:推倒雕琢的阿谀的贵族文学,建设平易的抒情的百姓文学;推倒陈腐的铺张的古典文学,建设新鲜的立诚的写实文学;推倒迂晦的艰涩的山林文学,建设明了的通俗的社会文学。(519 页)

陈独秀的《文学革命论》一文刊载在《新青年》1917 年 2 月

---

① 庄莹:《〈文学改良刍议〉八事考》,《山花》2010 年 18 期。

的 2 卷 6 号上，而非 1919 年。他提出建设平易的、抒情的"国民文学"，而非"百姓文学"。

（十八）与此同时，胡适发表了《建设的文学革命论》一文，宣扬以"国语的文学，文学的国语"为宗旨。在此文中，他明确提出了文学革命的两个目标，即语言俗语化和文学俗语化。1921 年，教育部确立白话文为初级教育的官方语言，文学革命实现了它的第一个目标。（519 页）

胡适《建设的文学革命论》主张言、文一致的国语，即以白话文作为国语文学的载体，替代以往言、文脱节的历史状况。《剑桥史》所谓的"即语言俗语化和文学俗语化"不知何谓也。1920 年1 月，北京政府教育部正式以公文下令国民学校的国文科改为国语科，并废止原来的文言教科书，而非《剑桥史》中的 1921 年。

（十九）1921 年，以梅光迪（1890—1945）、吴宓（1894—1978）、胡先骕（1894—1968）为首的南京学者创办了《学衡》杂志。……他们的杂志旨在"昌明国粹、融化新知"，"以中正之眼光，行批评之职事"。这些观点不过是晚清盛行的"中学为体西学为用"口号的复苏。（522 页）

《学衡》杂志正式出版于 1922 年 1 月，而非 1921 年（第 612页也写成 1921 年）。这倒其次，对其评价更是简单臆断。其认为"学衡派"的"昌明国粹、融化新知"，以及"以中正之眼光，行批评之职事"，"不过是晚清盛行的'中学为体西学为用'口号的复苏"。这何其简单也。"中学为体"主张以中国纲常名教作为决定国家社会命运的根基，"西学为用"主张采用西方国家的近代科技，效仿其在军事、工业、教育、法律、税赋等方面的做法。"学衡派"作为文化守成主义者，并不拒绝吸纳西方在道德、伦理、文学方面的成就。他们主张依靠伦理道德凝聚中国，是新文化运动主张的启蒙理性的反拨，对新文化运动偏激的某些方面进行了中肯的批评，是一种相对稳健的文化选择。这和主张"中学为体、西学为用"的洋务派的历史语境和内在本质完全不同。紧接着，《剑桥史》又说学衡派成员"身为启蒙知识分子"，前后矛盾，令人不知所云。

  （二十）批评家们指出，鲁迅或许受到了果戈理同题小说及其他国外作品的启发。同样重要的是，鲁迅笔下的狂人也有中国本土的文化血缘，他的形象可以追溯至屈原的《离骚》、庄子笔下的孤僻隐士，以及六朝时期放荡不羁的名士狂人。（524页）

  无论鲁迅在国民性这一问题中如何雄辩滔滔，他仍对一个人生领域态度暧昧，即解放中的爱情和情色。当然，他并非没有意识到传统社会中对于性的压制所造成的后果，他本人就是一桩传统包办婚姻的牺牲品。（524—525页）

  鲁迅在《我怎么做起小说来？》中公开承认自己与果戈理在艺术上的关联，并非批评家的发现。至于说狂人的形象"可以追溯至屈原的《离骚》、庄子笔下的孤僻隐士，以及六朝时期放荡不羁的名士狂人"也是风马牛不相及。

  "无论鲁迅在国民性这一问题中如何雄辩滔滔，他仍对一个人生领域态度暧昧，即解放中的爱情和情色"这句，颇有揭鲁迅短之意，但也是纯属臆断。鲁迅的传统婚姻和新式爱情并不意味着他对爱情和情色"态度暧昧"，他的《我之节烈观》《娜拉走后怎样》《我们怎样做父亲》《男人的进化》等杂文，小说《伤逝》，以及书信、日记都清楚地阐述了自己对爱情和情色的看法。

  （二十一）《死水》的前两节写道：
   也许铜的要绿成翡翠，
   铁罐上锈出几瓣桃花；
   再让油腻织一层罗绮，

霉菌给他蒸出云霞。

对于熟知古诗格律的读者而言，闻一多的九言诗行造成了音节上的灵活和结构上的变化。（533 页）

最后一句原文是"霉菌给他蒸出些云霞"，少了一个字，就成了八个字，不工整了。即使"熟知古诗格律的读者"，恐怕也难以体悟到这首诗所实践的"新格律诗"主张。闻一多在《诗的格律》中提出"诗的实力不独包括音乐的美（音节），绘画的美（辞藻），并且还有建筑的美（节的匀称和句的均齐）"，这几句成功地实现了音节美、绘画美和建筑美的"三美"主张，非"音节上的灵活和结构上的变化"所能涵盖。

（二十二）较之其他鸳蝴派小说作者，向恺然和李寿民受到革命思想批评家更为猛烈的批评。（542 页）

在此节所论的"鸳鸯蝴蝶派"中（537—542 页），鸳鸯蝴蝶派几乎包括了清末民初的所有通俗小说。"鸳鸯蝴蝶派"是一个充满争议的文学流派，一般认为，鸳鸯蝴蝶派指的是清末民初专写才子佳人题材的文学派别，因常用"卅六鸳鸯同命鸟、一双蝴蝶可怜虫"而得名。其主要作家有包天笑、徐枕亚、周瘦鹃、李涵秋、李定夷等。一些学者为避免"鸳鸯蝴蝶派"扩大化，将张恨水等人的社会言情小说归入通俗文学来论述。至于向恺然和李寿民的武侠小说，学界几乎无人将其纳入鸳鸯蝴蝶一派，此点深值商榷。另外，《剑桥史》不用大家耳熟能详的向恺然和李寿民的笔名平江不肖生和还珠楼主，也极为不妥。这两位武侠小说家以笔名发表作品，读者接受和熟知的也是笔名，《剑桥史》从头到尾未提两人笔名平江不肖生和还珠楼主，令读者如坠云雾中。

（二十三）茅盾（1896—1981）于 1921 年加入共产党，写下了《大转变何时来呢》（1925）一文，批评社会现状

已经到了奄奄一息、濒临灭亡的地步。（543 页）

茅盾的《"大转变"何时来呢？》发表于 1923 年 12 月 31 日《文学》周报第 103 期，而非 1925 年。

（二十四）戏剧方面，年轻剧作家曹禺（1910—1996）的作品《雷雨》（1933）1934 年在山东济南上演，引发轰动。接下来的两年中，此剧在上海、南京甚至东京频繁演出。（556 页）

关于《雷雨》的演出，学术界通常认为，中国留日学生 1935 年 4 月 27 至 29 日以中华话剧同好会的名义在东京神田一桥讲堂举行的公演为首演。当时，日本两位关注中国文坛的青年学者武田泰淳和竹内好读过剧本后深为感动，便去找到中国留日学生杜宣。在讨论中一致认为《雷雨》"是戏剧创作上的巨大收获"，决定把它搬上舞台。于是，1935 年 4 月 27 日、28 日、29 日，《雷雨》以中华话剧同好会的名义，在东京神田一桥讲堂首次与世人见面，导演为吴天、刘汝醴和杜宣。[1] 1993 年，刘克蔚先生经过"多方寻觅史料和反复考证"，又提出"《雷雨》首演不是 1935 年 4 月在日本东京，而是 1934 年 12 月 2 日在浙江省上虞县的春晖中学"。[2] 时至今日，尚无《雷雨》在山东济南上演引发轰动，接下来两年在上海、南京和东京频繁上演的说法。恰恰相反，《雷雨》在日本东京演出引起了巨大轰动，墙外开花墙内红，进而才在中国引起巨大反响。

（二十五）1926 年，年轻的台湾人刘呐鸥（1900—1940）来到上海，进入震旦大学学习法语。……这些年轻

---

[1] 田本相：《曹禺传》，第 160 页。北京：十月文艺出版社，1988 年。
[2] 刘克蔚：《〈雷雨〉国内首演钩沉》，中国艺术研究院话剧研究所、南京大学戏剧影视研究所编《中国话剧研究》第 7 期，第 120 页。北京：文化艺术出版社，1993 年。

刘呐鸥 1905 年出生于台湾台南县，而非 1900 年。新感觉派也并非这些现代派作家的自我命名，而是出自楼适夷的《施蛰存的新感觉主义——读了〈在巴黎大戏院〉与〈魔道〉之后》（1931 年 10 月《文艺新闻》第 33 期）一文，施蛰存始终不承认这一命名。

（二十六）京派作家和海派一样是一个松散的文学团体，涵括了不同风格的作家如巴金、卞之琳、老舍、林语堂、凌叔华、沈从文、周作人、萧乾（1910—1999）和林庚。（580 页）

京派虽是松散的文学团体，但有大致的文学观念：在态度倾向上，他们的作品注重与人生的紧密联系，关注平民世界，反对作品的商业化，远离左翼文学和政治斗争；艺术上主张个人化和个性化的创作，追求情感的内敛、理性的节制与和平静肃穆的艺术境界。巴金和老舍的创作，就作品内容和艺术风格而言，同京派并无多大联系。学术界也从未有巴金和老舍属于京派的提法。至于老舍的"京味小说"，同京派也是完全不同的两个概念。

（二十七）同时，鲁迅和胞弟周作人合作翻译、出版了多部东欧小说，以图唤醒中国大众。（523 页）
鲁迅和周作人出版了两部《域外小说集》，悄然宣告了一种严肃而忠实的外国文学的硬译方式。1909 年 3 月和 7 月，这两本书在两兄弟求学的东京仅各印了一千五百册。在东京和上海两地共售出区区二十余册。……它对翻译的力量郑重其事，将其作为一种减轻他国被压迫人民的不公和苦难的方式。（593 页）

以上两段论述，前后矛盾。前面说鲁迅和周作人合作翻译、出版了"多部"，后面说两部。《域外小说集》售出的册数，也与事实不符。鲁迅在《域外小说集·序言》中说："半年过去了，先在就近的东京寄售处结了账。计第一册卖去了二十一本，第二册是二十本，以后可再也没有人买了。……于上海，是至今还没有详细知道。听说也不过卖出了二十册上下，以后再没有人买了。"按鲁迅提供的数字，在东京和上海最少售出了六十册，而非《剑桥史》说的"在东京和上海两地共售出区区二十余册"。"它对翻译的力量郑重其事，将其作为一种减轻他国被压迫人民的不公和苦难的方式"也颇扞格。

> （二十八）共产党有着自己的文学根据地延安，最为
> 著名的是1942年毛泽东在文艺座谈会上宣讲他的文艺政
> 策。同时，几乎所有信仰各异的作家都加入了中华全国文
> 艺界抗敌协会，这是一个老舍任主席的无党派爱国组织。
> 抗敌协会推动反日作品的创作，组织战地访问团，并提倡
> 报告文学等文类。1945年日本投降之后，战前活跃在上
> 海的著名作家，仍然返回上海。抗敌协会更名为中华全国
> 文艺界协会，仍然代表着全国的无党派作家。1949年共
> 产党接管上海之后，它便不复存在了。（607页）

"文协"成立于1938年3月，很难说同1942年毛泽东的文艺座谈会讲话"同时"。老舍任中华全国文艺界抗敌协会的总务主任，而非主席。言"抗敌协会更名为中华全国文艺界协会，仍然代表着全国的无党派作家"，很难成立。因为更名之前，"文协"成员中既有共产党员，有国民党员，也有民主和无党派人士。更名之后，至少也有共产党员作家。另外，中华全国文艺界协会的不复存在，同1949年共产党接管上海也无因果关系。

> （二十九）1927年6月2日王国维自沉于北京颐和园。
> 他留有遗书："五十之年，只欠一死。经此事变，义无再

辱。"（615页）

王国维遗书上是"经此世变"而非"经此事变"。再则，王国
维选择 1927 年 6 月 2 日自杀，因为这一天为旧历端午节，效仿屈
原也。这点须指出，否则就无法显现出王国维选择的自杀日期中的
文化隐含。

（三十）陈三立（1859—1937）是清末民初宋诗派的
领衔人物之一，被誉为现代中国最后一位才华横溢的诗
人。1937 年反抗日本入侵之际，陈三立忧愤绝食而死。
陈早年对维新充满热情，但在认清民国现实之后，他宁可
成为"神州袖手人"。然而这一位旧派诗人为了他宁愿袖
手旁观的新中国而身亡。（616页）

陈三立 1853 年 10 月 23 日（农历九月二十一）出生于江西义宁，
而非 1859 年[①]。"被誉为现代中国最后一位才华横溢的诗人"不知
出自何处。陈衍《石遗室诗话续编》以为："五十年来，惟吾友陈
散原称雄海内"，称"现代中国最后一位才华横溢的诗人"未必妥
当。所引"神州袖手人"，出自陈三立 1895 所作《高观亭春望》"脚
底花明江汉春，楼船去尽水鳞鳞。凭栏一片风云气，来作神州袖手
人"，其时尚未到民国。再说，"来作神州袖手人"完全是愤激之
辞，他若是只顾自己的自了汉，岂会因日寇侵略而绝食而亡。另，
不知"新中国"何指，此句亦不通。

（三十一）根据 1946 年 2 月南京政府军事法庭的数据，
三百四十万的中国百姓被杀害，远东国际军事法庭的数据
是二十万。（620页）

---

① 马卫中、董俊钰：《陈三立年谱》，第 6 页。苏州：苏州大学出版社，
2010 年。

上文说的是南京大屠杀。经 1946 年 2 月南京军事法庭查证：日军在南京集体大屠杀二十八案，死者十九万人，零散屠杀八百五十八案，死者十五万人，合计三十四万。由于对战犯的审讯是在八年后进行的，再加之许多事实法庭难以短时间查实，如成千上万的人被枪杀后又被浇上汽油焚烧，尸骸被抛入长江，许多活埋的秘密地点尚未被发现，到底有多少南京居民被屠杀，难以统计，三十四万只是粗略的统计。但也不至于《剑桥史》所说的"三百四十万"，不知是笔误，还是另有所据。

（三十二）根据 1939 年的自传文章《天才梦》，她三岁就能背诵唐诗，七岁写第一篇小说，八岁开始创作第一部长篇小说。（643 页）

张爱玲在《天才梦》中说："八岁那年，我尝试过一篇类似乌托邦的小说，题名快乐村。"张并未说这是长篇，而且后来兴趣转移，写小说的练习簿成了绘画本。按照《剑桥史》的叙述，张俨如神童，八岁就开始创作第一部长篇小说，这部小说似乎也最终完成。这种"嘉言耸听"，误导读者。

（三十三）1955 年张爱玲离开上海，移居香港，1952 年远走美国。（645 页）

张爱玲是 1952 年离开上海移居到香港，1955 年远走美国。

（三十四）以延安作为中心的文艺活动，遍及山西、河北、察哈尔、热河、辽宁等省的乡村地区。它们统称为"三边"：晋（山西东北部），察（察哈尔西南部），冀（热河南部和河北大部分）。……新诗和传统歌谣多发表在《大众文艺》《新诗歌》《诗建设》《诗战线》等杂志上，主要

撰稿人被合称为"晋察冀诗派"。(649页)

现代"三边"通常是指抗日战争时期陕甘宁边区的行政区分，为原安边、定边、靖边三县的合称，《剑桥史》这样的命名不知道是因为地理知识上的缺乏，将陕甘宁的"三边"和晋察冀混淆，还是故意为之。但无论如何，这样的命名并不妥当，会对读者产生误导。

（三十五）这首（指《王贵与李香香》）近一千行的叙事诗采用的是陕西北部的歌谣形式"信天游"：以两行为单位，第一行的意象通常是一个明喻或者隐喻，第二行揭示比喻的喻旨。(649页)

对于信天游所用的艺术手法，介绍则完全是错误的。信天游两行一节，节与节之间可以自由换韵，音节大体一致，末行押韵，节奏感强。作为抒情的民歌体，其善于运用比兴手法而著名。比兴是中国文学中独有的修辞方式，"先言他物以引起所咏之辞也"。前一句中的"比"，先言相关的事物以引起联想，引起"兴"味，形成美好的氛围，后一句落到叙述和歌咏的主体。这同明喻或者暗喻完全属于不同的修辞方法。

（三十六）他（吕赫若）的第一篇短篇小说《牛车》写于1935年，次年在日本发表。(653页)

吕赫若的短篇小说《牛车》1935年1月发表在日本的《文学评论》上，而非1936年。

（三十七）1945年至1946年，吴浊流完成了以日文写作的长篇小说《亚细亚的孤儿》。(655页)

《亚细亚的孤儿》完成于1943—1945年间，而非1945—1946年间。

另外，《剑桥史》还存在许多编校错误，如萧三成了"肖三"（621页）、吴祖光成了"吴组光"（623页）等等。限于篇幅，不赘。

二、贸然的学术判断

文学史的写作，同一般研究有所不同。其要做出学术判断，必须对文学思潮、文学现象、作家作品有全面深刻的了解和把握，力求做到客观公允。一家之言的研究成果也可吸纳，但也得有充要的论证和坚实的可信度。如果贸然将自己的没有经过"小心的求证"的学术猜想嵌入其中，故作惊人之论，以求所谓新颖独创，往往会适得其反。《剑桥史》就严重存在上述问题，兹举其中一些例子如下：

（一）这部小说着重刻画了侠女何玉凤因父亲被军中副将所害，发誓为父亲之死报仇。在实施复仇计划的过程中，她无意间救下了年青书生、孝子安骥。仇人的突然死亡打断了她的复仇大计，她最终接受了与安骥的婚姻安排。小说阐述了两种世俗的生活理想，即儿女和英雄，以及二者合二为一的可能性。（484页）

这是在介绍《儿女英雄传》的梗概。这个介绍虽然没错，但有偏颇。何玉凤仇人已死，欲出家，终被劝动，同意嫁给安骥。安骥有妻张金凤，亦曾被玉凤所救，两人睦如姊妹，后各有身孕，故此书出名《金玉缘》。《剑桥史》自始至终不提张金凤，不当。

79

（二）他在著作《大同书》中描绘了晚清乌托邦的未来蓝图：这是一个包罗万象的社会，繁盛、强大、进步。另一位仰慕者梁启超从龚自珍处继承了"少年"意象，并在《少年中国说》一文中着意宣传。鲁迅似乎被诗人对"狂士"和"狂言"的偏爱所吸引，并将自己小说处女作的主角塑造为"狂人"。最后，现代中国诗人和政治家乐于塑造的"崇高形象"也来自龚自珍打破传统的诗歌。毛泽东在 1958 年推动人民公社运动时所引用的一首关于宇宙力量的诗作，正是龚自珍的作品。（486 页）

鲁迅是否被诗人对"狂士"和"狂言"的偏爱所吸引，并将自己小说处女作的主角塑造为"狂人"，纯属猜想。鲁迅笔下"狂人"是一个患有"迫害狂"的精神病患者，是一个反抗吃人礼教和封建专制的精神叛逆者，同梁启超的"少年"大不相同。毛泽东在人民公社中所引的"九州生气恃风雷，万马齐暗究可哀。我劝天公重抖擞，不拘一格降人才"也不是歌咏宇宙力量。[1]《剑桥史》不做丝毫分析地予以罗列，芜杂而唐突。此段行文跳跃，逻辑混乱。

（三）晚清小说的兴起，通常认为肇始于严复和夏曾佑（1863—1924）在 1897 年发表的《本馆附印说部缘起》一文。（492 页）

《本馆附印说部缘起》通常被认为是第一篇具有近代意义的小说美学专论，而非晚清小说兴起的标志。晚清小说的兴起，早在此文发表之前。

（四）王国维在现代中国文学史中的地位多有争议，这源自他对清王朝的忠心耿耿及对古典文学的情有独钟。

1907 年是王国维生涯的转折点。他意识到自己强烈的情感力量为知识界所不容，于是从西方哲学转向中国文学，在接下来的岁月中致力于文学尤其是词学研究。他不

---

[1] 参见毛泽东 1958 年 4 月 15 日于广州写的《介绍一个合作社》，见《毛泽东著作选读》（甲种本），第 521—522 页。北京：人民出版社，1964 年。

满于儒家说教，受严羽、王夫之和王士禛"性灵说"的启发，独创"境界说"。（494 页）

学术界对王国维之死因有争议，但对其在中国文学史上的地位并无大的分歧。至于说他"在现代中国文学史中的地位多有争议"，源自"他对清王朝的忠心耿耿及对古典文学的情有独钟"，并无依据。

王国维 1907 年由西方哲学转向中国文学，其原因是他已"疲于哲学"，欲从文学中寻求"直接之慰藉"。他说"而近日之嗜好所以渐由哲学而移于文学，而欲于其中求直接之慰藉者也"。（《三十自序二》）之所以选择词，其一因为"词之为体，要眇宜修，能言诗之所不能言，而不能尽言诗之所能言。诗之境阔，词之言长"。（《人间词话删稿》）其二因为其素有挽词业于颓败之志，他在《人间词甲稿序》有"六百年来，词之不振"的慨叹。其三，其填词时有佳作（如《蝶恋花》之"昨夜梦中"、《浣溪沙》之"天末同云"），有底气，亦有同前人争衡之意气。《剑桥史》却谓"他意识到自己强烈的情感力量为知识界所不容"，于是弃西方哲学而以填词为职志，不知道据何。

王国维的"境界说"既是对中国古典诗学理论的总结，同时又融入了他所推重的叔本华、尼采等人的生命体验哲学，既有中国传统诗学的启发，亦有西方哲学的疏浚，是化合中西文学的一个诗学概念。《剑桥史》只言受严羽、王夫之和王士禛的影响，而不言西来哲学和美学的浇灌，以偏概全。

（五）次年，钱玄同出版了与王敬轩的辩论，后者是由钱氏和友人、文学革命支持者刘半农（1891—1934）共同炮制的桐城派学究。这场争议举国瞩目，并引发林纾在以古文写就的小说《妖梦》和《荆生》中进行反驳。（516 页）

1918 年 3 月，《新青年》杂志 4 卷 3 号上发表了一篇由钱玄同化名王敬轩写给《新青年》杂志社的公开信，历数《新青年》和新文化运动的罪状。同期发表了刘半农的《复王敬轩书》，对前文逐一驳辩，以期引起社会的广泛注意。《剑桥史》不但没有清楚地说明"双簧戏"事件的前后经过，反而让人不知所云。"钱玄同出版了与王敬轩的辩论，后者是由钱氏和友人、文学革命支持者刘半农（1891—1934）共同炮制的桐城派学究"，语句不通。是"钱玄同出版了与王敬轩的辩论"吗？钱玄同化名为王敬轩啊，他曾和自己辩论？"钱氏和友人、文学革命支持者刘半农（1891—1934）炮制的桐城派学究"为何物焉？不知。另，"双簧信"并未引起"举国瞩目"，《妖梦》和《荆生》出现稍晚，除影射攻击三位主张"废汉字、灭伦常"的"少年"钱玄同、陈独秀和胡适外，还讥讽"白话学堂"校长蔡元培。

（六）1906年，他自称在观看了一场幻灯片之后，改变了职业规划。（523页）

将鲁迅"弃医从文"说成"改变职业规划"，意思上没错，但措辞上落入到俚俗鄙野的趣味了。

（七）在鲁迅和郁达夫之间，一时涌现出大量感时忧国的作品。（526页）

这样的表述，不知道有何意义。接下来所述的台静农、王统照、叶绍钧的创作也很难说居于"鲁迅和郁达夫之间"。

（八）狂人之后，狂妇横空出世。晚清以降，女性在文化和社会领域引发越来越多的关注。（527页）

鲁迅笔下的"狂人"是一个文学意象。《剑桥史》混淆文学人物和创作者，不加区别、分析地让其从文学作品走到人间。"狂妇"

有谁呢？《剑桥史》上溯到秋瑾、陈撷芬、徐自华等人，重点论述陈衡哲、冰心等人。这样的命名，石破天惊。

（九）"左翼五君子"之一，鲁迅的学生柔石（1902—1931）在1931年被国民党政府逮捕和暗杀。他写作了短篇小说如《为奴隶的母亲》（1930），感动了大批读者。小说中母亲抛下亲生骨肉，为富裕的地主生子，最后落得骨肉分离。（554页）

柔石和胡也频、殷夫、冯铿、李伟森五位"左联"作家，于1931年2月7日在上海龙华被国民党淞沪警备司令部秘密枪杀，史称"左联五烈士"，已为惯常。《剑桥史》生造的"左翼五君子"，让人一头雾水。就字面意思而论，君子未必死亡，烈士肯定舍身。另外，对《为奴隶的母亲》的介绍七绕八拐，就是挠不到痒处，点透"典妻"风俗。让人不明白小说中的母亲为何要"抛下亲生骨肉，为富裕的地主生子，最后落得骨肉分离"。

（十）晚清的文本和翻译实验挑战了传统和现代文化的敏感性的局限，无法长久存在。……1920和1930年代，现代化和国家建构已经进行，总体而言，翻译的任务如同文学创作一样，被视为唤醒阶级意识的工具，不得不为政治意识形态服务。（592页）

"晚清的文本和翻译实验挑战了传统和现代文化的敏感性的局限"一句，不知云何。至于说二三十年代的翻译任务是"唤醒阶级意识的工具，不得不为政治意识形态服务"，未免过于绝对，我们可以举出很长的反证。

（十一）《小说月报》一度是晚清通俗小说鸳鸯蝴蝶派的大本营，经茅盾之手出现了意识形态的转向，开始出版刊登俄国和法国文学及"被损害民族的文学"的专号。
（594 页）

革新过的《小说月报》作为文学研究会的机关刊物，主要刊登"为人生"的"写实主义"文学，说其同鸳鸯蝴蝶派时期发生"意识形态的转向"，不够妥当，不知这里的"意识形态"何指？另，茅盾接编的《小说月报》除刊登俄国和法国文学及"被损害民族的文学"的专号之外，还出过《泰戈尔号》《拜伦号》《安徒生号》等。

（十二）文学研究会在 1920 年 12 月经过仔细的计划和协商后成立。（601 页）

文学研究会于 1921 年 1 月成立于北京。上文的表述语义含混不清，既可以说成立于 1920 年 12 月，也可以推后。

（十三）创造社由著名诗人郭沫若和有争议的短篇小说家郁达夫创建于日本。（602 页）

创造社的发起组织者除郭沫若和郁达夫外，尚有成仿吾、田汉、郑伯奇、张资平等人，绝非郭沫若和郁达夫两人之功。
类似的问题在《剑桥史》中屡见不鲜。如介绍到台湾日据时期的小说家张文环时说，"张文环还创办了厚生演剧研究会"。（653 页）实际上，厚生演剧研究会发起组织者除张文环外，还有吕赫若、王井泉、林博秋、吕泉生、杨三郎等百余人。

（十四）中国文学本有以古喻今的悠久传统。它既反映儒家思想赋予历史及史学的道德权威，同时也提供士大夫逃避文字治罪的自保之道。（624 页）

以古喻今作为一种写作方法，同儒家思想并无多大关联。再则，以古喻今既可以以古"赞"今，如文人所谓的处于盛世，如置三代；也可以借古"讽"今，如抗战时期的"南明史剧""太平天国剧"。

> （十五）赵树理（1906—1970）是契合《讲话》精神最成功的小说作家。他是山西本地人，1943 年以描写两位农民反抗父母落后思想、追求爱情的《小二黑结婚》奠定了自己的声誉。这部作品以及其它作品如《李有才板话》（1943）中，赵树理捕捉到了山西农民方言土语的韵味，避免了五四文学中常见的欧化汉语。（652 页）

之所以出现"他是山西本地人"，是因为前文将山西当作以延安为中心的文艺活动辐射的"三边"之一（关于"三边"，见本文第一部分第三十四条）。对赵树理小说艺术特色的介绍，完全抓了芝麻，漏了西瓜。赵树理小说的特点主要在于继承了传统章回体话本小说的框架，注重情节的连贯性和完整性，在情节冲突中塑造人物，适合农民的欣赏习惯和审美要求。当然，语言上的明快、简约、幽默和方言化，也是其重要的艺术特色。但只讲语言，无法完整说明赵树理的艺术特征。

此外，《剑桥史》的叙述多处晦涩拗口，扞格不通。如"文学——作为一种审美观念、学问规划以及文化机构——在经历了激烈的角逐形构之后，最终形成今天我们所理解的文学"（462 页），"在曾国藩手中，桐城派最终完成了爬升至文学和政治巅峰的过程"（475 页），"抗日战争造成了许多文化体制的迁徙"（628 页），等等。

三、"被压抑的现代性""感时忧国"与
"抒情传统"

通览《剑桥史》"1841—1949"部分，不难发现"被压抑的现

代性""感时忧国"与"抒情传统"，这三个海外现代文学研究的著名概念相互呼应，在所谓的"文化现代性"或"审美现代性"眼光的筛选和论证中，历史本身的纹理和逻辑被抽空，中国现代文学成为预设的颓废、娱乐、消遣、游戏以及抒情主导的、具有某种天然崇高性的西方"想象"。

"被压抑的现代性"是王德威发明的著名概念。他认为，晚清"不只是一个'过渡'到现代的时期，而是一个被压抑了的现代时期。'五四'其实是晚清以来对中国现代性追求的收煞——极仓促而窄化的收煞，而非开端"。[1]他发掘的"晚清小说现代性"不是指梁启超等倡导的改革"小说界革命"，而是"另一些作品——狎邪小说、科幻乌托邦故事、公案侠义传奇、丑怪的谴责小说等等"。[2]《剑桥史》开头即重弹旧调——"诚然，五四一代作家发起的一系列变革，其激烈新奇之处是晚清文人无法想象的。但是，五四运动所宣扬的现代性同样也削弱了——甚至消除了——晚清时代酝酿的种种潜在的现代性可能。"（462页）晚清文人变革思想的激烈程度可能一点不亚于五四一代作家，但是五四现代性的宏阔和多元远远超过了晚清。并不是五四运动压抑了晚清时代种种潜在的可能性，恰恰是晚清文学（尤其是王德威所钟情的那些）不能顺应时势而成为历史的"过渡"或者"弃儿"。五四新文学在成为主流之后，旧文学并未完全销声匿迹，与其说五四新文学压抑了晚清的现代性可能，不如说晚清文学已经不合时宜、不合人心，自身的弊病导致了其边缘化。五四新文学所打开的新世界，体现出晚清文学难以企及的现代精神、现代意识和人文主义，其不是"窄化"，而是开阔了人们的视野，使得人们自然而然远离、拒绝甚至摒弃以消遣、娱

[1] 王德威：《被压抑的现代性——晚清小说新论》，第56、24页，北京：北京大学出版社，2005年。王德威曾在《被压抑的现代性——晚清小说的重新评价》（1998）、《被压抑的现代性：没有晚清，何来"五四"》（2003）中阐述过相近的观点，《被压抑的现代性——晚清小说新论》一书可谓是该观点的总括。

[2] 王晓初：《褊狭而空洞的现代性——评王德威〈被压抑的现代性——晚清小说新论〉》，《文艺研究》2007年第7期。

乐、媚俗、谴责等为叙事中心的晚清文学。王德威用了五十多页的篇幅讲述晚清文学，论证晚清文学"种种潜在的现代性可能"。叙述的错误时有出现且不说，新文化运动和五四新文学篇幅上还不到晚清文学的一半。这种"偏见"源于他预设的观念和情感。王德威是"以日常生活的文学叙事或者说颓废的文学叙事来定位文学的现代性的。因而对于与此相对的启蒙文学或现代民族国家建构文学的宏大叙事他是根本排斥的。虽然他发掘出晚清文学（小说）过去被忽略、被压抑的一面，但对于同样推动了中国文学（小说）的现代性变革的另外一些革新却持否定态度"。[①]他认为，夏志清所谓的"感时忧国"是五四作家的普遍（症状）（486 页），这种病的"代价"是什么呢，一是"流为一种狭窄的爱国主义"，二是"目睹其它国家的富裕，养成了'月亮是外国的圆'的天真想法。"（611页）其影响呢，使他们对那些启蒙文学之外的文学失去兴趣，极大地削弱和窄化了晚清以来形成的"众声喧哗"的文学景观和文学趣味。

　　五四作家感时忧国的"写实主义"（他们不光是"写实主义"，还有浪漫主义、象征主义等），同中国文学现代性发生的历史背景密不可分，在积贫积弱、内忧外患的历史条件下，感时忧国的启蒙主义无可厚非，可以说是历史的必然和应然。倘若他们遵从王德威所谓的"现代性"，沉浸于王氏津津乐道的"狎邪小说、科幻乌托邦故事、公案侠义传奇、丑怪的谴责小说"等，抛开思想启蒙、写实主义和"为人生"的态度，历史不知会呈现出何种可怖可怜的图景！中国文学的现代性不仅仅包括王德威所沉醉的近代通俗文学的兴起和文学刊物的兴盛，更重要的方面还有现代意义上的启蒙文学叙事、现代性的审美意识、构筑民族国家意识的文学叙事以及文学本体发展嬗变的内在要求等。中国"现代文学的现代性在不同历史阶段的不平衡的显现，除了各种现代性相互冲突激荡的作用外，更

---

① 王晓初：《褊狭而空洞的现代性——评王德威〈被压抑的现代性——晚清小说新论〉》，《文艺研究》2007 年第 7 期。

重要的还受到中国现代化历史过程中不同时代的不同历史焦点的制约。正是由于在倾斜的历史语境中建构现代民族国家和启蒙主义的思想诉求成为中国现代化的历史主线，因而建构现代民族国家的文学叙事与启蒙主义的文学叙事必然成为中国现代文学的主要潮流，它们之间相互融合互补、冲突激荡的旋律勾画出中国现代文学历史发展的基本线索"。[①]王德威所谓的晚清现代性没有从文学发展的自身逻辑出发，对中国现代文学的"多重内涵与多种向度"以及不平衡的冲突激荡没有深刻的洞察和精准的把握，忽略了具体的社会条件和历史语境，混淆了文学史叙述和文学写作的边界，不依靠文本研究的推进，而是用文学想象置换历史起源的因果探究，"寻找文本证据来证明预设观点"，[②]为晚清文学镀上所谓的现代光彩。晚清文学是五四文学现代性萌生的历史先源，是中国古典文学走向现代文学的蜕变过程，体现历史中间物的过渡特征。但只有到了新文化运动之后，才真正意义上完成了由传统到现代的过渡，汇入了世界文学的整体格局，才完成了思想的现代化、人的现代化和文学的现代化：形成了现代的精神、道德、价值观念，形成了现代的民族国家意识，形成了"用现代文学语言和文学形式，表达现代中国人的思想、感情、心理"的现代文学和审美意识。[③]"被压抑的现代性"将晚清文学的这种"过渡特征"一味无限放大，模糊了晚清文学和五四文学的本质性区别，无限膨胀研究主体的情感体验，体现出强制阐释和过度阐释的研究特征。

"被压抑的现代性"虽是旧调重弹，但将龚自珍逝世之年1841年视为中国现代文学的肇始（对龚自珍的生平和文学思想介绍有错误和疏漏，见前文）可谓旧曲新唱。在王德威看来，"从多种方面

---

① 王晓初：《褊狭而空洞的现代性——评王德威〈被压抑的现代性——晚清小说新论〉》，《文艺研究》2007年第7期。

② 王晓平：《后现代、后殖民批评与海外中国文学研究——以王德威的研究为中心》，《文学评论》2012年第4期。

③ 钱理群、温儒敏、吴福辉：《中国现代文学三十年·前言》（修订本），第1页。北京：北京大学出版社，2012年。

来说，龚自珍的人生和著作均可视为一条纽带，与早期现代中国文学最为显著的诸般特点紧相缠绕。尽管出身士绅阶级，接受了深厚的儒学考据训练，龚自珍却广为宣传他对'情'和'童心'极具个人化的阐释，以此回应晚明的'情教'论。他关注当代地理政治，从个体知识分子与帝国的全新关系中重新审视历史。他对中国西北地区的研究预见了晚清帝国版图的变革。更为重要的是，龚自珍深受公羊学派的影响，这让他对国家进步不仅有一个乌托邦式的时刻进度表，而且身怀一种面对世变的神秘天启——诗性（mythopoetic）观点"。（456 页）龚自珍开创性的贡献，"在于他将历史识见与抒情才能融会贯通，创造了一种文学形式。这种文学形式乍看似曾相识，细读之下却与传统有着根本的区别"。龚自珍的诗作，"情"与"史"并重，"最明显的特征在于一种主观情感的倾向，一种对历史活力的想象，以及一种潜藏末世视野中的政治能动性"。（466 页）在其看来，龚自珍认为"情"是人性精华所在，这点与李贽、王士禛、袁枚一脉相承，龚自珍"更进一步地相信，声音及文化构制，即语言，是情的直接表现"，"更珍视'情'为一种持续的政治和文化动力，他希望在这样的语境中重新理解历史"。作为章学诚反传统史学的追随者，龚自珍在公羊学派看到了相似的精神，认为"历史必将首先发生衰颓，触目所及，复兴无望"。（467 页）

龚自珍承袭了李贽、王士禛、袁枚等的尊性重情，其在"尊心论"基础上对传统的"道"的批判就深度和力度而言，可能有所深入，但其视域依然在传统的"天下"和"道"之内，并未跨出李贽、王士禛、袁枚的圈限。史实也证明，其"主逆复古"的文学变革途径并不如与他并称的魏源的"经世贯道"的变革途径更具有可行性。龚自珍在鸦片战争爆发的次年离世，其虽具有反叛思想和精神，但其视野情怀依然是传统的士大夫。魏源则有幸成为第一批"睁眼看世界"的晚清知识分子。在文学观念上都认为，两人都主张什么时代就有什么时代的文学，强调文学的"经世匡时"功能，并无多大区别，只是转换再造的方式不同，龚主张"尊心"，魏主张"经世"。

在创作上龚"尊情"而魏"重气"，魏成就虽不如龚，但在当时影响，一点也不亚于龚。魏诗"如雷电倏忽，金石争鸣，包孕时感，挥洒万有"[1]，风格奇崛险怪，具有碧海掣鲸的气势。尤其是其山水诗，山水清音中有时代强音，虽现代以来鲜有学人论及，但在当时颇负盛名。郭嵩焘在《古微堂诗集序》中曰："先生所著书流传海内，人知宝贵之，而其诗之奇伟，无能言者。"李柏荣《日涛杂著》中云，魏源"在前清嘉道年间，声名满宇内，文人学士、贩夫妇孺，无论识与不识，俱以一觇风采为快。……"。曾朴曾云："龚定庵、魏源两人崛起，孜孜创新，一空依傍，把向来的格调，都解放了。魏氏注意在政治方面，龚氏是全力改革文学。无论是教导诗文词，都能自成一家，思想亦奇警可喜，实是新文学的先驱者。"[2]在思想上，两人在后期差异很大。龚自珍提出了"具有人本主义色彩的'众人造天地论'、追求精神解放的'尊心论'、预言未来时代大变革的'三时说'"三个具有近代意识的命题。但由于在鸦片战争爆发后一年就去世，没有、也没有来得及了解西方，趋向传统和守旧。魏源则编纂了具有划时代意义的史地著作《海国图志》，提出了"师夷之长技以制夷"的主张，标志了中国近代化的萌芽。师夷方向和经世思想的结合，使魏源"对文学功能的强调也由'贯道''救时'转向激发忧愤、开通民智。这是经世文论的发展，也预示了文学功能论的新方向，成为清末以文学'鼓民力、开民智'的文学启蒙论的滥觞"[3]。因而，倘要说龚自珍的"尊情"文学标志着现代文学的开端，可能不如说魏源的"经世"文学标志着现代文学的肇始更能经得住考量。

　　《剑桥史》对五四作家"感时忧国"情怀和写实主义精神的批评，伴随着对"抒情传统"和"抒情主义"的揄扬。"抒情传统"——

① 林昌彝：《射鹰楼诗话》，第36页。上海：上海古籍出版社，1988年。
② 曾朴：《译龚自珍〈病梅馆记〉题解》，时萌编：《〈曾朴研究〉附录》，第195页。上海：上海古籍出版社，1982年。
③ 王飚：《魏源经世文论对传统文学原则的改造——魏源文学观的近代意义》，《文学与文化》2014年第2期。

这个由陈世骧提出的以中国古典抒情诗为内容、以西方古典史诗和戏剧为参照中心的学术概念，虽然缓解了面对西方文学的焦虑，但这种"西学中用"的眼光本身存在着严重的局限和偏颇。①关于中国文学的"主情"特征，民国以来朱光潜、闻一多、郑振铎、郭绍虞等学者都曾讨论，但能否形成"抒情传统"，他们都很慎重。陈世骧没有像闻一多和朱光潜等人那样从正面论述中国上古没有诞生史诗的原因，而是从反面切入——没有诞生史诗正体现了"中国抒情传统"。然而当我们脱离中西文学比较的视野，"回到中国文学的本身，如果仍然被绝对普遍性的'抒情'本质占据所有的诠释视域，而不能从经验现象层次去正视中国文学在不同历史时期、不同区域环境、不同社会阶层与群体、不同文学体类所呈现的相对'特殊性'，仍旧将一切中国文学都涵摄在绝对普遍性的'抒情'本质去诠释，则中国文学在经验现象层次所呈现的多元性，将被这种一元的'覆盖性大论述'遮蔽无遗"。②从其本质来看，"抒情传统"强调的"自抒胸臆的主体性"实际上是西方浪漫主义的"主体经验"，其形塑于陈世骧上世纪三四十年代的诗歌写作以及与艾克敦的学术互动，这点学界已有充分的讨论。③"抒情传统"以浪漫主义重构诗学，强调主体体验，使个体绝缘于社会条件和历史环境的影响，成为以自我为中心的现代主体，从理性、责任和义务中解脱出来，"从有关抒情传统的论述中所包含的审美主义的超验主体可以看出，'抒情传统'的特定政治面向即是要创造一个不承认任何

---

① "抒情传统"是美籍华裔学者陈世骧在中西文学比较的视野和背景下提出的关于中国古典诗歌的艺术传统的命题，台湾学者高友工则建立起"抒情美典"体系，蔡英俊、吕正惠等续其薪火，使之成为一个颇有影响的学术概念。

② 颜昆阳：《从反思中国文学"抒情传统"之建构以论"诗美典"的多面向变迁与丛聚状结构》，柯庆明、萧驰主编：《中国抒情传统的再发现——一个现代学术思潮的论文选集》，第739—740页。台北：台湾大学出版中心，2009年。

③ 陈国球：《"抒情传统论"以前——陈世骧与中国现代文学及政治》，《现代中文学刊》2009年第3期。

外在法则的自主精神场域"。①在王德威这里，"抒情"成为统摄诗歌、小说、散文等文类的一个普遍性概念。那么，这种现代文体与古典抒情诗如何互动而从古典形态迈入现代形态，他语焉不详。实际上，他是从概念到概念，为概念寻找内容。在"抒情中国"一节，他轻易地完成了文类与时间的跨越。他说："抒情主义作为一种文学类型、一种审美视角、一种生活方式，甚至一个争辩平台，在中国文人和知识分子对抗现实并形成一种变化的现代视野之时，都理应被认为是一种重要资源。……现代中国抒情作家自觉地用语言重现世界。现实主义者将语言视为反映现实的一种工具；抒情主义者在精炼的词汇形式中，寻找到模仿之外的无限可能性。"（566—577页）在他看来，抒情与写实的区别，在于一个是"自觉地用语言重现世界"，另一个是"将语言视为反映现实的一种工具"，而抒情的优越性在于还能"寻找到模仿之外的无限可能性"。这种简单的区分，源于普实克关于现代文学"抒情的"与"史诗的"文类互换的启发，但普实克比较谨慎和理性，王德威将其更为泛化，扩展为"叙述模式、情感动力，以及最为重要的，社会政治想象"。（615页）王德威一方面不断谴责"写实"的"感时忧国"，另一方面又将"抒情"扩展为"社会政治想象"。在他看来，革命（政治）甚至和抒情（文学）成为等同的概念，抒情使得蒋光慈、瞿秋白等魅力尽显，最终抒情成为革命的消费。卞之琳、何其芳的"遥拟晚唐颓靡风格的诗歌试验"，周作人"对晚明文人文化的欣赏"，胡兰成还原到"天地不仁"的自然状态乃至"自然法"的高妙"抒情"②等

① 苏岩：《公共性的缺失："抒情传统"背后的浪漫主义美学反思》，《名作欣赏》2015 年 16 期。对于"抒情传统"偏颇的检讨，可参见徐承：《陈世骧中国抒情传统论的方法偏限》（《文艺理论研究》2014 年第 4 期）、唐拥华：《"抒情传统说"应该缓行——由王德威〈抒情传统与中国现代性——在北大的八堂课〉引发的思考》（《文艺研究》2011 年第 11 期）、冯庆：《"有情"的启蒙——"抒情传统"论的意图》（《文艺研究》2014 年第 8 期）、龚鹏程：《不存在的中国文学抒情传统》（《延河》2010 年第 8 期）。

② 王德威、季进：《抒情传统与中国现代性——王德威访谈录之一》，载《书城》2008 年第 6 期。

都是现代性的最正当的、最积极的内容，"抒情"成为一个庞杂的、不分内容、不分格调的"无限可能性"。相较之下，五四文学"感时忧国"的启蒙主义和写实主义成为"狭窄的爱国主义"，削弱和窄化了晚清以来形成的"众声喧哗"的文学景观与"抒情传统"。其超验的审美主义，实际上是要建立一个不受启蒙主义、责任义务、公共意识等渗透与约束的超自由、超自在的"自主精神场域"。因而《剑桥史》中说："面对民国期间无休止的人为暴行和自然灾难，抒情主义反求自我，和现实保持距离，以为因应。但在卓越作家的笔下，抒情也能呈现与现实的辩证对话关系。抒情作家善用文字意象，不仅表达'有情'的愿景，同时也为混乱的历史状态赋予兴观群怨的形式，在无常的人生里构建审美和伦理的秩序。"（566页）在我看来，这种超然自主、大善大美的"抒情"成为某个作家的追求或特征倒无不可，但要形成"传统"，不知是祸是福。

除上述三大方面的问题之外，《剑桥史》的分期与体例上可讨论之处也甚多，比如"西方文学和话语之翻译"与"印刷文化与文学社团"实际上是两篇完整的论文，硬性嵌入叙述之中，似也不妥，且内容与前后叠床架屋，等等。此文已很冗长，不再详叙。据书前《序言》说，《剑桥史》起初是针对西方读者的，但既然译成了中文，就对中国读者负责些吧！

2015 年 10 月 20 日于长安小居安

"拿来主义"者要"运用脑髓"

——从止庵先生的《夏志清的未竟之功》说起

　　止庵先生发表在《读书》今年第三期[①]的《夏志清的未竟之功》一文，对夏氏的中国现代小说及古典文学研究不吝溢美之词。当然，"观听殊好，爱憎难同"，但若只随个人好恶，"贵远贱近，向声背实"，罔顾客观事实，则很难谓之严谨与理性的学术态度。客观而言，包括鄙人在内的莘莘治中国现代文学及古典文学者，受益于夏氏不可不谓良多。但学者不是神仙，智者千虑，或有一失，夏氏《中国现代小说史》里的不少论断，抛开政治因素不言，学理上亦不乏检讨商榷之处，这点自《中国现代小说史》译成中文以来争论不绝，学界周知，兹不赘言。而止庵先生却是将夏氏当成神仙，一味夸赞不说，而且顺着夏氏的思路，信耳疑目，"西向而往，不见东墙"也！

　　止庵先生说，他当年拿着《中国现代小说史》一口气读完，"读了之后眼上的鳞片倏忽落下"，之后他"对这中国现代文学所发的一点议论，可以说都是受了这本书的启蒙"。见仁见智，这点无可非议。但下来的一段高论就不敢苟同了：

　　　　除了书中那些精辟论述外，我的兴趣还在于这本书被大家接受的过程。最重要的是，夏氏何以能够做到如此；而他人类似举动，如"排座次""写悼词"等，全成了笑柄。大而言之，那些只是私见，不能成为公论；夏著首先是"公正的论"，才能成为"公众的论"。史实已然存在，

---

① 《读书》2014年第3期。

有待真正的史家予以发现、揭示，其间并无可以造作的机会。

　　文无第一、武无第二，"排座次"确有问题，但即使众所周知的"鲁郭茅巴老曹"的座次，虽有意识形态的因素，但也有学理上的探讨和分析，有其历史的逻辑和价值的系统，是一个非常复杂的学术问题，怎能以"只是私见""全成了笑柄"一概否定！这种逻辑，非此即彼，不辨黑白，实质是思想上的偷懒。这些年除了对郭沫若、茅盾作品的文学价值及座次有所争论之外，鲁迅、巴金、老舍、曹禺的文学贡献及其地位谁又能轻易予以抹杀！再则，夏著也很难说全是"公正的论"。如鲁迅《三闲集·通信（并 Y 来信）》中有这样一段话："至于希望中国有改革，有变动之心，那的确是有一点的。虽然有人指定我为没有出路——哈哈，出路，中状元么——的作者，'毒笔'的文人，但我自信并未抹杀一切。我总以为下等人胜于上等人，青年胜于老头子，所以从前并未将我的笔尖的血，洒到他们身上去。我也知道一有利害关系的时候，他们往往也就和上等人老头子差不多了，然而这是在这样的社会组织之下，势所必至的事。对于他们，攻击的人又正多，我何必再来助人下石呢，所以我所揭发的黑暗是只有一方面的，本意实在并不在欺蒙阅读的青年。"夏氏认为，这段话与鲁迅提出的"救救孩子"不一贯，"鲁迅违背自己的良知，故意希望下等阶级和年青一代会更好，更不自私。他对青年的维护使他成为青年的偶像。就长远的眼光来看，虽然鲁迅是一个会真正地震怒的人，而且在愤怒时他会非常自以为是（对于日后在暴政下度日的中共作家来说，这种反抗精神是鲁迅留给他们的最宝贵的遗产），他自己造成的温情主义使他不够资格跻身于世界名讽刺家——从贺瑞斯（Horace）、班·强生（Ben Jonson），到赫胥黎（Aldous Huxley）——之列。这些名家对于老幼贫富一视同仁，对所有的罪恶均予以攻击。鲁迅特别注意显而易见的传统恶习，但却纵容，甚而后来主动地鼓励粗暴和非理性势力的猖獗。这些势力，日后已经证明比停滞和颓废本身更能破坏文明。

大体上来说，鲁迅为其时代所摆布，而不能算是他那个时代的导师和讽刺家"。①这显然非持平之论，鲁迅对于青年的态度是变化的。二十年代末他被现实撞醒之后，开始反思进化论，过去他认为青年必胜于老年，大革命的血腥屠杀使他纠正了进化论的偏颇。在《〈三闲集〉序言》中，鲁迅讲得很清楚："我在广东，就目睹了同是青年，而分成两大阵营，或则投书告密，或则助官捕人的事实！我的思路因此轰毁，后来便时常用了怀疑的眼光去看青年，不再无条件的敬畏了。"鲁迅无论是早年还是晚年，对青年的态度都是复杂的、双重的，感性的经验使他难以以乐观的态度面对现实，理性的思维和辨析往往强化了他对现实复杂性的理解。因而，说鲁迅"违背自己的良知"，"纵容，甚而后来主动地鼓励粗暴和非理性势力的猖獗"，显然对鲁迅思想世界的复杂性和完整性缺乏了解。鲁迅在写这封信时，有人说他否定一切，笔下只有黑暗，是虚无主义者。鲁迅明确表示，自己并非虚无主义者，对于当时中国"的确是有一点的"改革变动之心，他是明察秋毫之末的；对于传统，他也"并未抹杀一切"。至于夏氏说鲁迅"为其时代所摆布，而不能算是他那个时代的导师和讽刺家"，则是对当时中国情境缺乏了解，以尺量重而已。

对老舍的《四世同堂》，夏氏的评论以偏概全，不见舆薪，止庵先生也视为精彩之论，大段征引。夏氏说："他所要描写的，只不过是正义和投机取巧的对立，英勇和怯懦的冲突，以及大无畏精神和邪恶之间的斗争而已。在表现这些课题时，老舍是很传统的。因为他这种善恶二分法，是植根于中国通俗文学和戏剧的。不过在一本真正的小说内，任何道德上的真理，应当像初次遇见的问题那样来处理，让其在特定的环境中，依其逻辑发展。我们读《惶惑》《偷生》和《饥荒》时，愈来愈为书中惩罚罪恶原则的机械使用，为那些汉奸和坏蛋们所遭遇的天外横祸或者暴毙等感到尴尬。这样

① 〔美〕夏志清：《中国现代小说史》，第 45—46 页。香港：香港中文大学，2001 年。

一种幼稚的爱国心以及憎恨罪恶的表现，使小说读来毫无真实感。"的确，《四世同堂》结构上不够紧凑，拖沓冗长；一些人物形象比较简单，不够丰满，但祁老人、祁瑞宣、钱默吟等饱满的形象足以使这部小说巍然站立起来。将其简单地概括为"只不过是正义和投机取巧的对立，英勇和怯懦的冲突，以及大无畏精神和邪恶之间的斗争而已"，恐怕失之公允了。举个小例子，就足以说明问题。与祁老人为邻的日本老太，是一个普通的老百姓。她不同于狰狞的侵略者，她的亲人也死于侵华战争，她起始怀疑战争继而痛恨战争，同情中国邻居们的不幸与抗争。虽然受到邻居们的误解乃至敌视，但她还是第一个把"日本投降了"的喜讯，告诉周围的中国人。老舍超越了政治和战争的界限，能够站在人类的高度，从人性的角度，反思这场战争带给中日两国老百姓的苦痛，不能不说具有博大的人类同情心和悲悯心。除了作者强烈的爱国热情（夏氏认为这是幼稚的爱国心，不知道何谓成熟的爱国心？）以及超越国界的战争反思之外，其对北京市民乃至整个中华民族的"国民性弱点"的鞭辟入里的批判、对国难当头背景下胡同里小市民心态的摹写，不仅在那一时段，即在新文学诞生以来，也是极为成功的作品。夏氏一叶障目不见泰山，可谓谫陋。止庵先生则顺着夏氏的谬论，竟然生发出下面的"高论"：

> 了解文学批评的人便可看出，这是相当深刻的分析，其意义已经超出对某一部具体作品的评价——从文学史的角度看，《四世同堂》的问题不仅仅是失败，更重要的在于倒退，甚至可以说，它一直退到了整个新文学之前。另外我要补充的是，老舍从未在日据北平生活过，《四世同堂》的故事和人物都是胡编乱造的。现实主义作家分两类，其一可以借助想象，其一必须依靠观察。老舍属于后一类，如果非要去写自己没有亲身经历或只草草看了几眼的东西，不可能取得成功。

这段话可谓拍马屁拍到鼻子上了，以笔者这样不了解文学批评、只读过《四世同堂》的人，也看出了其腹中的存货。夏氏的高论，深刻吗？谈不上！"其意义已经超出对某一部具体作品的评价"吗？无稽之谈！在止庵先生看来，《四世同堂》的艺术上的倒退比失败更为致命。如果躲在书斋里制造精致的艺术盆景比在日寇的铁蹄下的呐喊更有意义的话，那么苟且偷安或者去做汉奸将更有意义了。对于这部小说的意义，樊骏先生的评语至今仍不过时——"《四世同堂》是老舍抗战时期的力作，也是整个抗战文艺的重要收获——不知是幸还是不幸，这个事实直到八十年代中期才为人们所普遍认识。"止庵先生接下来的宏论更可谓痴言诳语、逻辑混乱了。是的，老舍没在日据北平生活过，没有这段生活的直接体验，但老舍与这座城市、胡同、大杂院以及普通市民的确有着深刻的精神联系，即使闭上眼睛他也可以描绘出北平的世态人情，他完全能够想象北平人在日寇侵略魔爪下的种种反应，小说也达到了这样的审美效果。据胡絜青回忆，她拖家带口逃到重庆后，亲友纷纷探望、打听北平的情况——"当我一次又一次地叙述日本侵略者对沦陷区人民，特别是对北平人民的奴役和蹂躏的时候，老舍总是坐在一旁，吸着烟，静静地听着，思考着。就这样，使他心中那旧日的北平，又增添了沦陷后的创伤和惨状。"（胡絜青：《四世同堂・前言》）由此可见，《四世同堂》是亡国之痛和爱国之忧冲突激荡而生的一部北平人生活在日寇铁蹄下的精神史诗，怎能说"故事和人物都是胡编乱造的"？按照止庵先生的逻辑，写妓女则要自己去卖身、写小偷要自己盗窃。老舍当过暗娼吗？没有！但他写出了《月牙儿》。当过拳师吗？没有！但写出了《断魂枪》。当过警察吗？没有！但写出了《我这一辈子》。生活体验对小说家固然重要，但生命体验和艺术体验也不可忽略。对于杰出的小说家而言，他们都有依靠艺术体验和生命体验，合理恰切地表现未曾经历的生活的能力。这点可谓常识，用不着逻辑混乱、耸人听闻地大言——"现实主义作家分两类，其一可以借助想象，其一必须依靠观察。老舍属于后一类，如果非要去写自己没有亲身经历或只草草看了几眼的东西，不可能取得成功。"

止庵先生的高论使人不由得联想起鲁迅在《拿来主义》中的忠告，拿来主义者要"沉着，勇猛，有辨别，不自私"，要"运用脑髓，放出眼光，自己来拿"！倘若羡慕大宅子的旧主人，欣然接受一切，"欣欣然的蹩进卧室，大吸剩下的鸦片"，鲁迅谓之"废物"。对于学者而言，如果没有辨别反思的能力，只是跟着别人的屁股后面晃荡，拉大旗作虎皮，时间长了，不说别人，恐怕连自己都觉得没意思了。

2014 年 7 月 25 日于咸阳毕塬

魔幻的鬼影和现实的掠影
——评余华的《第七天》

让鬼魂来担当小说的叙述者或主人公这种写法在小说史上并不鲜见，国外远有但丁的《神曲》、歌德的《浮士德》，近有胡安·鲁尔福的《佩德罗·巴拉莫》、马尔克斯的《百年孤独》等；中国古代有魏晋志怪、唐宋传奇以及明清文人笔记小说，当代则有美籍华裔作家伍慧明的《向我来》、莫言的《生死疲劳》等。对于信奉"未能事人、焉能事鬼""敬鬼神而远之""不敬鬼神敬祖先"等的现实功利而又缺乏宗教意识的中国人来讲，鬼神叙述并未僭越他们的审美期待和阅读习惯，因为小说中的"彼岸"世界不过是现实纷扰的"此岸"世界的复制、挪移或倒影，并没有衍生出具有精神意义的崭新生活。因而对于中国小说家而言，让鬼魂担当小说的叙述者或者主人公，是否能走出传统观念的藩篱，无疑是一件极富挑战的写作冒险。

就中国当代小说而言，这种探索可以说是失败的。魔幻现实主义的幽灵在中国文坛徘徊的三十余年，产下的是葛川江最后一个渔佬，是鸡头寨的丙崽，是西藏隐秘岁月的"天葬"，是《生死疲劳》中驴、牛、猪、狗的折腾……二十世纪八十年代之后中国小说林林总总的魔幻，始终没有走出拉美魔幻现实主义的魔掌，中国的小说家如同五行山下的孙猴子，亦步亦趋，直不起腰来。当我们将目光从拉美拉回现实并投向传统开始，传统中或为精华或为糟粕的魔幻，一直没有停止发酵，但结果始终没走出这个民族的深层文化心理或集体无意识，即孔老夫子的诫语："未知生，焉知死？"对现实的把握尚且无力，又何谈把握遥远的"彼岸"？以莫言的《生死疲劳》为例，阎罗世界的残酷阴戾契合了作者血腥残暴的美学诉求，形成了德国汉学家顾彬所言的十八世纪的诡谲离奇的小说风格，不符合中国文化传统中的混乱驳杂的鬼神观念，也未切合中国人对鬼神世界的现实而功利的想象，更遑论基督教世界中经历磨难的"净界"和"天堂"。《生死疲劳》只不过用"旧瓶"装上莫言追求感觉放纵和语言狂欢的"新酒"。诺贝尔文学奖冠冕的不虞，毋庸置疑膨胀了中国小说家这种乖张的艺术追求。至于是否刺激了余华，我们犹未可知，但余华无疑使用了莫言式的荒诞离奇的中国魔幻的写法。

《第七天》在对鬼神以及"彼岸"世界的理解和表达上，既不是彻底的基督教世界的"彼岸"世界，也不是纯粹的中国传统鬼神观念里的"彼岸"世界。小说中既可以看到中国观念里"彼岸"世界的高低贵贱、贫富美丑之分，也可以看到基督世界里的众生平等和静穆祥和。中西鬼神观念的杂糅并陈，前后矛盾，扞格别扭。更匪夷所思的是，余华要用西方世界对基督教的虔诚和皈依，来为在生存生活线上挣扎的中国芸芸众生寻找出路，那就是放弃希望，放弃抗争，到第七天这个"圣日"休息。余华在题记中引出了《旧约·创世纪》关于第七日的一段文字：

> 到第七日，
> 神造物的工已经完毕，
> 就在第七日歇了他一切的工，
> 安息了。

这段话也是小说名为"第七日"的缘由。我们知道，犹太教规定"第七天"为"圣日"，上帝在六天内创造宇宙万物，第七天应该休息，所以这天叫"安息日"。摩西律法规定：以色列人应该劳作六天，第七天应该休息，并把这个规定作为同上帝订立的盟约不可变更。凡敢犯这日的，必须将其治死；凡在这天工作的，必须从民中剪除。犹太人以日落作为一天的起始，"第七日"指从星期五日落到星期六日落。基督教承袭犹太教关于守安息日的规定，宗教改革以前，基督教也以星期六为安息日。后来根据基督在星期日复活的故事，改为在星期日守安息，圣安息日指决不可变更的约定或盟约。如果"第七天"即圣安息日指决不可变更的约定或盟约，那么余华的"第七天"又蕴含怎样的寓意？如果我们做一个大致的概括，发现基督教宣扬的中心理念是尽管人们在世俗生活中处于不同的阶层，有高低贵贱之分，但在上帝面前众生是平等的。这使得笃信基督教的西方世界有了强大的精神支援，这种精神背景也使得西方文学尤其是俄罗斯文学与中国小说截然不同。因而，相貌平平的简·爱可以倔强自尊地对罗切斯特说，如果经过坟墓，我们可以平等地站在上帝的面前；普希金可以平静而高傲地对不可一世的沙皇说，陛下，如果我在彼得堡，肯定会支持乃至参与十二月党人反对您的行动。正是因为"彼岸"世界的平等，才使得那些有宗教意识和宗教背景的作家能够坚强地反对专制，维护生命个体的尊严、荣誉、爱情和理想等。这是历史悠久、注重实用理性的中国所不具备的。余华在小说的开头部分对此也有所表现，已经死去的"我"看到了殡仪馆的三六九等之分：

> 我坐在塑料椅子里，这位身穿蓝色衣服的在贵宾候烧区域和普通候烧区域之间的通道上来回踱步，仿佛深陷在沉思里，他脚步的节奏像是敲门的节奏。……
> 塑料椅子这边的候烧者在低声交谈，贵宾区域那边的六个候烧者也在交谈。贵宾区域那边的声音十分响亮，仿佛是舞台上的歌唱者，我们这边的交谈只是舞台下乐池里的伴奏。[①]

至于贵宾区和普通区，那不过是现实世界或者"此岸"世界的世俗性划分，在已经成为鬼魂的等待火化者之间，如果看到这种区别，无疑属于中国传统的鬼神观念；如果看不到这种差别，可谓西

---

① 余华:《第七天》，第9页。北京：新星出版社，2013年。

方的"彼岸"世界了。小说前半部分呈现给我们的是中国传统的鬼神观念，实用而理性，人有等级贵贱之分，一切同"此岸"的现实并无区别。候烧者对等待市长用进口的炉子焚烧气愤不已，对那些面朝大海、云雾缭绕的海景豪墓羡慕不已。然而小说的结尾，"彼岸"世界却是西方世界的图景：

> ……那里树叶会向你招手，石头会向你微笑，河水会向你问候。那里没有贫贱也没有富贵，没有悲伤也没有疼痛，没有仇也没有恨……那里人人死而平等。[①]

整部小说呈现给我们的，是东西方鬼神亡灵观念的冲突以及杂糅。虽然小说的结尾大力渲染"彼岸"世界的平等、关爱，但我们觉得与开头部分中国化的"彼岸"世界掣肘反向。作者稀里糊涂地将二者放在一起一锅煮了，结果成了一锅非中非西、不中不洋的大杂烩。西方宗教意识的挪移，缺乏历史和现实的依据，这种舶来的洋货悬浮在作者理念和意识中，并不能将精神之根扎入中国的大地。记得余华在《音乐影响了我的写作》（原名《高潮》）中一直标榜西方音乐中的宗教因素对自己创作的影响。由此可见这种影响非但不够彻底，而且与中国本土的鬼神观念杂交盘错，紊乱而无章，恐怕作者也未必洞察知晓。

在这种非中非西的伪宗教意识的笼罩和结构下，余华将当前中国社会的症候蜻蜓点水似的连缀在一起，以成为鬼魂的杨光的人世生活为主线，串起一串串鬼魂的"此岸"生活，其中有感人肺腑的父子深情，有忠贞不渝的炽热爱情，有疲惫不堪的白领生活，有蜗居地下的鼠族生活……一切都绾结在杨光这个纽结上，生活容量巨大：墓地问题、房价问题、鼠族问题、地下器官移植问题、环境污染问题等，当下生活中的问题几乎都在这部薄薄的小长篇中有所反映。不过这一切如同一只敏捷的燕子轻轻划过水面，有容量而无深

103

---

① 余华:《第七天》，第 225 页。

度，有悲悯而无思索，没有将涉及题材的社会性意义转变为文学性意义，没有揭示出社会表象之后的深刻矛盾和本质性的东西，甚至没有超过滚动的网页或猎奇的报纸。虽然语言和表达比《兄弟》干净和流畅了许多，但仍无法挽救这部作品的致命失败：思想的匮乏和深度的缺失。作者喋喋不休地讲述自己的稀奇见闻，如同街头巷尾好事多语的妇女那样重复早已充斥人们大脑的新闻消息，不禁使人有"白头宫女在，闲坐说玄宗"的感慨。作者除了让人们感知生活的艰难和不幸以引起同情之外，不但没有传达出更多有意义的东西，反而逃避现实，指出了一条幼稚的唯有一死可以抵达幸福"彼岸"的解脱之道，暴露出思考的极度浅薄和思想的极度乏力。按照作者在作品中披露的思想，普通人或者小人物只有死亡或者逃逸才是沧桑的"正道"，那么我们不禁要问，这个世界是仅为权贵者而造吗？这并不是廉价地要求作家为众生指出一条反抗绝望或者超度苦难的大道，但如果作家的思索不能超越平面的网页信息或者报刊猎奇，那么这种创作的意义又有多大？小说写作，始终无法回避历史观、世界观和价值观这些门槛，这就是列夫·托尔斯泰所说的"生活的态度"——"任何一部文学作品中，对读者来说最为重要、最为珍贵、最有说服力的东西，便是作者自己对生活所取的态度，以及作品中所有写这一态度的地方。文学作品的价值不在于有首尾贯通的构思，不在于人物的刻画等，而在于贯穿全书始终的作者本人对生活的态度是清楚而明确的。"这种"生活的态度"，宣示着小说家对于历史与现实"常"与"变"的惆怅、痛苦、喜悦或者兴奋。如果小说没有作者自己"生活的态度"，那么也就仅剩一堆丰富的材料了。

　　除此之外，《第七天》的细节也经不住仔细的推敲和生活的打量。即使魔幻现实主义的细节，也并非空穴来风、胡乱编造，如《百年孤独》中随人而至的蝴蝶和卷走俏姑娘的被单，都有活生生的现实基础。但《第七天》中的不少细节，却缺乏扎实的生活基础，给人有面壁虚构之嫌。如杨光的养父年轻时单身养育杨光，种种遭遇岂如小说叙述的那样简单？鼠妹和男友即使全部失业，恐怕也不会如小说叙述的那样，不顾脸面丧失尊严地去乞讨。鼠妹因为男友送她的手机是山寨版苹果，竟选择轻生，在情理上也难以讲通。鼠妹男友卖肾的细节，似乎也是作者的凭空想象，难以使人信服……这些都缺乏生活逻辑的支撑，惊人而难以服人。在小说中，作者毫无顾忌地将现实中无法生存的人们赶入"彼岸"世界，这并没有超越一个接一个死人的《活着》的写作思维。我们始终觉得，活着比死去更艰难，我们固然怕死无葬身之地，更惧怕活无立足之处。

余华是一位非常聪明的作家，也是一位极富叙事才华的作家，同时也和当代不少小说家一样，深陷生活、文化资源同质化的泥淖。我们缺乏那种老实的、笨拙的、能将精神之锚扎入时代五脏六腑、能够吐纳时代的极富深度的作家，而不需要那种浮光掠影、在生活水面上翩翩起舞的作家。浮躁腐烂的现实需要作家不留情面地刺穿，同时也需要作家经过咀嚼、反刍和消化之后，将他们自己的想象力和精神气息灌注其中。杰出的小说应当像一坛好酒那样通过蒸馏、窖藏，而不是像可乐或鸡尾酒那样，迫不及待地予以勾兑可以完成的。当下狗咬乱麻般的现实，早已超越了小说家既往的知识积累、文化沉淀与想象能力，即使小说家很难做出总体性的认识，最起码也应表明自己的生活态度、精神指向以及对现实的理解。余华极力用基督教的观念，去把握中国的现世生活乃至为芸芸众生指出"突围"之路。橘生淮南则为枳，不合时宜、"不合地宜"尚且不说，同时也显现出作家精神的贫困和思想的懒惰。记得 2011 年译林版的胡安·鲁尔福的《佩德罗·巴拉莫》的宣传语里，有余华这样一段话："在这部一百多页的作品里，似乎在每一个小节之后都可以将叙述继续下去，使它成为一部一千页的书，成为一部无尽的书，可是谁也无法继续《佩德罗·巴拉莫》的叙述，就是胡安·鲁尔福也同样无法继续。"遗憾的是，余华最终还是把持不住，画虎成猫，为《佩德罗·巴拉莫》进行中国式的"续貂"。至于结果，他早已道明。

2013 年 7 月 29 日于陕师大

第三辑

秦腔对陕西当代小说的影响

秦腔是中国戏曲中历史最为悠久的剧种之一，也是目前全国群众基础最好、参与性最为广泛的地方戏曲。作为梆子戏的代表，它浑厚深沉，慷慨激越，血泪交流，在声腔界一直有"南昆北弋，东柳西梆"①之说。秦腔以梆子伴奏强化节奏，以板胡为弦乐的主奏乐器，演出多在村舍旷野，因而也被人视为"俗乐""激越俚鄙之音"，归为"花部"。正如清代学者焦循所言，以秦腔为代表的"花部"，"曲文俚质"，"其事多忠、孝、节、义，足以动人；其词直质，虽妇孺亦能解，其音慷慨，血气为之动荡"。②欧阳予倩认为，"秦腔的主要成分是广大平原上的牧歌，其声音高亢激越，有莽莽苍苍的气概。适宜表现慷慨激昂或激楚悲切之情"。③诚如此言，这种"粗人的艺术"，以方言土语的"土辣爽直"为滋生中介和语言基座，繁音激楚，沉郁悲凉，声振林木，响遏行云。其与其他声腔在主题的伦理化、人物的脸谱化、唱念的程式化等方面并无多大区别。它们之间最大的区别在于"地域因素和人文特点造就的人与人之间精神气质的迥异形成的音乐唱腔和表现题材的不同，即美学风格的差

---

① "南昆"，指在江苏昆山一带产生的"昆山腔"；"北弋"，指弋阳腔，明末清初发展到北京而成为所谓京腔，致有"燕俗之剧"的看法，故称"北弋"；"东柳"，指山东的柳子腔；西梆，即陕西的梆子腔，其名梆子腔的原因，是因为其伴奏场面于鼓板之外另加两根枣木梆相击作"枕枕"声（因而秦腔又名"陕西梆子"或"陕西枕枕"），借以增助其声调的节奏之故，证明其演出场所在旷野民间。详见何桑：《历史进程中的秦腔艺术》，李培直、杨志烈编：《秦腔探幽》，第123页。西安：陕西旅游出版社，2001年。

② 焦循：《花部农谭·序言》，《焦循论曲三种》，韦明铧点校，第173页。扬州：广陵书社，2008年。

③ 苏育生：《中国秦腔》，第36页。上海：上海百家出版社，2009年。

异"。①这种"美学风格的差异"很大程度上是由板腔体决定的。以此为基础，唱念坐打各种表现手段都可灵活运用且能发挥优势，为剧情和人物服务，形成整体性的表演效果。这在任何曲牌体结构的戏曲中都是很难做到的。随着具有民间狂欢化性质的不断演练，最终使秦腔这种板腔体戏曲艺术成形，并形成了迥异于其他戏曲曲种的语言支撑、文化基因和唱腔体式，使其成为一种具有高度融合性、整体性和感染性的戏曲品种。

秦腔最晚形成于明末，清初逐渐兴盛，清中叶达到鼎盛。乾隆时期的西安秦腔剧坛、班社云集，名角荟萃，具有很大的艺术影响。徐元九在《秦云撷英小谱·题词》中写道："万紫千红古长安，到眼芳菲着意看"，"西地梨园三十六，与郎细细辨秦声"。严长明亦云："西安乐部著名者三十六。"②如果再加上其他不太知名的班社，足见当时秦腔之盛。在北京，秦腔也具有很大影响，同昆曲、京腔相颉颃，成为广受欢迎的地方戏之一。清人徐孝常在《梦中缘·序》中说："长安（指北京）梨园盛称……而所好唯秦音、罗、弋，厌听吴骚。闻听昆曲，辄哄然散去。"③由此可见其艺术魅力和观众基础。在著名的"花雅之争"即以秦腔为代表的地方戏与昆曲（包括后来的京腔）的艺术争夺中，秦腔起初是占有绝大的优势。尤其是著名秦腔艺人魏长生的两次进京演出，轰动京华，充分展现了秦腔的艺术魅力，使得秦腔声名大振。乾隆四十四年（1779）魏长生以《滚楼》"名动京城，观者日至千余，六大班为之减色"，时人称"举国若狂"。④据史料记载："时京中盛行弋腔，士大夫厌其嚣杂，殊乏声色之娱，长生因之变为秦腔，辞虽鄙猥，然其繁音促节，呜呜动人，……故名动京师。"⑤就在秦腔如日中天的时候，清廷驱逐

---

① 何桑：《历史进程中的秦腔艺术》，《秦腔探幽》，第124页。
② 苏育生：《中国秦腔》，第78页。
③ 同上，第82页。
④ 吴长元：《燕兰小谱》卷之五《杂咏》，转引自王政尧：《清代戏剧文化史论》，第28页。北京：北京大学出版社，2005年。
⑤ 昭梿：《啸亭杂录》卷八《魏长生》，转引自王政尧：《清代戏剧文化史论》，第28页。

秦腔班社及魏长生出京。乾隆皇帝接受和珅等人的建议，认为秦腔唱词粗鄙，有伤风化，惑动人心，遂令禁止在京城演出①。本来纯属两种审美情趣的"花雅之争"，由于朝廷权力的介入和王公贵族的驱逐，最终退出了北京。乾隆五十一年（1786），魏长生离开北京，南下扬州、苏州等地。所到之处，出现了"到处笙箫，尽唱魏三"②的场面。但不久，在苏州等地也遭到了官方的禁止和驱逐，魏长生及其班社只得回到四川原籍。秦腔的全国性影响也逐渐式微，只能在西南和西北等地演出发展。

　　秦腔在艰苦乏味的生活中，是"作为救苦救难般的仙子降临"的，"惟她能够把生存荒谬可怕的厌世思想转变为使人活下去的表象"。③王国维说："元曲之佳处何在？一言以蔽之，曰：自然而已矣。"④秦腔的最大特点就是自然畅然，慷慨激昂。传统秦人之所以有视秦腔如生命的宗教心理，正是因为"他们能从这种土生土长的民间样式里看到自己的影子，找到心灵的归宿，感受到精神的愉悦并达致情感的共鸣。这种血浓于水的秦腔情结，在农业文明的条件下，民间乡里自发形成的自娱自乐形式，其组织形式叫板社，接受

---

① 据光绪朝《钦定大清会典事例》卷一千零三十九《都察院·五城》中记载："乾隆五十年议准。嗣后城外戏班，除昆弋两腔仍听其演唱外，其秦腔（同州戏班）交步军统领五城出示禁止。现在本戏班子，盖令归改昆弋两腔。如愿者，听其另谋生理。倘有怙恶不遵者，交该衙门查拿惩治，递解回籍。"乾嘉时代，在京城喜欢秦腔的著名人物有洪亮吉、焦循、赵翼、袁枚、汪中、戴震、毕沅、郑板桥、吴长远、孙星衍、张际亮、李调元等人，在此之前有孔尚任、岳钟琪、年羹尧等人，他们大都有关于秦腔的诗文评论。如孔尚任的《平阳竹枝词：四十八》中写道：秦声秦态最迷离，屈九风骚供奉知。莫惜春灯连夜照，相逢怕到落花时。见徐振贵主编：《孔尚任全集》，第1850页。济南：齐鲁书社，2004年。
② 李斗：《扬州画舫录》卷五《新城北录下》，转引自王政尧《清代戏剧文化史论》，第28页。
③ 同上，第55页。
④ 王国维：《王国维文学论著三种·宋元戏曲考·元剧之文章》，第160页。北京：商务印书馆，2004年。

者是十里八乡的农民"。①秦腔因而成了黄土地上的"摇滚"，是"一片永恒的海，一匹变幻着的织物，一个炽热的生命"。②秦人战栗着沉醉在秦腔之中，把她当作超越苦难的"圣歌"。她消弭了秦人之间的距离，将他们融合成兵马俑那样的一个浑然厚重的整体。秦人沉浸在强烈的使人痉挛的刺激中，酣畅淋漓地喊叫和宣泄，使他们几乎崩溃的生命得以复原，使他们熬煎的生活得以为继。陕西小说也被秦腔的光辉普照，秦腔不仅点染了作品的气氛，而且在结构作品、推动情节发展方面发挥了很大的作用。汪曾祺认为："中国戏曲与文学——小说，有割不断的血缘关系。戏曲和文学不是要离婚，而是要复婚。"③他认为"中国戏曲的结构像水"，"这样的结构更近乎是叙事诗式的，或者更直截了当地说：是小说式样的"。④陕西小说和秦腔可以说是完成了文学和戏曲的"复婚"。从某种程度上，秦腔也影响了陕西小说家的文化心态，决定了陕西小说的美学风格。秦腔嵌入陕西小说，大致经历了两个阶段：

一、"添得'秦腔'四五声"

秦腔在陕西这块土地上，有着神圣不可动摇的基础。正如贾平凹散文《秦腔》所言："每每村里过红白丧喜之事，那必是要包一台秦腔的；生儿以秦腔迎接，送葬以秦腔致哀；似乎这个人生的世界，就是秦腔的舞台。"在老百姓的生活里，是"听了秦腔，酒肉不香"。贾平凹并非矫情，秦腔在明清之后直至当前在西北五省区尤其是在陕西的风行，绝不亚于古希腊的悲喜剧演出。所不同的是

① 何桑：《历史进程中的秦腔艺术》，《秦腔探幽》，第125页。
② 尼采：《悲剧的诞生》，第67页，周国平译。桂林：广西师范大学出版社，2002年。
③ 汪曾祺：《晚翠文谈新编》，第121页。北京：生活·读书·新知三联书店，2002年。
④ 同上，第117—118页。

古希腊的戏剧演出有着浓厚的主流意识形态性质，秦腔的内容大多是忠孝节义，但它的演出完全是民间自发的。可以毫不夸张地说，当代文坛没有一个地方戏种像秦腔和陕西当代小说融合得那样紧密。马克思说："人们自己创造自己的历史，但他们并不是随心所欲地创造，并不是在他们自己选定的条件下创造，而是在直接碰到的、既定的、从过去承续下来的条件创造。"真正是"一切已死的先辈们的传统，像梦魇一样纠缠着活人的头脑"。[①]秦腔就是一个梦魇，它世代纠缠着这片土地上的人们，是老百姓"大苦中的大乐"，如黄土一样融入到了农民的血液当中。更为重要的是，秦腔的慷慨悲凉、热耳酸心的美学特点内化为陕西小说的美学追求，直接影响了陕西小说家的创作。

　　在柳青的作品中，秦腔已作为元素，渗透在小说当中表现人物，但在作品中出现的次数很少。《创业史》第一和第二部中，秦腔出现了四次。第一次是在第一部第三章，孙水嘴"手里拿着一张纸，晃晃荡荡走过土场"，快乐地唱着秦腔："老了老了实老了，十八年老了王宝钏。"[②]秦腔名段《寒窑》说的是王宝钏与薛平贵分别十八年后，在寒窑相见。王宝钏穷得买不起镜子，平日没有心思照镜子的她"水盆里面照容颜"，不禁发出"老了老了实老了，十八年老了王宝钏"的慨叹，可谓千古一哭。此时的孙水嘴，高兴地接受郭振山的命令，去问高增福拉扯一两户中农入互助组的事情弄成了没有，顺意溜出哀伤的调子，却表现了欢快的内容，完全是一副小人得志的嘴脸。也正是这一张登记四个选区的互助组的名单，才使孙水嘴碰巧遇见改霞——并同这个"王宝钏"有搭讪的机会。作者写孙水嘴满脸堆起笑容，骚情地问改霞吃饭了没有，并问登记表登记得对不对，生动暴露了孙水嘴对改霞垂涎三尺的觊觎。在高增福被选为互助组副组长以后，唱秦腔的是冯有万，他跑到高增福跟前，学着秦腔的姿态和道白说："元帅升帐，有何吩咐，小

113

---

① 马克思、恩格斯：《马克思恩格斯选集》（第一卷），第603页。北京：人民出版社，1980年。

② 柳青：《创业史》（第一部），第63页。北京：人民文学出版社，2005年。

的遵命就是了……"①他略带调皮的唱腔，将高增福当选为互助组副组长以后的高兴表现得淋漓尽致，甚至连正为自己问题苦恼的郭锁也笑了。在《创业史》第二部第十三章，王亚梅在向县委副书记杨国华汇报问题时说："白占魁唱了两句秦腔——老牛力尽刀尖死，韩信为国不到头。郭锁问他唱什么，他说了韩信替刘邦打得天下，刘邦怕韩信比他能干，把韩信骗到长安去杀了……"②白占魁用两句秦腔——"老牛力尽刀尖死，韩信为国不到头"委婉地表示了自己对互助组疏远自己的不满，也正是这一句秦腔，揭示了其当时的复杂心理。而此事却引起了杨国华的高度警惕，意识到这个没有阶级立场的动摇分子问题的严重性。作者的处理，可以说有四两拨千斤之妙。后来白占魁在黄堡镇粮站拉黄豆回来时，路上遇见姚士杰，姚士杰冷嘲热讽思想已经大为进步的白占魁，白占魁尽管也丝毫不给姚士杰留面子，但还是有点心虚。他拉着五百斤黄豆回蛤蟆滩的路上，不断地在空中打响鞭，此时的秦腔已经一点也不合调了。③

　　我们可以看到，秦腔并未引起柳青的足够重视，不像陈忠实、贾平凹那样，将秦腔作为小说叙事的一个重要组成部分，但仅有的几处恰到好处，曲尽人物的微妙心理，体现出柳青突出的吸收和转化能力。柳青作为从陕北来到关中的外来人，秦腔没有融入到他的生命里，可能因而没能充分运用秦腔资源。另一方面，可能也同他的艺术追求不无关系，柳青经历了延安文艺运动，对秦腔、信天游、秧歌等民间文艺形式在"穷人乐"的艺术方向上扮演的重要地位应该非常了解。但他追求倾慕的是契诃夫、托尔斯泰、肖洛霍夫等欧美经典小说的艺术表现形式，秦腔慷慨悲凉、热耳酸心的美学风格和"下里巴人"的审美趣味，不合他的艺术追求，也无法适应农业化运动凯歌高奏、激越豪迈的"时代抒情"。换言之，火热的时代压抑了柳青用秦腔抒情的可能。不过，柳青已经深刻地感到所

---

① 柳青：《创业史》（第一部），第 396 页。
② 柳青：《创业史》（第二部），第 137 页。北京：人民文学出版社，2005 年。
③ 同上，第 251 页。

处时代的"万木争荣"与关中平原"老气横秋"之间的悲剧性张力。作品第一部第二十四章有一段这样的文字：

> 一九五三年春天，庄稼人们看作亲娘的关中平原啊，又是风和日丽，万木争荣的时节了……站在下堡乡北原上极目四望，秦岭山脉和乔山山脉中间的这块肥美土地啊，伟大祖国的棉麦之乡啊，什么能工巧匠使得你这样广大和平整呢？散布在渭河两岸的唐冢、汉陵，一千年、两千年了，也只能令人感到你历史悠久，却不能令人感到你老气横秋啊！……①

这段话可以说是典型的"时代的抒情"，热火朝天的农业合作化运动令人热血沸腾，"散布在渭河两岸的唐冢、汉陵，一千年、两千年了，也只能令人感到你历史悠久，却不能令人感到你老气横秋啊"却显得有些虚假矫情。唐冢、汉陵是中国专制社会的文化遗存，也是秦腔滋生的文化之源，狂热的农业合作化运动能够祛除"西风残照，汉家陵阙"的悲凉吗？实际上不仅未能，反而为历史深处的沧桑悲壮又皴染了一层悲凉。

二、"一派秦声浑不断"②

秦腔在点染气氛、结构作品、推动情节发展等方面发挥重要作用是在陕西第二代小说家身上，尤其是在陈忠实的《白鹿原》和贾平凹的《秦腔》中。贾平凹可以说是秦腔专家，在散文《秦腔》和长篇小说《秦腔》中，他表现出丰厚的秦腔素养和极高的艺术鉴赏力。陈忠实同样热衷秦腔，并能够如盐之溶于水那样，浑然一体地

---

① 柳青：《创业史》（第一部），第331页。
② 清雍正年间，陆箕永在《绵州竹枝词》里写道："山村社戏赛神幢，铁钹檀槽拓作梆。一派秦声浑不断，有时低去说吹腔。"

化铸在自己的小说之中。秦腔是他们作品中不可或缺的重要元素和叙事资源。陈忠实曾经说："如时间而论，秦腔是我平生所看到的所有剧种中的第一个剧种；如就选择论，几十年过去，新老剧种或多或少都见识过一些，最后归根性的选择还是秦腔，或者说秦腔在我的关于戏剧欣赏的选择里，是不可动摇的。"[1]他的《白鹿原》就是"喝着酽茶，听着秦腔"[2]写出来的，他的小说语言也具有浓郁的秦腔唱词的特点。在《白鹿原》中，秦腔和作品融为一体，作者熟稔地把秦腔化入到他的作品中，具有"中国套盒"或"戏中戏"的丰富蕴含。如第一章白嘉轩娶卫老三家的姑娘时，将其称为"穷苦人家的三姑娘"，喻示其命运如同《五典坡》中王宝钏一样凄苦。王宝钏寒窑十八年苦等，才等到丈夫薛平贵的归来。白嘉轩的第六房女人胡氏嫁到白家，"有人就开始喊胡凤莲了，那是秦腔戏《游龟山》里一位美貌无双的渔女，几乎家喻户晓人人皆知"。[3]胡氏如同胡凤莲一样光彩艳丽、泼辣勇敢，命运也近乎相同。小说的第五章，祠堂竣工，红麻子戏班来唱乐三天三夜以示祝贺。第六章中看秦腔《滚钉板》时，白狼来抢。白灵和兆海相吻时"突然感到胸腔里发出一声轰响，就像在剧院里看着沉香[4]挥斧劈开华山那一声巨响"。（第十三章）鹿兆海在当了连长以后，鹿子霖住在兆海那里，每天早晨到老孙馆子去吃一碗热气腾腾的羊肉泡，晚上到三意社去欣赏秦腔（第二十六章），白嘉轩犁地时，唱的是秦腔"汉苏武在北海……"（第十七章）。这样的细节，在作品中大量出现。整个小说，氤氲着浓郁的秦腔气氛，既深化了人物的塑造，丰满了小说的叙事，同时具有浓郁的文化地理意蕴。

　　小说第十六章的重要转折也是依靠演出秦腔来完成的。贺家坊

① 陈忠实:《惹眼的〈秦之声〉》，陈忠实:《原下集》，第 221 页。上海：上海人民出版社，2002 年。
② 陈忠实:《关于〈白鹿原〉与李星的对话》，《陈忠实研究资料》，第 18 页。济南：山东文艺出版社，2006 年。
③ 陈忠实:《白鹿原》，第 14 页。北京：人民文学出版社，1993 年。
④ 沉香为神话剧《劈山救母》中的人物。

"忙罢会"日，贺耀祖请来了南原久负盛名的麻子红戏班连演三天三夜。戏迷白孝文就是在看《走南阳》——刘秀调戏村姑的这出戏的时候，被田小娥拽进了砖瓦窑，《走南阳》暗示了小说此段轻佻迷色的情节转折。恰在这时，白孝文家受鹿子霖暗中唆使遭抢。白孝文"硬着头皮走进街门时候感到一种异样的气氛，他的豆腐渣似的女人急慌慌走到院中，看见他失声叫道：'哎呀，你才回来……土匪打抢……'白孝文像当头挨了一棍差点栽倒——"。（第十六章）白家遭抢，白孝文和田小娥的奸情败露，白嘉轩气涌心头，晕倒在小娥的窗前。鹿子霖通过秦腔传达了自己的险恶用心："小娥转身跑出院场要去找冷先生，刚跑到慢坡下，鹿子霖喊住她：'算了算了，还是我顺路捎着背回去。'小娥又奔回窑院。鹿子霖咬牙在心里说：'就是叫你转不开身躲不来脸，一丁点掩瞒的余地都不留。看你下来怎么办？我非得把你逼上辕门不可。'他背起白嘉轩，告别了小娥说：'还记得我给你说的那句话吗？你干得在行。'小娥知道那句话指什么：你能把孝文拉进怀里，就是尿到他爸脸上了。"（第十七章）被逼上辕门的族长白嘉轩，没有任何回旋的余地，手执钢刷演出了一场《辕门斩子》。一个执法如山、恪守仁义的老族长的形象也跃然纸上，呼之欲出。

秦腔在贾平凹的生命中，也占有极其重要的位置。正如孙见喜所言："秦腔之于贾平凹，好比是洋芋糊汤，好比是油泼辣子，好比是那位明眸皓齿的妻子。他钟情于这门艺术，从很小的时候就在心里有了熏陶。三岁记事，就骑在大伯的脖颈上看戏；六岁懂事，自己趴到台角上，听那花旦青旦唱悲戚戚的调子，不觉得就泪流满面，常常挨了舞台监督的脚踹还不动弹。正月十五，三月三，端午中秋寒食节，是秦腔牵着他由春而夏而秋而冬。从秦腔里，他知道了奸臣害忠良，知道了小姐思相公，知道了杨家将的英武，知道了白娘子祝英台的痴情……秦腔故事是他道德启蒙的第一课，也在他感慨世事时引用得最多。"[1]在长篇小说《秦腔》中，秦腔被引一百余处，更为重要的是，"秦腔是《秦腔》的魂脉……"，"秦腔

117

---

① 孙见喜：《鬼才贾平凹·第一部》，第310—311页。太原：北岳文艺出版社，1992年。

音乐和锣鼓节奏来渲染人物的心理活动，用来营造气氛，用来表达线性的文字叙述，有时难以表达的团块状或云雾的情绪、感受和意会。……在整部作品中，秦腔弥漫为一种气场，秦韵流贯为一种魂脉而无处不在。它构成小说、小说中的生活、小说中的人物所共有的一种文化和精神的质地"。①除此之外，小说的两个主要人物白雪和夏天智的命运和秦腔不但息息相关，而且已经融合为一体，浓得化不开。秦腔是白雪的另一张脸，也是她的一切。她为秦腔而生，为秦腔而活，她生命中的一切都是围绕秦腔而展开的。她因为秦腔而恋爱，在秦腔中步入婚姻的殿堂，又因为舍不得离开秦腔剧团而和城里的丈夫失和，最后在哀婉的苦音慢板中分道扬镳。夏天智也是如此，他完全浸泡在秦腔里，几十年如一日地收集秦腔脸谱，不厌其烦地四处巡展，只为了想把秦腔这根火苗传递下来。退休后，他在村里义务放秦腔，一直在努力传递秦腔的薪火。同时，秦腔中的忠孝节义也成了他做人的准则。然而，他的家势和秦腔一样不可避免地走向衰落，兄弟间的彼此隔膜，下一辈小夫妻之间的摩擦，没有屁眼的孙女的降生，儿子和白雪的离婚，最终击倒了这个靠秦腔维系自己生命的倔老汉。夏雨和白雪离了婚，老人放开高音喇叭，在凄怆的《辕门斩子》中抚慰自己的创伤。秦腔作为陕西最风靡的地方戏曲，作为中国一种传统文化和中国农村的象征，在城市化的进程中，无可挽回地走向衰败。贾平凹说："我之所以把这部小说叫《秦腔》，其中也写到了秦腔，秦腔是地方戏曲，而别的戏曲没有叫腔的。秦腔的另一个意思就是秦人之腔。文章所写的作为戏曲的秦腔，它的衰败是注定的，传统文化的衰败也是注定的。李商隐诗：夕阳无限好，只是近黄昏。这一种衰败中的挣扎，是生命透着凉气。"②在《秦腔》中，我们能够看到乡村文化伦理无可挽回的颓败，以及人心、人性透彻心骨的悲凉，"或许，在内心里，贾平凹并不愿意让秦腔成为故土的挽歌和绝唱，但现实如此残酷，生

---

① 肖云儒：《〈秦腔〉：贾平凹的新变》，《小说评论》2005 年第 4 期。

② 贾平凹：《三月问答》，《美文》2005 年第 3 期。

存如此严峻，那股生命的凉气终究还是在《秦腔》的字里行间透了出来"①，尽管艺术上很粗糙，甚至粗俗。

陕西作家的悲剧意识同其文化氛围和地理环境密不可分。高尔基曾用"秋天的忧郁"来形容契诃夫作品的基调。陕西作家身上也有一种难以褪去的悲伤和忧郁。秦腔作为婚丧嫁娶、生老病死的一个重要文化事件，其热耳酸心、慷慨悲凉的美学特点润物无声地渗入其生命之中。秦人是把秦腔当宗教的，他们关于人生处世的教育大多是通过秦腔来完成的。秦腔的悲怆气质，不知不觉厚化了陕西作家对历史的追忆和回溯。当作家开始创作以后，秦地作为十三朝古都废弃之后的荒凉与黄土高原的雄浑，又如汹涌河流被有意识地注入到脑海之中。这两条文化之流汇合以后，陕西作家的悲剧意识就如同水乳一样地交融在作品之中。尼采曾把"母鸡下蛋的啼叫和诗人的歌唱相提并论，说都是痛苦使然"②。陕西作家和作品也是"痛苦使然"，但他们的悲剧品质，绝不是来自亚里士多德意义上的外在行动，而来自一种现代人的内心冲突。他们作为一个整体，共同拉着出土的秦朝"铜车马"向周、秦、汉、唐回奔，当他们跃出古城墙的垛口看到鳞次栉比的高楼大厦时，会类似于阮籍和嵇康，要么无路，要么歧路，所以不是在白鹿原上追寻白鹿的影子，就是在马嵬坡采集种花的灰土，或者沉浸在历史的迷梦里面自欺欺人。福克纳说："唯有此种内心冲突才能孕育出佳作来，因为只有这种冲突才值得写，才值得为之痛苦和烦恼。"③如果说陕西作家在当代文坛有一点分量的话，也是在这个历史转型的"蚌壳"里磨砺的结果。

以柳青为代表的陕西第一代作家，处在激情澎湃的革命年代，政治的热情和革命的向往遮蔽了作品中的悲剧意识。一旦激情退却

---

① 谢有顺:《尊灵魂,叹生命》,《当代作家评论》2005 年第 5 期。
② 钱钟书:《诗可以怨》,《七缀集》,第 120 页。上海:上海古籍出版社,1993 年。
③ 福克纳:《在接受诺贝尔文学奖时的演说》,王宁编:《诺贝尔获奖作家谈创作》,第 191 页。北京:北京大学出版社,1987 年。

之后，沉淀多年的压抑以及在现代社会中的边缘处境和美人迟暮般的伤感，一下子涌入作家的脑海。《废都》中的文人颓废,《白鹿原》中的"翻鳌子",《最后一个匈奴》中对民族骁勇血性的追寻，无不打上悲凉的底子，渗透着悲剧的色彩。陕西当代小说的繁荣（这里指"文革"以后），和尼采认为古希腊艺术繁荣的原因一样，是缘于"他们内心的痛苦和冲突，因为过于看清人生的悲剧性质"。[①]所不同的是，古希腊产生的日神和酒神两种艺术冲动，是"用艺术来拯救人生"的，而陕西作家更多的是感伤人生。清代以来，秦腔之所以迅猛发展，成为西北和三秦大地最为繁盛的民间艺术，是因为秦腔如酒神一样，追求情感的放纵，追求痛苦与狂喜交织的癫狂状态。尼采说，酒神状态是"一种情感的整体激发和释放"。[②]这种"形而上的慰藉使我们暂时逃脱世态变迁的纷扰。我们在短促的瞬间真的变成原始生灵本身，感觉到它的不可遏止的生存欲望和生存快乐"。[③]秦腔作为一种极度狂欢的"摇滚"艺术，其令人迷醉的价值就在这里。

秦腔追求的这种酒神情绪，是一种具有形而上深度的悲剧性情绪。它不仅与黄土高原的莽阔背景融为一体，更契合了陕西作家的精神气质和宣泄冲动，所以秦腔一直深受陕西作家的青睐。秦腔的特点正如泰纳谈到希腊音乐时说的："它的特点是庄严、雄壮、铿锵的，还很朴素，甚至有些粗犷，很能予人以耐性和力量。这种音乐不许人思想放任，它的调子不随着外来的风格而改变、削弱、变得花哨。它是一种公众的精神约束，就像我们的军号战鼓一般让我们集合，规范步伐。"[④]作为黄土高原最具有魅力的艺术形式和老百姓最主要的精神文化生活，其在陕西作家的作品中一直占有重要的份额，最为主要的是，秦腔完成了陕西作家前期艺术气质的无意识

① 〔德〕尼采:《悲剧的诞生》，周国平译，第1—2页。
② 〔德〕尼采:《偶像的黄昏》，卫茂平译。第125页，上海：华东师范大学出版社，2007年。
③ 〔德〕尼采:《悲剧的诞生》，周国平译，第138页。
④ 〔法〕泰纳:《艺术哲学》，第177页。北京：北京出版社，2004年。

塑造，对他们的创作构成了预设和限定。在陕西开始创作之后，他们通过文化身份的确认和追寻，产生一种浓郁的文化眷恋和文化乡愁。陕西作家自觉的本土文化意识，自尊和自强的文化精神，其中一大部分是秦腔的馈赠。当陕西作家逐渐远离秦腔的时候，作家们也就慢慢缺乏了那种充沛淋漓的元气，"陕军"东征之后创作的疲软和作品水准的下降，似乎也无意说明了这点。

2007 年 5 月于咸阳北平街

路遥小说的道德空间

路遥是文学上的道德主义者。他的小说叙事，不追求建造美学的大厦，而是竭力构建道德的理想国。他以虔诚的道德热情、诚挚的生活关怀、深沉的苦难思考，以及史诗式的写作追求，形成了朗润和畅而又浩荡澎湃的艺术世界。他的小说，灌注着其关于人生的道德信念、道德激情和道德理想，是"以道德完善为目的"的关爱人、教诲人、鼓励人、重塑人的布道式文学。他以审美的形式参与社会生活，以"城乡交叉地带"为叙事中心，聚焦在"平凡的世界"奋斗者的生活，将过去、现在和未来整体性地贯穿起来，给予"奋斗者"和"孤独者"以巨大的道德感化和精神慰藉，表现出强烈的时代精神、深沉的历史意识和巨大的精神能量。他的代表作《平凡的世界》汇聚了其所有的道德热情和道德理想，成为众多读者极为欢迎的道德"训诫书"和"精神《圣经》"，在当代文坛形成了"畅销"而又"长销"的文学景观。同时，《平凡的世界》"落伍"的现实主义叙事、松散的艺术构架、道德感的"肥大增生"等问题，遭到了学院派和文学史的冷落。近年来，由于某种需要，其又被高度赞誉。因此，如何阐释其"阅读"与"评价"的两极现象，尤其是如何定位《平凡的世界》的道德书写，阐释其道德空间，成为路遥研究中至为关键的问题。

122

一

在路遥的小说中，传统道德与现代生活、理性与情感之间的矛盾和冲突，成为其"痛苦而富于激情"的叙事主题。用路遥的话来说，即"当历史要求我们拔腿走向新生活的彼岸时，我们对生活过的'老土地'是珍惜地告别还是无情地斩断呢？"。在这一社会转型过程中，我们"将付出巨大的代价，其中就包含着我们将不得不抛弃许多我们曾珍视的东西"。[①]面对现代生活与传统道德的巨大冲突，路遥无法割断同道德传统、乡土伦理的联系，其道德理想的德性论选择，无意识地流露出对传统道德的眷顾，同时也体现出明显的现代性道德焦虑。他聚焦城乡交叉地带，通过青年奋斗者在人生十字路口的两难选择，表现乡村生活与现代生活的互渗和冲突，展现了传统道德与现代生活的纠结碰撞和尖锐冲突，形成了以道德书写为中心、以人情美和人性善为道德尺度、以道德完善为叙事母题、以道德理想国的审美重建为旨归的叙事特征。

路遥在小说创作伊始就体现出以道德为尺度、以道德完善为旨归的叙事特征。从道德美学的角度来看，"在本源的生命活动中，审美的活动必然要求符合道德的意愿，道德的意愿往往必须满足审美者的生命意志"。[②]在路遥的小说里，作为人类生命本源的道德活动和审美活动做到了内在的统一。他也是当代少数几个能将道德活动和审美活动做到内在统一的小说家。不过，这种道德的审美化在他小说里的表现并不是一成不变的，而是表现出极大的不稳定性和不均衡性。在他早期的作品中，我们可以看到时代变化在道德领域引起的冲突变化，这种变化以传统的德性论为价值天平，体现出界限清晰、黑白分明的道德判断。如《惊心动魄的一幕》中的马延雄，在史无前例的动乱岁月里，面对复杂的形势和艰难的个人处境，能够处危不惊、临危不乱，表现出一位县委书记的魄力和共产党员的正气。小说过多停留在外部氛围的渲染上，没有深入开掘人物的内心世界，形象简单而又粗糙，道德世界也显得政治化和理念化。《姐姐》中的"姐姐"生于农村，却爱上了城里的洋学生高立民。后来生活变化，高立民抛弃了这个淳朴善良的乡下姑娘。故事没有

123

---

① 路遥:《早晨从中午开始》，第 61 页。北京:十月文艺出版社，2013 年。

② 李咏吟:《审美与道德的本源》，第 1 页。上海:上海人民出版社，2006 年。

跳出"痴心女子负心郎"传统观念，体现出城市与乡村的道德冲突和精神差距，但作者并没有深入开掘下去。《你怎么也想不到》中的郑小芳，大学毕业后摆脱了城市生活的诱惑，抛弃热恋的爱人，毅然回到童年梦想的毛乌素沙漠，去实现自己的理想，进行崇高的贡献和创造。这种无私而又崇高的精神世界，对时代精神简单诠释、高度认同，没有提供出时代精神所规定的更多的东西。《黄叶在秋风中飘落》的卢若琴，一个乡村学校的女教师，有着纯洁美好的心灵。她不能忍受同事被妻子折磨，不能忍受当文教局长的哥哥卢若华觊觎挖走同事的妻子。出于母性和同情，姑娘家的她不顾闲言碎语，照顾同事高广厚，把他的孩子当作自己的孩子。面对哥哥卢若华的辩护，她镇静地说："是的，你没违法。但不道德！"①"道德"或"不道德"，可以说是路遥人物塑造的中心和衡量人物的唯一标尺。他前期小说中的马延雄、马建强、吴亚玲、郑小芳、卢若琴、高广厚等，虽然都称不上高度饱满的"圆形人物"，但由于"突出了内在精神的核心是道德的内化——平凡的人物因此获取了不同凡响的精神境界和闪光的性格"②，散发出迷人的道德诗意和人性光辉。在《人生》中，路遥呈现出复杂的道德态度，道德书写达到了其前所未有、后所未至的境地，传统道德和现代生活的冲突得到了圆融而集中的表现。一方面，高加林追求属于自己的生活，要实现自己的价值，甚至表现出膨胀的野心和坚决的个人主义——"我联合国都想去"③，在现代社会中，这无可非议；另一方面，他的选择要以抛弃巧珍和传统道德为代价，无疑会受到道德的批判和良心的谴责。在这种两难的人生选择和道德取舍中，高加林无论如何选择，都无法解开现代生活和传统道德之间的纽结，无法获得鱼肉兼得的圆满人生。因而，小说的道德世界具有前期小说所不曾拥有的

---

① 路遥：《黄叶在秋风中飘落》，《人生》，第 202 页。北京：十月文艺出版社，2013 年。

② 胡辉杰：《路遥：德性的坚守及其偏执——以〈平凡的世界〉为中心》，《理论与创作》2004 年第 2 期。

③ 路遥：《人生》，《人生》，第 133 页。

复杂性和矛盾性，呈现出涵泳不尽的美学蕴藉。高加林选择离开土地，我们看到城市生活和现代文明对农村青年难以阻遏的诱惑，同时也看到了传统道德伦理的脆弱。但在最后，生活却同高加林开了个玩笑，现代生活和浪漫爱情离他而去，他只得回到他嫌弃并千方百计离开的乡土世界。德顺爷对他进行了严肃的道德训诫："就是这山、这水，这土地，一代一代养活了我们。没有这土地，世界上就什么也不会有！是的，不会有！只要咱们爱劳动，一切都还会好起来的。"[①]从中我们可以看到乡土的包容性，看到传统道德和乡土人情的感染力。高加林所处的环境找不到第三条出路，他的遭遇，无意之中也表现出现代文明和城市生活的理性和无情，透露出某种怀疑甚至拒斥。

《平凡的世界》所表现的传统道德与现代文明的强烈冲突已经完全和解，传统道德在面对生活苦难、身份认同危机等方面，体现出巨大的道德和精神上的优势。孙少安、孙少平没有了高加林的复杂处境和矛盾选择，个人追求与道德规范之间的关系不再是剑拔弩张的，而是体现出和谐的统一。他们在一次次道德磨砺和苦难考验面前，不断趋于完善和完美，最终如虔诚的宗教徒一样，甘愿为理想道德和理想生活受苦受罪，成为通体透明的真善美的化身。在路遥看来，他们这些普通劳动者的身上蕴含着中华民族的传统美德，有一种生生不息的韧性、朴实和淳朴，这是我们这个民族得以延续的最为宝贵的精神资源。他们身上，"表现了我们这个国家、这个民族的一种传统美德，一种生活中的牺牲精神"，并且坚信"不管社会前进到怎样的地步，这种东西对我们永远是宝贵的"。[②]孙少安虽然也有自己的人生理想，但在传统的道德担当影响下，他还是义无反顾地辍学回家，同父亲一道担起家庭的重担。在历史和生活的双重重轭下，他表现出崇高的道德诗意。孙少平也体现出道德方面的光辉。无论是对落难的郝红梅的搭救，还是在打工时对遭遇凌

125

---

① 路遥:《人生》,《人生》，第183页。
② 路遥:《关于〈人生〉的对话》,《早晨从中午开始》，第149页。

辱的小女孩的同情和帮助，都散发出人情美与人性美的光辉。这不禁使我们想起《战争与和平》里的彼埃尔公爵。经过战争的洗礼之后，他浑身散发出伟大的人性光辉。娜塔莎当着玛丽小姐的面这样夸赞他："他变得干净、整齐、有生气了；好像从浴室里出来的一样，你明白我的意思吗？——好像精神上洗过澡一样。"[①]《平凡的世界》可谓"中国的道德浴室"，一代代青年都渴望在这间浴室里清洗自己的道德污秽和精神委顿，寻找心灵的安妥，舒展理想的翅膀，磨炼奋斗的意志，书写属于自己的精彩人生。我们可以说，路遥是一位青春歌手，更确切地说，是一位洞察青年心灵的伟大牧师。他完成了关于青春的伟大发现。他之所以被那么多人称道，被那么多人敬仰，也正因为他道德理想国散发出的温暖和诗意。康拉德认为，都德"通过对不幸的明晰洞察，有着对信仰的深刻体悟，并且这种体悟以不可抗拒的魅力深入人心。他告诉人类在遭受饥饿、欲望与暴行的时候不要盲目行动，而应该时刻以最为美好的道德信仰为心灵归属。这也正是艺术所要极力达到的超越目标"[②]他"总是用明朗的孩子般纯真的眼睛看待世界，因为他觉得世界本就应该如此明净，不含杂质，就像雨后洗过的澄澈天空。他心中的责任感逼迫着他丝毫不敢倦怠地表达着他的同情、他的愤怒、他的困惑、他的良知。在刻画这些人类情绪的时候，都德都没有遵照逻辑的顺序，他只是善于捕捉心灵的瞬间，把潜意识中流动的心绪加以灵感的阐述。他可以忍受小小的邪恶，也可以对一些不好的小癖好持一种宽容的态度；他绝不能容忍的事情只有一件，那就是铁石心肠"[③]路遥亦是如此，他"时刻以最为美好的道德信仰为心灵归属"。以他为开端，开始了一代代青年的新生活。在他之后，也很难有人享受

126

---

① 〔俄〕列夫·托尔斯泰：《战争与和平》（下），张捷译，第1246页。南京：译林出版社，2011年。

② 〔英〕康拉德：《阿尔丰斯·都德（1898）》，康拉德：《生活笔记》，傅松雪译，第37页。南京：凤凰出版传媒集团、江苏教育出版社，2006年。

③ 同上，第39页。

这份荣耀。《平凡的世界》所具有的非凡感染力和震撼力，"来源于一种强烈的对人性的道德关怀，这种关怀进而便为展开深刻的心理分析提供了角度和勇气"。[①]这种明确而坚定的道德理想和精神指向，是路遥小说最为突出和鲜明的艺术特征，同时也形成了他小说春风化雨般的感染力和同化力。路遥曾说："我们应追求作品要有巨大的回声，这回声应响彻过去、现在和未来。"[②]他在历史、现实和未来之间寻找可以贯通的"永恒"，这种"巨大的回声"和"永恒"，既是强烈的时代精神，也是深沉的历史感，更多是纯净的道德诗意和灿烂的精神光芒。

在路遥具有英雄主义特征的道德意识里，"生命应该是壮观的，就好像云雀一定要搏击长空"，[③]小说中的人物也大致以这种情结来完成自己的人生。因而，他的小说从某种程度上说，不是来自艺术的结果，而是来源于其性格。对于路遥来说，生活中若不充满激情，便不成其为生活。困境中的坚守、奋斗与激情，严肃而迫切的道德关怀，是路遥小说无法回避而又充满光辉的亮点。孙少安和孙少平等在传统道德的灌溉下，以坚强的意志、不屈的精神，与贫穷、困境、苦难抗争，坚定地维护并确立自己的尊严、价值、理想与意义，在困境和苦难的磨砺中，形成了自尊自立、自强不息的苦难哲学和人生精神。正如孙少平在写给兰香的信里所说的："首先要自强自立，勇敢地面对我们不熟悉的世界。不要怕苦难！如果能深刻理解苦难，苦难就会给人带来崇高感。亲爱的妹妹，我多么希望你的一生充满欢乐。可是，如果生活需要你忍受痛苦，你一定要咬紧牙关坚持下去。有位了不起的人说过：痛苦难道是白忍受的吗？它应该使我们伟大！"[④]

---

① 〔英〕F.R.利维斯：《伟大的传统》，袁伟译，第208页。北京：生活·读书·新知三联书店，2002年。
② 路遥：《答中央广播电视大学问》，《人生》，第196页。
③ 〔英〕康拉德：《海的故事（1898）》，《生活笔记》，第103页。
④ 路遥：《平凡的世界》（第二部），第360—361页。北京：十月文艺出版社，2013年。

对于熟谙人情世故、麻木世故的成年人而言,《平凡的世界》与现实世界确实隔着一层厚障壁。因为他没有写出世道的阴险、人性的险恶和生活的龌龊。正是对纯洁、善良、美好心灵的呼唤,对理想的坚守和追求,对于美好事物和幸福的期待,使他在心灵尚未衰老者之中拥有大量的读者。这正如格拉宁在评价前苏联作家格林的中篇小说《红帆》时所言:"当岁月蒙上灰尘并失去光辉的时刻,我拿起格林的作品,翻开他的任何一页,春天立即破窗而入。一切都变得明亮和光彩。一切又像童年时代那样神秘莫测和令人激动。"对路遥产生过影响的纳吉宾则说:"如果成年时代还热爱格林的话,那就是说他已经避免了心灵的衰老。"① 《平凡的世界》无疑也是《红帆》一样的作品。

路遥的道德叙事存在的问题和弊端也十分明显。他的道德化叙事统摄一切,没有深入内化到人物的心灵深处,体现出浅表化、平面化和理念化的特征。这种道德取向正如有学者所言:"他不去着意开掘平凡世界中深藏在平凡人身上的民族劣根性,而是更多地关注他们身上潜在的传统美德,特别是他们在社会变革中克服自身弱点走向自我觉醒的痛苦历程。"② 缺乏了道德思考的多维性,就难免出现道德理想化和肤浅化的问题。在道德选择上,路遥也表现出矛盾的态度,不由自主地体现出对传统道德的眷顾和对现代生活的拒斥。一方面,路遥肯定传统道德在维系、保持美好人情、人性方面的作用,对传统道德体现出感情上的依恋。另一方面,他敏锐地感受到了传统道德的价值理性,在现代文明的工具理性和城市生活的物质压迫下失去了存在的基础和空间,不合时宜且不堪一击。在传统道德与现代文明的矛盾和两难中,路遥力图用善良、仁义、同情、包容等传统道德伦理,挽救现代文明冲击下的道德滑坡。这种努力,实际上是希望在现代性的背景中重建德性论的道德理想国,其契合现代社会个体道德的选择,却很难建立社会性的道德规则。

---

① 章廷桦:《格林和他的〈红帆〉》,格林:《红帆》,第14页。重庆:重庆出版社,1985年。

② 周承华:《在现代理性和传统情感之间:论〈平凡的世界〉的审美特征》,《小说评论》1994年第1期。

在谈到《在困难的日子里》时，他曾感叹道："在当代现实生活中，物质财富增加了，我们常常看到这样一种现象：人们的精神境界和道德水平却下降了；拜金主义和人与人之间表现出来的冷漠态度，在我们的生活中大量地存在着。"①可以说，《在困难的日子里》以及《平凡的世界》都充斥着这种道德拯救的诉求，并且取得了空前的成功，我们的心灵也得到了道德净化。但现实中道德的困惑以及生活中的道德困境并不能因此焕然。在进行道德的自我审视和拷问的同时，我们不由自主会超越简单的道德抒情，去考虑具体化的道德语境和深层次的道德规范问题，去思索造成这些苦难的原因、谁对这些苦难负责、忍受这些苦难的必要性、苦难是否一定能够使人成功成材等问题，即苦难的正义性和合法性的问题。这些表面看来虽然超越了路遥的道德叙事，实际上却是路遥道德叙事和苦难书写的内在出发点。只有解决了这些问题，我们对路遥的道德叙事和苦难书写的透视和把握才具有本质性和历史深度。从这些方面来看，路遥表现出道德决定论和精神决定论的认知偏颇，缺乏道德探究和道德反思，存在着将苦难合理化、神圣化、诗意化，将道德简单化、抒情化和理想化的问题。

　　路遥在小说中写道："我们活在人世间，最为珍贵的珍视的应该是什么？金钱？权利？荣誉？是的，有些东西也并不坏。但是，没有什么东西能比得上温暖的人情更为珍贵——你感受到的生活的真正美好，莫过于这一点了。"②一方面，他高度认同并礼赞乡土社会的人情人性；另一方面，对于传统道德存在的问题以及乡村社会人情世故的复杂，他也并非视而不见。他通过孙少平在远房舅舅家的遭遇，道出了他对于乡村社会道德伦理的理解。尽管这番议论在整部小说对传统美德和道德的褒扬中显得微不足道，但无疑是洞悉其对乡村社会道德伦理认识的一个重要窗口。舅舅和妗子的无情无义，使孙少平"第一次深深地感受到，人和人之间的友爱，并不在

---

① 路遥：《这束淡弱的折光——关于〈在困难的日子里〉》，《早晨从中午开始》，第 104 页。

② 路遥：《平凡的世界》（第三部），第 24 页。北京：十月文艺出版社，2013 年。

于是否亲戚。是的，小时候，我们常常把'亲戚'这两个字看得多么美好和重要。一旦长大成人，开始独立生活，我们便很快知道，亲戚关系常常是庸俗的；互相设法沾光，沾不上光就翻白眼；甚至你生活中最大困难也常常是亲戚们造成的；生活同样会告诉你，亲戚往往不如朋友对你真诚。见鬼去吧，亲戚"。[1]路遥童年所遭遇的不幸、乡村社会道德伦理的势利，以及他经历的"文革"对传统道德美好方面的破坏，都使得他的道德书写具有一种"补偿"意识，因此他没有对国民劣根性进行挖掘、透视和表现，更多地积极表现传统道德与乡村伦理中美好淳朴、温情脉脉的一面，以此求得心灵上的慰藉。同时，也"由于路遥难以割舍的乡土感情，使他不可能从理性上达到揭示农民意识的高度，巨大深沉的乡土意识笼罩着他整个的精神空间，使他往往从情感上为他的乡土人物抹上了一道浓重而动人的光环，而总是让人觉得缺少了一点冷峻——一种对乡土的冷峻审视"。[2]路遥常常用强大的道德意念去面对生活中的问题和人生的苦难，他用道德诗意去化解一切问题，用克己利他、仁爱善良去面对他人，用苦难哲学去反观人生和理想。这种道德叙事，与现代社会的个体生活无疑有着契合点，不仅仅是个人道德完善，同时也是现代社会中需要珍视保留的一面。也正因为如此，他小说中的道德诗意才获得了人们的巨大认同和强烈共鸣。但与此同时，他的道德激情遮蔽了现实处境的复杂，悬置了道德的历史具体性。比如，田润叶和李向前的婚姻，是迫于社会关系的无奈结合，没有任何爱情基础，可谓"不道德"的婚姻。在丈夫遭遇车祸失去双腿之后，同情、怜悯、责任等使得田润叶弥合了爱情的伤痕，传统道德战胜了感情裂痕和个人意识，"不道德"的婚姻散发出道德的诗意。王满银游手好闲、不务正业，兰花忍受着肉体和精神上的双重折磨，但却固执地恪守传统的女性的"妇道"，不忍离开他，放弃对自己权利和幸福的追求。由此我们可以看到传统道德观念的凄美，

---

① 路遥:《平凡的世界》(第二部)，第143页。

② 赵学勇:《路遥的乡土情结》,《兰州大学学报》(哲社版)1996年第2期。

以及巨大的文化惰性。一旦偏离了传统道德，他们就会受到惩罚。比如卢若华同高广厚的妻子相恋，拆散了高广厚原本和睦的家庭，遭到了传统道德的强烈谴责。浪漫的杜丽丽同诗人古风铃偶然出轨，在现代爱情和传统道德的煎熬中，杜丽丽同丈夫两人都痛苦不堪。路遥无意识地流露出对传统道德的赞同，体现出价值判断上的偏颇。再如高加林、孙少平在社会转型中表现出的身份危机，作者让他们完善自身的道德并广施善行，简单地用温馨的道德抚慰，掩盖了更为复杂的传统道德与现代观念、农村生活与城市文明之间的冲突。传统道德是否能够拯救他们，是否能够摆脱乡村社会固有的落后蒙昧，是否能够使他们完成精神上的现代意义的解放，是值得疑问和反思的。这些路遥显然缺乏思考，由此造成的缺点和不足并没有对小说造成决定性的影响。读者更为看重的是小说中人物珍视亲情、友情、爱情，身处逆境、面对苦难时能够坚守传统道德，坚持道德的自我完善，以及坚定追求梦想的奋斗精神。

二

在道德观念上，路遥是德性论者。德性，即我们通常所论的道德品质和道德情操。德性论的目标和方法有两个方面："首先是追问和回答人格理想是什么，然后才是以这一人格理想为目标的实现自我完善的方法。一个人实践自我完善的修养方法在自身之所'得'，就是道德品质。"换言之，德性论的基本问题就是应当做一个什么样的人。如何按照一种预设的理想的道德人格，完成个人道德的自我完善和自我实现。其"主张道德评价的对象是一个人的内在的道德品质，而反过来，一个有道德的人，就是具有良好的道德品质和道德情操的人。这听上去似乎是理所当然、乃至天经地义的，由于我们的道德传统是、乃至于所有的前现代社会的道德传统都是某种德性论的传统，所以我们也许会把道德和德性完全等同起来，把德

性论当作是唯一的道德理论"。①在路遥小说里，如何在道德上自我
实现和自我完善，如何做一个道德完人是其紧紧围绕的叙事中心。
其小说的精神力量也是由此辐射而出。路遥将道德设想为一种自我
发现，在他小说写作的初期，就形成了稳定而完善的道德尺度。在
他之后的小说叙事中，虽有略微的变化和调整，但他的道德倾向和
道德态度一直是清晰稳定的。

从道德形态的形成来看，路遥以中国传统的德性论为底色，俄
罗斯文学以及柳青文学的道德经验也参与了其道德观念的形成。尽
管这三者的程度和分量无法确定，但它们相互作用、共同塑造了路
遥的德性论道德观念。德性论的道德观念诉诸于小说叙事的过程
中，路遥汲取了列夫·托尔斯泰、拉斯普京、艾特玛托夫、恰科夫
斯基等俄罗斯作家的叙事经验。俄罗斯文学的宗教意识、救世主
题、苦难意识、道德态度、叙事方式、人物塑造，以及人道主义精
神和人文情怀，都对路遥产生了重要影响。这其中，托尔斯泰的影
响要更大一些。托尔斯泰是路遥最喜欢的作家之一，他喜欢托翁的
全部作品。在《平凡的世界》的创作准备时期和创作中，他一直在
反复研读托尔斯泰的作品。托翁宏大的史诗模式、结构作品的方
法、人物的出场和塑造、人物的道德完善，都对路遥起到极其关键
的影响。在长篇随笔《早晨从中午开始》中，他征引了契尔特科
夫记录的托翁的一段话："在任何艺术作品中，作者对于生活所持
的态度以及在作品中反映作者生活态度的种种描写，对于读者来说
是至为重要、极有价值、最有说服力的……艺术作品的完整性不在
于构思的统一，不在于对人物的雕琢，以及其他等等，而在于作者
本人的明确和坚定的生活态度，这种态度渗透整个作品。有时，作
家甚至基本可以对形式不做加工润色，如果他的生活态度在作品中
得到明确、鲜明、一贯的反映，那么作品的目的就达到了。（契尔
特科夫笔录，1894 年）。"②路遥的小说，也持有"明确和坚定的生

132

---

① 崔宜明:《道德哲学引论》，第 89 页。上海：上海人民出版社，2006 年。
② 路遥:《早晨从中午开始》，第 20 页。

活态度"。可以说他继承了托翁的艺术追求，能够返归内心、坚守本性，具有稳定的道德态度和价值判断。在《平凡的世界》里，我们可以清晰地看到托尔斯泰式的道德说教，具有普遍人性的简朴和坚韧地受难的崇高。我们都热爱作为艺术家的托尔斯泰，厌恶他小说中的布道，但我们"很难把艺术家的托尔斯泰和说教者的托尔斯泰简单地一分为二——同样深沉低缓的嗓音，同样坚强有力的肩膀撑起一片景致，以及丰富的思想"。[1]托尔斯泰的道德说教——"如此温和、暧昧，又远离政治，同时，他的小说艺术如此强大，熠熠生辉，如此富有原创性而具有普世意义，因此后者完全超越了他的布道。归根结底，作为一个思想家，托尔斯泰感兴趣的只是生与死的问题，毕竟，没有哪一个艺术家能够回避这些问题。"[2]托尔斯泰的小说艺术深植于他的道德感之中，他认为小说是有罪的，艺术是不道德的，"创作的孤独与同人类连接的冲动所构成的激烈的内心冲突，即作为布道者的托尔斯泰和作为艺术家的托尔斯泰之间的冲突，积极的外向者和伟大的内向者之间的冲突"，[3]一直潜藏在他的灵魂之中。尤到晚年，这种斗争愈演愈烈。托尔斯泰认为，个人只有融入上帝悲悯注视的人类之中，才可能获得内心的宁静和幸福，个人才有可能获得拯救。他超越了简单的道德申诉和判断，关注的是超时间的人类最本质最核心的问题，譬如生与死、罪与罚、爱情与婚姻、忠实与背叛等，具有永恒的价值和意义。路遥没有托尔斯泰这种"伟大的内向者和积极的外向者之间"的斗争和冲突，也不是托翁那样将人们引向宗教或者天国。路遥没有也不可能有这样的精神环境和思考深度，他由德性论主导的道德认知，完全扎根在现实的土壤之上，并期望对现代转型中社会的道德滑坡和个人的道德迷惘产生影响。因而，路遥的道德态度中没有"外向者"和"内向者"的冲突。在他的道德世界里，这两者虽可能有小抵牾，但整体

---

① 〔美〕纳博科夫：《俄罗斯文学讲稿》，丁俊、王建开译，第141页。上海：上海三联出版社，2015年。

② 同上，第139页。

③ 同上，第237页。

上是和谐的、无冲突的。传统道德在现代生活中不但不能抛弃，而且是可以利用凭借的精神资源。因此，在他的小说叙事中，我们可以看到：他没有对传统道德存在的问题以及适用的语境范围做出思考，而是由道德完善主导了一切，压倒了个人意识和美学意识，甚至表现出与时代话语的简单认同。从叙事上看，路遥也没能像托尔斯泰那样，保持作者同人物的适当距离，而是充分地利用全知全能，不断地强行介入，插入解释和判断，以保持历史叙事和道德判断的权威。

在路遥审美道德意识的形成过程中，他的文学教父柳青也对他产生了不可忽略的影响。柳青笔下梁生宝式的高大全的政治英雄，在路遥这里发展为人格完美的道德英雄。孙少平、孙少安是千千万万个农村青年中的一分子，他们在逆境中总是百折不挠地去完成自己的使命，追寻生活与生命的意义。这和柳青笔下的承载着意识形态期待的政治英雄梁生宝已截然不同。他们没有了宏大的历史使命，在人生的困境和生活的苦难面前，努力拼搏，认真履行自己的责任和义务，追求真善美，追求道德的完善，追求人性的美好，以自己的行动诠释了平凡世界里的新英雄形象。路遥"将农村一代又一代人生活的悲哀和辛酸，同农村家庭生活、人伦关系的温暖情愫，溶解于人的经济、政治关系中，让严酷的人生氤氲着温馨的人情味"。[1]路遥"在创作中始终要求自己'不失普通劳动者的感觉'，他不是像'民粹派''启蒙派'那样'到民众中去'，而是'从民众中来'，他不是为民众'代言'，而是为他们'立言'，他自身的形象经常是他笔下的典型人物形象——浑身沾满黄土但志向高远的'能人''精人'合二为一。以'血统农民'的身份塑造出从中国农村底层走出来的个人奋斗的'当代英雄'，这是路遥对当代文学的独特贡献"。[2]正因为这一点，路遥与千千万万在"城乡交叉地带"

① 李星：《无法回避的选择——从〈人生〉到〈平凡的世界〉》，《花城》1987年第3期。
② 邵燕君：《〈平凡的世界〉不平凡——"现实主义常销书"生产模式分析》，《十博士直击中国文坛》，第277页。北京：工人出版社，2004年。

以及在困境中奋斗拼搏的青年们，产生了灵魂与精神的沟通和共振，并赢得了他们永远的尊敬和爱戴。柳青笔下的梁生宝，在今天看来虚假刻板，不过是政治正确的传声筒罢了。路遥则将这种虚假的乐观主义转化为坚定的道德信条，并散发出迷人的魅力。但他们又有相同之处，那就是无论是梁生宝，还是孙少安、孙少平，他们在出场时道德世界已经基本定型，现实环境的影响以及生活的磨砺，只不过是为了论证或者完善预设的道德律条。由于思想深度和精神资源的限制，路遥没有其他可以凭借的精神资源，因而在他看来，个人的奋斗、接受苦难以及道德完善是最为理想和可靠的救赎通道。

　　小说艺术的道德伦理书写，源于人性自身以及人类社会的要求。倘若作者感觉到道德伦理是一种压力，就等于掷弃了本应承担的道德责任。约翰·罗斯金说过："艺术只有以道德完善为目的时才是在自己相宜的位置上。艺术的任务——是关爱地教诲人。假如艺术不是帮助人们揭示真理，而只是提供愉悦的消遣，那么它就是可耻的事业，而非崇高的事业了。"[1]但是路遥的这种目的论道德观念，作为个体的道德追求被设定了，个体的任务就是发现什么是值得追求的并正确地执行。一旦知道了什么是正确的，个体就不会做错事或者坏事。但我们要反思的是，难道意识形态和社会观念对人的道德意识没有影响吗？当意识形态的道德观念和个体普遍的、正确的道德追求冲突甚至相反时，个体的道德如何实现？意识形态会不会导致不道德的压迫性专制？另外一个问题也随之而来，当道德陈述和事实陈述相反，即某种虚假的道德成为一种悬浮的意识形态，而实际生活却遵循另一种道德伦理，那么道德就陷进了逻辑黑洞。如我们将"不准盗窃"确定为普遍性的道德，而在实际中，大家却都偷窃，而且觉得这是正常行为，那么"道德"的意义就消失了。我们也应该看到，路遥小说中人物所面临的问题和苦难，是城乡二元体制以及其他社会体制问题造成的，个人的奋斗和抗争根本

---

① 〔俄〕托尔斯泰：《托尔斯泰读书随笔》，王志耕、张福堂译，第178页。上海：生活·读书·新知三联书店，2007年。

无济于事。对于他个人而言，如何处理这一问题，是十分矛盾和疑惑的，他更多地用模糊的叙事予以回避，让人物回到自己道德的理想国，去用自我的道德完善，对体制化、等级化等的社会问题并没有深刻的反思。至少在路遥的作品中，我们可以看到，他是有政治情结的。他关心政治、政策包括领导人变化带给人们生活的变化。他也会偶尔讽刺、挖苦基层领导在决策等方面存在的问题。但总体上而言，他对政治、政策是充满信任和抱满希望的。当然，更重要的原因可能是路遥无法超越自己的知识体系和认知判断，形成思考社会体制的深层次问题的能力，或者他即使有这种能力，但心不在焉。在历史和生活的"当局"中，我们很难有作家像巴尔扎克那样，超越自己的出身的局限。再加之我们也知道，路遥写作的八十年代，整个社会有着普遍广泛的共识，社会各个阶层有着流动和跨越的可能性，整体上体现出一种明朗、积极、乐观的理想氛围。不过，从《平凡的世界》里，我们还是可以看到路遥强烈的宿命感。高加林、孙少安、孙少平等的失败命运，透露出路遥心灵深处潜藏的悲痛和忧伤。他们都努力奋斗、拼搏过，但最后都失败了，没有一个是成功者。他们打动读者的是桑提亚哥式的硬汉精神，不断地去拼搏，不断地抗争，力图"扼住命运的喉咙"。作品打动读者的，也正是这种西绪福斯式的抗争宿命的精神。

路遥的道德书写尽管存在着上述问题，但他以宗教般的虔诚形成了温暖可人的道德理想国。他用纯洁美好的道德诗意抚慰着平凡人的心灵世界，给予困境中的人们以温暖、力量、希冀和奋斗的信心。在这样一个拜权教、拜物教盛行无阻并覆盖一切的时代，路遥温暖了平凡者的心灵，捍卫了人的尊严和灵魂，树立起了精神的大纛。这是路遥写作的重要意义所在。

三

按照阐释学的观点，文本将阐释者带入了陌生的世界。由于阐释者的视界不同，对作品意义的理解就会不同。阐释者总是从自己的需要出发，做出自己需要的理解和阐释。但如果脱离了诉诸个体的阅读经验，脱离了文本产生的历史语境和意义指向，就犯了怀特德所谓的"错置具体感的谬误"。也就是说，一个同样的东西，在不同的时间和环境中，其意义和功能是不同的。如果放错了地方，它的意义和功能就可能被扭曲。路遥小说的阅读和阐释，目前即面临着这样的问题。

路遥小说的道德观念，是古典的前现代社会的德性论伦理学。其和规范论伦理学相同之处是都强调道德中的理性因素，不同之处在于——"规范论伦理学是根据理性的原则来确定行为的规范，行为规范的普遍性来自于人类理性的普遍性，而德性论伦理学是要求从美德出发、运用理性权衡当下的具体环境和条件去行为，而并不要求普遍性的行为规范。正是在这里，突出体现着传统社会和现代社会不同道德评价体系的历史性差异，突出体现着不同伦理学理论形态的历史性差异。"[1]德性论这种前现代的道德形态，既是路遥无法摆脱的历史局限，同时也形成了其无可匹敌的优点。路遥不可能双脚悬空，去书写现代社会的道德观念，他无力也不可能去书写，这也不是他文学世界的图景。他对德性论的道德观念的认识可能是含糊的，但写作是清楚的。他将充沛的道德激情灌注其中，产生了巨大的感召力和影响力。需要清楚的是，路遥小说的道德影响建立在个体自由选择的基础之上，建立在路遥的道德态度、道德召唤同读者的阅读期待、道德选择的认同的基础之上，因此才产生了强烈的道德共振和精神共鸣。我们知道，"道德评判文学作品，只能根据每一代人所接受的道德准则，不论那一代人是否真正按照道德标准生活"。[2]当时代变化了之后，上一代人接受的东西，下一代人可能要反对。而上一代觉得震惊的事，下一代可能泰然自若地接受了。文化背景的差异、个体经验的差异、时代环境的差异，都可能

137

---

① 崔宜明：《道德哲学引论》，第 92—93 页。

② 〔英〕艾略特：《艾略特文学论集》，李赋宁译，第 266—267 页。南昌：百花洲文艺出版社，2010 年。

使得读者得出不同的道德解读。也就是说，当文学中含蕴的道德观念与时代具有某种共鸣的关系时，它的声誉会不断增加，如果两个时代的关系是对立性的甚至是敌对性时，那么它的声誉就会丧失。文学史上这样的例子不胜枚举。因而，我们难以判断中国城乡的二元对立消失之后，在完成国民社会向公民社会、前现代的身份社会向现代的契约社会的转变之后，路遥的小说是否还会产生之前那样巨大的道德影响。这是存疑待论的。

道德根植于个体内心的自觉和自律，是内守的，可以选择的。个体在生活中作出道德选择，为所做的好事或者坏事负责，影响着一个时代的道德风气，因而可以说是一个大问题。在德性论雪崩和宏大的道德话语解体之后的道德价值虚无中，路遥的小说无疑给我们提供了一种自我审视、自我评价的参照，无疑会磨砺我们的道德意识。但在道德表达和道德实践严重脱离甚至完全相反的情况下，无论如何，即使意识形态的强力号召，也不会成为康德所言的"道德的绝对命令"，不会形成社会的普遍道德与普遍伦理。康德"将道德行为与纯粹的善良的意志、出于责任的行为以及对道德法则的尊重联系在一起，表现出一种无条件的绝对命令。道德的绝对命令所以可能的根据，关键在于必须存在一个将行为者的主观准则与客观的道德法则'先验综合'于一体的'第三者'。这个'第三者'即自由概念，它也被解释为意志自律"。[①]但道德法则只是针对接受者而不是制定者的时候，普遍道德和普遍伦理就无法形成。社会对个体的道德铸造产生决定性的影响，甚至为有关道德的事物完全负责。一个野蛮的社会常对某些人的道德品质产生负面影响。道德的纯洁无瑕美好温暖，人人向往，我们敬重一切洁身自好、品行高尚的个体。但单向的道德纯洁性的肯定和追求，忽略了社会对个体道德成长的影响，忽略了世界的丰富性和复杂性，影响到社会伦理规约的形成。中国的传统和现实中有很多不道德者，却要站在道德制

---

① 傅永军、尚文华：《道德情感与心灵改善——兼论康德理性宗教的道德奠基》，《山东大学学报》（哲社版）2012 年第 5 期。

高点，对别人提出道德要求、道德绑架，甚至对道德高尚者大泼脏水。正如胡适所言："一个肮脏的国家，如果人人讲规则而不是谈道德，最终会变成一个有人味儿的正常国家，道德自然逐渐回归；一个干净的国家，如果人人都不讲规则而大谈道德、高尚，天天没事儿就谈道德规范，人人大公无私，最终会堕落成为一个伪君子遍布的肮脏国家。"[1] 德性论也常常成为有权力者道德豁免的借口，形成对无权力者的道德压迫，为权力话语培育精神沃土。按照马克思经济决定论的观点，道德是资产阶级意识形态的产物，它完全决定于经济基础，它是"遮掩资产阶级经济利益和其他经济利益的意识形态"。实际上，经济的"鸡"并不一定会生出道德的"蛋"。人们往往过于相信资产阶级的"正义"不涉及其他利益，实际上，道德总是为捍卫它的阶级利益而战，它"把一个阶级的利益伪装成一种道德兴趣"。[2] 确实，阶级的利益常常会伪装为某种道德兴趣，成为有权力者压迫弱小者的知识构造。权力的道德捆绑成为政教合一国家的典型特征，中国如明太祖朱元璋，严刑峻法与道德狂热成功结合；在阿拉伯某些国家，女人穿衣不能有伤风化，私订终身或同性恋，被抓住不是用石头砸死就是绞死，对道德的纯洁追求与原教旨主义无缝黏合，成为政教合一政权的统治基础。

　　阅读什么书是个体的自由选择，完全属于"私域"。当某种话语鼓励或者号召大家都去阅读某一本书时，这种"私域"就被侵犯了。根据经验和现实，这种现象透露出社会的某种"症候"和危机，恰恰是我们应该警惕的。《平凡的世界》诞生在理想主义高涨的八十年代，直至后来相当长的一个时段里，社会上还有一个大致的关于奋斗改变命运的共识，还有对理想主义的积极追求。而在今天，环境发生了巨变，在物质化、金钱化、市场化以及拼爹化的当下，道德理想国的领地还有多少，人尽皆知。在道德坍塌、信仰

139

---

[1] 转引自姜明安:《再论法治、法治思维与法律手段》,《湖南社会科学》2012 年第 4 期。

[2] 〔英〕戴维·罗比森:《伦理学》,郭立东译,第 63—64 页。北京:生活·读书·新知三联书店,2016 年。

遁迹、理想迷失、价值虚无、物欲横流、世风日下的当下，我们毫不怀疑路遥的小说对个人具有道德净化、道德照亮、道德抚慰和道德激励的重要功能，但也不能过分夸大它的道德重建功能。路遥德性论的道德书写，不可能帮助整个社会建立普遍的道德秩序和道德规范。道德的形成，取决于个体的内在品质，也必然表现为个体的外在行为。内在品质是外在行为的习化，外在行为是内在品质的体现。二者互相作用，相反相成。对于个体来说，德性论伦理学可以净化提升个人品德，但社会奉行弱肉强食的丛林法则，老使德性论者吃亏甚至不能生存时，德性论者自己都放弃了。正如涂尔干所指出的："割断道德规范与社会环境之间的联系，就等于把道德与其得以形成的生命之源分割开来：从而使道德不可能得到理解。"[1]也不可能形成健全的、良性的道德秩序和道德规范。因而，一个社会不去积极地建立规范论的道德准则、道德秩序，而一味地要求按照德性论伦理学培养个人品德时，那么这个社会的道德系统就出现了严重紊乱，就出现了表达性道德和实践性道理相互矛盾的"双层话语"。这正是我们的现实处境。

路遥道德理想国里的同情、善良、仁爱、包容、自尊、自强等，是前现代德性论伦理学的精神遗产，是人情与人性中最为美好的部分，是前现代社会和现代社会的道德伦理共识，对这种美好的德性的颂扬和践行都是道德完善的应有之义和必由之路。建立起个体良好的道德世界，才有可能形成社会普遍的道德。但同时我们也应该明白，道德传统的继承和发展，一方面要"通过不同个性的自由创造而形成社会的价值共识"，另一方面，社会也要为其提供生长的可能和成长的条件。真正的困难在于路遥小说中的道德观念，以及德性论的道德传统"如何在社会转型的条件下得以发展，在生产方式发生根本性的变革以至于社会本身的基本结构随之重塑的历

① 〔法〕爱弥尔·涂尔干：《职业伦理与公民道德》，《涂尔干文集》（第二卷），渠东、付德根译，第 323 页。上海：上海人民出版社，2001 年。

史条件下，既有的价值共识和道德规范如何与新的生产方式、生活方式相调适"？[1]。当下中国正处于这种转型和困难之中，一方面是传统德性论雪崩般的瓦解和宏大的革命道德的解体，利己主义、唯我主义、弱肉强食、丛林法则、"他人即地狱"成为实际上的道德标准和行为规范，个体道德面临着迫切的选择和重建；另一方面是意识形态道德秩序和道德话语不断重建德性论道德的努力。二者形成了一种相互背反的表达与实践的矛盾。我们应该认识到，个体的"德性的道德"的建立，是实现社会的"规则的道德"的基础。社会的"规则的道德"的建立，是实现个体的"德性的道德"的保障。如果没有这个保障，个体的"德性的道德"就会成为悬浮于整个社会真实道德的牺牲品，成为遥不可及的道德幻象。因此，要建立社会的"规则的道德"，仅仅靠阅读《平凡的世界》，是远远不够的。

2016 年 5 月于长安小居安

---

[1]　崔宜明：《道德哲学引论》，第 87 页。

生命与艺术的淬砺
——陈忠实散文论

《白鹿原》完成之后，陈忠实曾说："作为一部长篇小说的全部构想已经完成……我永远再不会上那个原了。"[1]他是说再也不会写熬人心血的大部头长篇了，或者是《白鹿原》的续篇。这其中有年龄的考虑，当然也有创作积累的问题。不过，他并没有停下笔来，而是倾力于散文和短篇创作，并取得了不凡的成绩。特别是他的散文创作，在散文写作日趋滑坡甚至"穷途末路"[2]的当下，格外令人瞩目。

陈忠实散文创作的突破和喷发，是在《白鹿原》完成前后。《白鹿原》的写作不但形成了他独特的叙事方式，同时也使他找到了敞开心扉袒露心声的最佳角度。散文是一种对话性很强的文体，往往灌注着作者的乡土意识、童年经历和生命体验，真诚的、开放性的表达往往能与周围环境以及读者互为激荡，达到一种心领神会、情感交通的默契状态。在中国现代散文史上，鲁迅的《朝花夕拾》首次将"乡土散文"推到一个非常高远浑熟的境界，他将简练的叙述和淡淡的抒情融合得恰到好处，开拓了一种"记忆的还乡"的"乡土散文"范式。其后的何其芳、李广田、沈从文、师陀等人都在反复叙述着离开乡土的精神记忆。陈忠实与他们的不同之处在于，他一直没有离开乡土，在精神上一直保持着中国农民最为可贵和可敬的一面，因而他的散文也就消弭了离乡的知识分子的与乡土隔膜疏远以及矫情造作的弊病，真正是一种名副其实的由"乡土人"书写

---

① 李星、陈忠实：《关于〈白鹿原〉的问答》，《小说评论》1993 年第 3 期。

② 王兆胜：《"形不散—神不散—心散"——我的散文观及对当下散文的批评》，《南方文坛》2006 年第 4 期。

的"乡土散文"。中国现代"乡土散文"的阅读对象是城市知识分子，在语言媒介上，这种文体使用现代汉语或者欧化味很浓的白话文，真正充满乡音的农民语言反而成为一种陌生的东西。这其中当然也有力图将乡音土话转变为现代白话的努力，然而成绩实在有限。到了五十年代，乡土散文又陷入了"借景抒情、托物言志"的套式，中断了五四以来"乡土散文"的叙事脉络，甚至沦为"瞒和骗"的文艺。新时期以来，乡土是众多作家耕作不舍的园地，知识分子的"记忆的还乡"常常居高临下，使得乡土成为精神宣泄或是寻求灵魂暂时安妥的工具性场地。由于内在的隔膜限制了这类散文的境界和气度，写作者不能将其与生命融汇成胶着浑然的状态，终而沦为乡土的表象记录。陈忠实一直没有离开乡土，没有经历知识分子的"文化的流放"，乡土中的一草一木、一人一事，和他的生命是浑然一体的。正如他自己所说的，早年躺在打麦场上，看着农民丰收的喜悦，"我已经忘记或者说不再纠缠自己是干部，是作家，还是一个农民的角色了"。①因而陈忠实往往能将乡土、乡情、乡风自在圆润地融入到自己的叙述当中，并以此来承载自己与乡土合为一体的生命状态，从而自铸一体，独具风格。从这个意义上讲，陈忠实丰富了"乡土散文"的内涵，成为"乡土人"写"乡土"的典范。

一个优秀的散文作家，必须是"一个具有优秀个性的人，同时他的个性与现实社会和人类的普遍命运必定有着某种内在的精神联系，并对美丑与善恶有着独立的思考和价值判断"，②这样才能获得一种特有的品质和魅力。陈忠实在经历了生命与艺术的淬砺之后，散文创作获得了这种"特有的品质和魅力"。他的散文大致可以分为三类：一类是童年生命历程的回忆，二是他的"行走见闻"，三是"人生与写作"。生命历程的回忆，只要真情灌注，做到真切感人并不困难。我们知道，《白鹿原》很少写到景物，用作者的话来说，几乎都是"干货"，冷峻而沧桑的叙述风格使我们对作者情感

---

① 陈忠实：《寻找属于自己的句子》，第99页。上海：上海文艺出版社，2009年。

② 陈剑晖：《新散文往哪里革命？》，《文艺争鸣》2006年第5期。

的丰富细腻之处难以有一个透彻的把握。童年生命历程的回忆散文展示出这个关中汉子感情中细腻和温婉的一面。《第一次投稿》《晶莹的泪珠》《生命之雨》《为了十九岁的崇拜》等回忆自己童年经历的作品，常在"半瓣花上说人情"，把心交给读者，丰富地展露出这个关中汉子敏感柔软的一面。如《晶莹的泪珠》里写到的那个不希望他休学的女老师，在他将要离开的时候，她走过来拍了拍他的书包说："甭把休学证弄丢了。"这时候——

> 我抬头看她，猛然看见那双眼睫毛很长的眼眶里溢出泪水来，像雨雾中正在涨溢的湖水，泪珠在眼里打着旋儿，晶莹透亮。我瞬即垂下头避开目光。要是再在她的眼睛里多驻留一秒，我肯定就会号啕大哭。我低着头咬着嘴唇，脚下盲目地拨弄着一颗碎瓦片来抑制情绪，感觉到有一股热辣辣的酸流从鼻腔倒灌进喉咙里去。我后来的整个生命历程中发生过多次这种酸水倒流的事，而倒流的渠道却是从十四岁刚来到的这个生命年轮上第一次疏通的。第一次疏通的倒流的酸水的渠道肯定狭窄，承受不下那么多的酸水，因而还是有一小股从眼睛里冒出来，模糊了双眼，顺手就用袖头揩掉了。我终于扬起头鼓起劲儿说："老师……我走咧……"①

这种纯洁高尚的情感、滋润生命的温暖不仅一直保留在作者的记忆当中，同时也强有力地冲决了读者的情感栅栏。这种看似平淡却无限伟大的情感，不单是女性的一种怜才爱人的仁慈高洁，也是一种对于弱小者的同情、体恤和关爱，这不仅能在危难的时候给人以温暖和抚慰，给人一种温暖如春的宁静圣洁之美，同时也是一种使人终生铭记给人激励的温暖记忆。除此之外，这篇短文里写到的父亲在临终之前的道歉之语同样也令人肠热鼻酸。父亲苦苦支撑着

144

---

① 陈忠实：《俯仰关中》，第 205 页。南京：江苏文艺出版社，2010 年。

家庭，因为没有了经济来源，供养不起两个学生，只能让在上中学的作者休学一年，等到家里经济出现转机的时候再复读完成学业。一年后，坚强的父亲还是让作者复学了。结果高中毕业推迟到1962年，由于国家经济十分紧张，高校招生人数大大缩减，作者无缘跨进大学的校门。结果在他休学的二十五年之后，也就是父亲临终之前，却对儿子说"我不该让你休那一年学"，"错过一年，让你错过了二十年……"①。这怎么能怪父亲啊，社会政策的变迁给个人命运带来的转变，和父亲又有什么关系呢？然而，父亲却不怨天尤人，将责任完全归结于自己，这正是黄土地上忍辱负重、任劳任怨，无私供养着儿女的伟大父亲们的灵魂写照，读来不禁令人唏嘘。陈忠实的散文因为"真"而蕴含着"力"，因为"力"又突出了"美"。这些生命历程的反观，不仅仅是对美好生命、人生足迹的重新品咂，同时表现出对生活的感恩、对人性中闪光之点的擦拭珍重以及心态的自然澄澈，表现出高远淡然的人生境界、阅尽人世沧桑的宽厚仁义，令人如嚼橄榄，回味不绝。

"行走见闻"可谓散文中最难写的一种，一种景物，观者无数，很难出奇制胜，因而千百年来的游记闻名者如柳河东的《永州八记》、王荆公的《游褒禅山记》、陆放翁的《入蜀记》、龚定庵的《乙亥六月重过扬州记》等为数寥寥。而这些作品又不简单是恣意名胜、放情山水的游玩之作，而常常是借景抒情、寓物言志，汇集着社会历史的感慨和人生体验的抒发，这对作者要求甚高，因而游记中的上乘之作并不多见。

陈忠实的上述两类散文，虽偶有佳作，但总体上成绩平平。真正圆熟丰润、饱含魅力和体现其风格的，是其"人生与写作"系列。在我看来，标志着他散文卓然形成自己独特风格的，是他那篇苍劲悲凉、酸心热耳、情真意切的《别路遥》。这个时候，阅历和体验被思想和智慧点燃了，流露出智慧的参悟，再加之粗犷劲硬的语言风格，形成了鲜明的个性和独特的魅力，产生了一批戛戛独造的作

---

① 陈忠实：《俯仰关中》，第206页。

品。如《别路遥》：

> 我们不得不接受这样的事实，无论这个事实多么残酷以至至今仍不能被理智所接纳，这就是：一颗璀璨的星从中国的天宇间陨落了！
>
> 一颗智慧的头颅终止了异常活跃异常深刻也异常痛苦的思维。
>
> 这就是路遥。
>
> 他曾经是我们引以为自豪的文学大省里的一员主将，又是我们这个号称陕西作家群体中的小兄弟；他的猝然离队使得这个整齐的队列出现一个大位置的空缺，也使这个生机勃勃的群体呈现寂寞。当我们：比他小的小弟和比他年长的大哥以及更多的关注他成长的文学前辈们看着他突然离队并为他送行，诸多痛楚因素中最难以承受的是物伤其类的本能的悲哀。[①]

这种沧桑而有劲道的表达方式，实际上也正是他此时正在创作的《白鹿原》的语言风格。如果用关中方言朗诵这段饱含深情的文字，我们更能体会其类似于秦腔曲词的隽永和悲凉。作者深情以系的不仅仅是天妒英才的遗憾和"年长的大哥"为小弟离队送行的个人感慨，同时也是一种物伤其类的宏阔关怀。在此前的几个月，也就是1992年的夏天，他填过这样两首词：

小重山·创作感怀

春来寒去复重重。掼下秃笔时，桃正红。却想哭，鼻涩泪不涌。

单是图利名？怎堪这四载，煎熬情。注目南原觅白

---

① 陈忠实：《陈忠实文集》（五），第417—418页。西安：太白文艺出版社，1996年。

鹿。绿无涯，似闻呦呦鸣。

青玉案·滋水

涌出石门归无路，反向西，倒着流。杨柳列岸风香透。鹿原峙左，骊山踞右，夹得一线瘦。

倒着走便倒着走，独开水道也风流。自古青山遮不住。过了灞桥，昂然掉头，东去一拂袖。①

陈忠实初试琴弦，便铮铮作响，这倒不在于这两首词如何对仗和工整，而是他借助这种形式恰当地、真实地排遣一种慷慨悲凉、倔强大气的情绪。而这些不单是智慧或者阅历的表现，用陈忠实自己的话来说，就是"生命体验""生活体验"与"艺术体验"的融汇和结晶。这在他之后写作的《告别白鸽》《原下的日子》《五十岁说》等散文中表现得更为突出。到了长篇散文随笔《寻找属于自己的句子》，则将古槐老柏式的苍劲和纪伯伦式的睿智融为一体，讲述了自己的艺术寻找、剥离以及突破的蜕变过程。

陈忠实散文语言的突出特点就是质朴，犹如黄土一般纯朴无华。他熟稔地将历经岁月打磨而又容易被人接受的关中方言纳入叙述之中，如同一位智慧的老农在讲述岁月的变迁，显得土气，同时又彰显出大气和浓烈的地域风采，这同作者的诚挚和坦荡结合起来，"豪华落尽见真淳"，形成了一种类似老托尔斯泰式的洗尽铅华的"笨拙"。这种写法，是才子式的"独抒性灵"或学者式的"感兴寄托"所无法企及的境界。同时，他摆脱了对生活表象的记录，而是在其丰富的"人生体验"磨砺升华之后，感慨系之，吐纳为一种博大的同情悲悯和饱经沧桑的睿智。《告别白鸽》写自己养鸽子的经历，同《晶莹的泪珠》一样，展现出这个地道的关中汉子柔情婉约的一面。在自己写作的寂寞岁月里，两只白鸽活跃了白鹿原下老宅的盎然生机，同时和"我"产生了一种超越动物种属的难

---

① 陈忠实：《寻找属于自己的句子》，第163页。

得信赖。鸽子"捕食的温情和欢乐的声浪会使人的心绪归于清澈和平静",使得作者享受生命的静谧并得到理智的清醒,更重要的是这种消除了动物种属的感情以及哺育幼崽的动人情景,"有形无形地渗透到我对作品人物的气性的把握和描述的文字之中"。[1]当白鸽遭到鹞鹰的袭击的时候,作者表现出一种割肉饲鹰般的慈悲情怀来——"我在太阳下为它洗澡,把由脏手弄到它羽毛上的脏洗濯干净,又给它的腿伤上敷了消炎药膏,盼它伤愈,盼它重新发出羽毛的白色。然而,它死了……"[2]在和白鸽的相处中,作者表现出对美的炽热的爱,对生命的尊重和呵护,对弱小者的体谅和同情,表现出一个作家伟大的敏感和仁慈的怜爱来。读到这里,我们不禁会想起陪伴路遥写作《平凡的世界》的那只可爱的老鼠。只有超越了庸俗的博大的仁爱,才能注入作品坚不可摧的魅力,这是伟大作品普遍具有的共性。而这种东西,不是惺惺作态的故做高姿,而是如涓涓细流一般,从作品中润物无声地流淌出来。陈忠实和路遥的作品,无疑做到了这一点。

如果说《别路遥》标志着陈忠实散文风格的形成,那么,《原下的日子》则标志着他瘦硬苍劲、睿智淡泊的散文风格的成熟。白鹿原的旧宅老屋,是其《白鹿原》的写作完成之地,他在这里"思接千载,视通万里",展开了渭河平原五十年的历史变迁,复活了这个原上孜孜不息的人们,并赋予他们以血肉和精神。因而也可以说陈忠实在向农村或者家中老宅回归的过程中,爆发出了洞观历史、复原历史的写作冲动,并在这个灵魂栖息之地完成了一部民族的"心灵秘史",因而这个旧宅老屋可以说是陈忠实文学写作和精神生命中的一个原点。当重新回到这个精神原点的时候,他对这个宅院的历史作了一个简略而沧桑的梳理:

> 我的这个屋院,曾经是父亲和两位堂弟三分天下的

---

[1] 陈忠实:《俯仰关中》,第5页。
[2] 同上,第10页。

"三国"，最鼎盛的年月，有祖孙三代十五六口人进进出出在七八个或宽或窄的门洞里。在我尚属朦胧浑沌的生命区段里，看着村人把装着奶奶和被叫做厦屋爷的黑色棺材，先后抬出这个屋院，再在街门外用粗大的抬杠捆绑起来，在儿孙们此起彼伏的哭号声浪里抬出村子，抬上原坡，沉入刚刚挖好的墓坑。我后来也沿袭这种大致相同的仪程，亲手操办我的父亲和母亲从屋院到基地这个最后驿站的归结过程。许多年来，无论有怎样紧要的事项，我都没有缺席由堂弟们操办的两位叔父一位婶娘最终走出屋院走出村子走进原坡某个角落里的墓坑的过程。现在，我的兄弟姊妹和堂弟堂妹及我的儿女，相继走出这个屋院，或在天之一方，或在村子的另一个角落，以各自的方式过着自己的日子。眼下的景象是，这个给我留下拥挤也留下热闹印象的祖居的小院，只有我一个人站在院子里。原坡上漫下来寒冷的风。从未有过的空旷。从未有过的空落。从未有过的空洞。①

　　这不仅仅是陈忠实对自己生命历程和家庭兴替的回望，也可以说是关中平原乃至整个中国农村千百年来农民生生不息的一个缩写。农村和农民正是以这样坚韧的生命力延续着历史的承接，支撑着整个中国社会。作者并没有局促于一家之变迁，而是在其更迭过程中结合着社会历史的演变，贯彻着作者关于人生的纵深思考。农村从人丁"鼎盛"到"空旷""空落"甚至"空洞"，这是所谓的"现代化"带来的进步，还是令人忧郁的寥落？那种儿女子孙呼天抢地送别亲人的场面是否还在继续？那种延续几千年的被"火葬"代替的土葬所承载的民俗仪式，是否还可以找寻得到？……短短的一段文字，打破"一己之小我"，将"乡土中国"或者"乡土关中"转化为一种人生经验和民俗文化的"象征"，成为一种时代变迁的心

---

① 陈忠实：《俯仰关中》，第96—97页。

灵记录，从而使得作者的叙述具有了人类学的意义。

2009 年，陈忠实出版了讲述《白鹿原》写作前后的长篇随笔——《寻找属于自己的句子》。我们知道，文坛不乏创作谈或者写作手记，而用如此大的篇幅，讲述一部长篇小说的诞生，这在中国文坛乃至世界文坛，都是极为罕见的。这并不是说作者言语啰唆，而是作者将自己的探索、迷惑、彷徨、剥离纤毫不弃地呈现出来，没有成功者的涂脂抹粉或者夸大美化，而是坦诚真挚地披露了自己艺术创作的过程。我们知道，真诚是任何艺术获得永恒生命力的前提，也是打动读者最有重量的砝码。托尔斯泰曾说："在任何艺术中间，脱离正道的危险之点有两个：庸俗和做作。两点之间只有一条狭小的通道。而要通过这条小道全凭激情。如果有了激情而又方向对头，那么，可以躲过两个危险。两个危险之中，做作更可怕。"①作者不但深晓"庸俗和做作"的危险，同时将"真诚"内化为一种不可企及的人生素养。真诚是这部长篇随笔的最为突出的特点，这首先表现在作者襟怀坦荡的自我否定上。

在英语世界里，真诚（sincerity）这一词最早在十六世纪三十年代出现。它来自拉丁文 sincerus，最初意义为干净、完好或纯粹，与词面意思完全吻合，多用于物而不是人。后来这个词涉及到人，喻指一个人的生活是真诚的，是指完好的、纯粹的或健全的，其德行是健全的。莎士比亚是从没有伪饰、假装这一层面来理解的。马修·阿诺德所理解的真诚，也是从行为、举止即所谓的在"差事"方面与自身保持一致，认为真诚"主要是指公开表示感情和实际感情之间的一致性"，体现在这种一致性上的价值"在历史的某个时刻成了道德生活的新要素"，②对于一个人来讲，则可能获得精神道德的浴火重生。当陈忠实在临近天命之年的时候，清醒的生命意识

① 〔俄〕列夫·托尔斯泰：《论创作》，戴启篁译，第 92 页。桂林：漓江出版社，1982 年。
② 〔美〕莱昂内尔·特里林：《诚与真——诺顿演讲集（1969—1970）》，刘佳林译，第 13 页页下注。南京：江苏教育出版社、凤凰出版传媒集团，2006 年。

使得他不禁回视自己的创作——"记不清哪一天算计到这个令人顿生畏惧的生命数字时，我平生第一次意识到生命短促的心理危机，几乎一生缠绕于心的文学写作，还没写出真正让自己满意的作品，眼看这就要进入乡村习惯上的老汉的标志性年龄了。"清醒的生命意识使得他能够勇敢地否定自己以前的创作，不斤斤计较外界的评价或者世俗的束缚，从而寻找新的突破和飞跃，给生命一个满意的交代。这种由清醒的生命意识萌生的勇敢的自我"剥离"、自我否定，使得他获得了一种超然物外的生命状态，而这正是任何一部杰作诞生的必要前提。苍天不负真诚之人。事实证明，陈忠实不但为自己造了"一本死时可以垫棺作枕的书"①，同时也给予历史一个深厚的交代，给文坛贡献了一部"令人震撼的民族秘史"。

"真诚"不仅是要正视自己，否定自己，更重要的是要面对自己，超越自己。陈忠实在否定了自己以前的创作之后，下来的是如何要面对自己，超越自己。在很长的一段时间内，陈忠实走的是柳青的路子，以至在文坛有"小柳青"之称。在萌发《白鹿原》的创作欲念之后，他明白"一个在艺术上亦步亦趋地跟着别人走的人永远走不出自己的风姿，永远不能形成独立的艺术个性，永远走不出被崇拜者的巨大的阴影"。②然而，任何一个作家都无法和自己以往的经验完全斩断，而是必须在既有的经验上寻找突破和蜕变。陈忠实也在艰难地摸索和寻找，在了解了卡彭铁尔的创作历程之后，他自己明白卡氏那句话同样适用他——"在现代派的旗帜下容不得我"③，他必须在自己生活的土地上、在自己既有的写作经验上开辟新的道路。他意识到之前的创作由于没有和时代拉开距离，在同时代的胶着中往往丧失了独立的判断。或者说他意识到之前的创作使得他在处理现实题材的时候，无形中形成了某种潜在性的障碍，因而他必须突破自己的这一局限，在更广阔的历史视域里去激活自己的生活积存和艺术经验。这首先是文化历史意识的激活和写作方向

151

---

① 陈忠实：《寻找属于自己的句子》，第 22 页。
② 同上，第 195 页。
③ 同上，第 10 页。

的调整。在生活上，陈忠实相信自己"对乡村生活的熟悉和储存的故事，起码不差柳青多少"，差别在于"对乡村社会生活的理解和开掘深度上，还有艺术表达的能力"。[①]陈忠实这个自我剖析无疑是非常准确的。因而他开始调度自己的写作趋向，力图从历史、文化、人性的维度，重新审视这片他生活了几十年的土地，并摆脱柳青的"典型环境中的典型冲突"的阶级叙事模式，寻找一种属于自己的独特的叙事方式。他开始尝试性地写了《蓝袍先生》，"不着重故事情节，以人物生命轨迹中的生活琐事来展示人物"，[②]这实际上是在他文学导师柳青"人物角度"写法基础上展开的一种探索，不过他在广度和深度上进行了开掘。这时候可以说陈忠实渐渐进入了艺术探索的自觉状态。他意识到"人物角度"写法"只是现实主义写作的一种方法"，"能否显示这种写作方法独具的艺术效力，关键还在作家对自己要写的人物深度理解上"，在于对"历史和现实生活的理解体验"上。[③]这时候他茅塞顿开，终于寻找到了一种属于自己的结构方式，那就是从"人物文化心理"进行把握。通过查阅史料县志，他重新审视历史并"回嚼"激活了自己的生活经验，从人性出发，完成了历史的复活和还原。这不仅是陈忠实个人写作上的突破和飞跃，也是中国当代长篇小说叙事的一个重大突破，那就是他突破了以柳青为代表的、通过"典型环境中典型冲突"塑造人物的阶级叙事模式，从"文化心理"来透析中国近百年来的社会历史变化。

《寻找属于自己的句子》不仅是《白鹿原》写作历程的全面回顾，同时也是作者艺术生命的提炼和总结。写作的经验固然因人而异，自然也不适宜直接拿来使用。然而，陈忠实关于创作是"生活体验""生命体验"与"艺术体验"融合的简明概括却给人以醍醐灌顶之感。我们知道，自从延安文艺座谈会以后，"体验生活"或者"生活体验"成为文学创作的前提和基础。这种"体验生活"不

---

①　陈忠实：《寻找属于自己的句子》，第 9 页。

②　同上，第 2 页。

③　同上，第 44 页。

是站在生活的边缘看生活，就是用先验的政治理念改造生活。新时期以后，理论家、作家都在不断辨析矫正这种固化的表述，然而总没有捅破厘清。陈忠实简单的一段话将这个问题说得非常透彻：

> 生命体验由生活体验发展过来。生活体验常常出问题，旁人不敢列举只敢面对自己，曾经以阐释"阶级斗争"而写下的小说处女作让我久久汗颜于文坛，如今才觉释然，想到那些尴尬如同想到曾经穿开裆裤一样。生命体验是可以信赖的，因为这不是听命于旁人也不是按某本教科书去阐释生活，而以自己的生命所体验到的人类生命的伟大和生命的龌龊。生命的痛苦和生命的欢乐、生命的崇高和生命的卑鄙等难以用准确的理性语言来概括而只适宜于用小说来表述来展示的那种自以为是独特的感觉。①

"生活体验"和"生命体验"的区别可以说是陈忠实艺术实践最为重要的收获，是贯穿《寻找属于自己的句子》的中心词，也是他对当代文学创作最大的理论贡献。我们知道，在当代文坛，不乏"生活体验"深厚的作家，然而由于不能上升到"生命体验"的高度，因而有"新写实主义"消除生命意义的生物性的写作，有眉毛胡子一把抓捕捉生活表象的自然主义写作，有遮蔽灵魂的欲望化写作……凡此种种，足以说明"生命体验"对于一个作家的重要性。"生命体验"不是对生活的个人化的简单反馈，而是在置于历史、民族、人类、人性前提之下的个人化表达。能否将"生活体验"上升到"生命体验"的高度，是区别一个平庸作家和优秀作家的内在性界碑。在对柳青经验的扬弃上，陈忠实对"艺术体验"现身说法，作了启人深思的阐述。在他看来，"艺术体验"不是别人经验的照搬，而是融汇着自己思索的扬弃和升华，这样才能摆脱影响者的阴

153

---

① 陈忠实：《兴趣与体验——〈白鹿原〉获奖感言》，《当代》1995年第1期。

影，找寻到真正属于自己风格。这点对那些"食古不化"或者"食洋不化"的作家来说，无疑是非常清醒的警诫。当然，他并没有将"生活体验""生命体验"和"艺术体验"分裂开来，这三者不是混合起来，而是互相渗透和互相交融，浑然一体，有机结合。

托尔斯泰在《〈莫泊桑文集〉序》一文中指出，一部真正的艺术作品必须具备三个条件：一是"作者对待事物正确的、即合乎道德的态度"，二是"叙述的晓畅或形式美，这是一回事"，三是"真诚，即艺术家对他所描写的事物爱憎分明的真挚情感"。[①]《白鹿原》《寻找属于自己的句子》以及陈忠实的大部分散文，都具备托翁所说的这三个必备的要素。正因为对文学的真诚和对生命的敬畏，陈忠实才在自己的艺术之路和人生之路上完成了辉煌的转折和惊人的飞跃。也因为真诚和忠实于自己的"生命体验"，他的文学创作找寻到了一种属于自己的独特叙述方式，获得了史诗的品格和迷人的魅力。《寻找属于自己的句子》可以看作是《白鹿原》的孪生兄弟，同时也是一部袒露自己、将自己经验毫无保留地金针度人的真诚之作、厚重之作、大气之作。其心境的平和、襟怀的宽厚、表达的苍劲和睿智，同他的《白鹿原》一样，形成了独特的"这一个"，是当代散文创作中不可多得和难以忽略的上乘之作。

2012 年 12 月于咸阳毕塬

① 〔俄〕列夫·托尔斯泰：《托尔斯泰读书随笔》，王志耕、张福堂译，第 26 页。上海：读书·生活·新知三联书店，2007 年。

安黎：黄土地上的现代"公牛"

安黎的博客名为"耕地的公牛"。这头"公牛"，与文学"陕军"中的"秦川牛"截然不同。这"牛"属于别一世界。它走出了农业文化的圈限，没有土地依恋、村庄情结和农民意识，没有自卑、自闭、自大的文化心态。它以现代精神审视现实生活和生存体验，充满启蒙精神、反思深度和悲悯情怀。它通过理性和诗性的融合与飞跃，给我们呈现当代中国人的精神"痉挛"、"小人物"的疼痛，以及"时间的面孔"的诡谲。安黎的第一部长篇《痉挛》，曾引起人们的惊叹，发行量有二十万册之巨。花城出版社小说室主任读了《痉挛》之后，惊叹道：陕西竟然有这样厉害的作家！陕西作家比较保守传统，循规蹈矩，普遍脚上沾泥，裤上带土，很是农民化。安黎的小说却完全是荒诞的写法，而且写得那么好，充满现代精神。[①]因此可以说——安黎是黄土地上或文学"陕军"中的现代"公牛"。

安黎的第一部长篇小说《痉挛》，以对现实的严峻关注、情感的超越愤激和表现的深切老辣引起文坛的瞩目。这部小说虽然命运多舛，但时间还是证明了这是一部不可多得的杰作。小说以农村姑娘李亚红的悲惨遭际为主线，对历史和现实进行了尖锐和深刻的逼视，几乎含纳指涉了当代生活所有的主题——饥饿记忆、"文革"惨祸、权力异化、拜金化、商品化、物质化，粗鄙的生活维度和令人战栗的人性之恶，无不得到触目惊心的诗性呈现。"痉挛"可谓时代精神的精妙镜像：情欲的渴望与虐杀、心灵的沉沦和挣扎、人

155

---

① 安黎：《〈小人物〉背后的小人物》，安黎：《耳旁的风》，第200页。桂林：漓江出版社，2016年。

性的扭曲与变形、生存的病态与荒诞等，深深切入生活的本质和人们的内心之中，关联着当代人们良心、道德和精神所面临的紧迫问题。安黎以丰沛的激情，形象地阐发上述历史、社会、精神、道德、伦理问题，深刻的思考自然地融合于精湛的叙事之中，再加之机智而又锐利的幽默蕴涵的独特诗意，以及人道主义精神和理想主义光芒，使《痉挛》成为当代长篇小说独特的"这一个"。《小人物》是安黎的第二部长篇力作。小说以小县城的一群"小人物"（中学教师、医生、校长、派出所所长、售货员、小官吏、妓女等）为对象，展示了他们卑琐而又麻木的生存。他们类似于卡夫卡笔下的小人物，在名利、欲望场中互相追逐，尔虞我诈，在充满矛盾、扭曲变形的世界里寻找出路。他们不曾触犯律条，也不曾僭越道德，但他们身上有着巨大的、可怕的被人们忽略的"平庸之恶"，这恰恰是腐蚀人性，使人性、道德、底线等坍塌的最可怕的蟒蚁。作者深刻地"挖掘"出这些生活深层的本质性内容，暴露出"小恶"冷酷、自私、残忍、褊狭等如何累积成可怕的"大恶"，以敏锐的心理洞察表现了我们民族的劣根性，以及荒诞而又可怖的"敞视监狱"式生存。第三部长篇《时间的面孔》，以独特的艺术力量刺激我们的神经，使我们不得不在巨大的冲击和震动中，对我们的当下生活和生存世界来做严肃的思考。作者直面纷纭而惨淡的现实生活，以归国华人田立本回乡投资的遭遇及所见所闻为主线，将世纪之交中国社会生活的方方面面都缩结其视域之中，对生活的诸多层面进行了形而上的深邃思考：城镇化带来的问题、农民工的生存问题、城市底层人的生存困境、知识分子的皈依问题、"离乡"与"归来"问题、中美文化的差异问题、人性的复杂问题等都得到了本质化的体现，渗透出作者对生存、生活以及生命的巨大焦虑和深沉思考。正如有评论家所言："《时间的面孔》更像是'现实的面孔'，安黎用疾风暴雨般的'现实'毁灭了我们对过去的留恋、对'未来'的期许，一个改革者的浪漫主义乌托邦的命运，就是一个生命被悬挂的命运。小说带有强烈的寓言性，人的原始欲望的现代显现，中国乡土伦理境遇的崩溃，国民精神蒙昧的文化想象形成的种种神秘的、冲突的张力，经由几十个人物的互相背叛和相互伤害的狂欢图景，把人性对'现实'的绝望和对罪恶永恒轮回的可怕境遇的想象推向了极致。"①作者在追寻时间的意义，在精神领域内孜孜不倦地探索和询问，力图把人们从严酷现实的狼嘴里解救出来，找到精神、哲学乃至宗教上的安身立命之所，为这个支离破碎的世界寻找可以凭依的赤火炎炎的精神不死鸟。这是真正的小说存在的理由，也是《时间的面孔》以及安黎小说创作的卓越之处。

　　安黎的小说具有焦灼的精神关怀，以及思考、反叛和行动的自由。反抗、自由和激情在他的小说叙事中，成为稳定的三极，支撑起自然均衡的艺术世界。他的小说具有一种加缪所谓的"高贵的风格"，一种蕴涵着尊严、骄傲和反叛的风格。他的艺术世界是深刻的，同时也是博大和悲悯的。由于现代艺术精神和基督教的影响，他的小说一方面是对病态、残忍、荒诞现实的"反虚构化"揭示，另一方面是按捺不住的同情、体谅、反抗与悲悯。这两方面合二为一，内化为一种个人化的叙事风格。如《时间的面孔》中的"我"（黑豆），体现出浓郁的宗教气质，具有悲天悯人的同情与仁爱。小说极其自然地叙述着灵魂污染、精神拯救等具有宗教关怀的生活事件，蕴涵着对人的尊严的呵护和坚守，处处闪耀着真实、真诚与思想的力量。在小说精神上，安黎是现实主义者；但在小说叙事上，安黎是现代主义者。他熟悉现代主义小说，黑色幽默、意识流、荒诞等都被他融化为自己血肉，并高度个人化和风格化。他以笑写泪，以喜剧写悲剧，以黑色幽默写黄土地，以热烈的感情关注生活的阴暗、残忍，存在的荒诞和绝望，以痛切的嘲讽态度放大个人与环境的互不协调、互相扭曲，透视人性和灵魂的畸形变态，使人既感荒诞滑稽，又觉沉重苦闷，形成了精彩绝伦的本土化的"黄土地上的黑色幽默"。既具有极强的可读性，同时又给人以强烈思想震荡和审美冲击。我们能够感受到他小说的现代主义的叙事方式，但

157

---

① 何同彬：《批判现实主义者的当代命运——读安黎〈时间的面孔〉》，《小说评论》2009 年第 2 期。

他呈现给我们的却完全是中国化的。更难得的是，他剔除了现代主义文学的虚无和绝望，以清醒的意识、可贵的诚实和执着的坚持，反叛历史和现实，具有"秦川牛"的倔强性格和现代"公牛"的精神气质。

安黎的散文也非同凡响。他的散文自然质朴，思考深刻，情怀宽广，境界宏大，是当代散文天地里个性非常鲜明、成就非常突出的一位。他的散文具有健全的"逻辑"和清醒的"常识"，能够发现、确认我们的弱点和盲从，赋予我们智慧和理智。加缪说，"智力是明亮的阳光的姐妹"。安黎散文中"明亮的阳光"，融解了附着在现实与历史上的冰块，裸露出了现实、历史以及存在最本质的面容。他通过质朴自然的叙述，呈露生活的芜杂和无奈，用智力的红外线穿透现实与历史坚硬的外壳。他注视着、揭露着、鞭挞着人性的残忍和人的灵魂的丑恶，但不以鉴赏、考问为目的，也反对任何形式的忍从，最终都指向绝望的反抗和灵魂的救赎。他的两部散文集《丑陋的牙齿》和《我是麻子村村民》涉及光怪陆离生活的方方面面，素朴而又真挚，痛切而又悲悯，为智慧的清澈和灵魂的纯洁做出了自己的努力。虽然还没有受到足够的重视，但已引起了文坛的一定关注，相信迟早会得到应有的位置。

安黎用思想创造着自己的小说与散文世界，他具有当下作家所缺少的刺穿谎言的能力，以及呈现的能力。他清醒而不高傲，悲悯而不矫情，沉痛而不绝望，耻辱与尊严、冷漠与激情、痛苦与幸福、黑暗与光明、虚无与热情，总能臻于理性的均衡和冷静的统一。他用自己的"犄角"，顽强地撞击着嘴尖皮厚的现实磐石，用严厉的思索重建着被摧毁的东西，力图使得正义、同情、关怀、悲悯等稀缺的东西，在我们生存的这片土地上成为普遍的可能。

我们需要这种不断以头撞墙的西绪福斯式的现代"公牛"！

2016 年 6 月 18 日于长安小居安

以思想和爱意为犁的垦荒者
——评安黎新编散文集《耳旁的风》

散文是一种平易近人的文体，它自由随意、和蔼可亲，讲求感情的真诚，追求生命的本真。真诚坦率、去私去蔽的散文，常能将心灵与时代交互震动，能将作者的文化人格和精神气象融合其中，形成元气淋漓、任天而动的叙事境界和文学个性，透出沛然莫御的生命底气。

散文也是一种极易琐碎化、平庸化和犬儒化的文体。它极易沦为家长里短的记录、阿猫阿狗的逗趣、花草美食的赏玩，导致担当的缺失和精神的休眠。我并不反对世俗化的生活散文，毕竟每个人都生活在世俗之中。但当下四处开花的充满"烟火气"的杂碎鸡汤，无疑会遮蔽我们思维的火焰，熏伤时代的精神视力。还有另一类散文——学者散文和文化散文。这种上世纪八九十年代风靡的写作，作者多为某一领域的大家、名家。他们博雅贯通，思想敏锐，针对某一话题侃侃而谈，四两拨千斤，能将体验与理性、情趣与品位自然呈现。如今很少有这样的作者，但学者散文和文化散文依然方兴未艾。其中大多为东施效颦式的学究式写作，炫耀知识、堆砌材料，食而不化；篇幅如同懒婆娘的裹脚布，无所限制；缺乏情趣和品位，缺乏文学性；观念陈腐落后，缺乏现代气息……凡此种种，不一而足。最严重的是精神追求和诗意品质的严重流失。还好，我们还有安黎这样的散文家，有这样属于"别一世界"的散文写作。

精确与简洁是散文的首要美质。散文所要求的是思想，没有思想，再漂亮的语句也全无用处。普希金如是说。安黎的散文立象尽意，自然成文，思想如同无声的泉眼汩汩流出。他以真实为基点，以思想为犁铧，寻绎中国历史的死结，关注芸芸众生的灵魂，注目纷纭杂乱的当下，以自由的心态、独立的精神，穿透历史的、意识形态的、文化心理的种种捆绑和束缚，质朴而又炽热，沉痛而又深刻。这种精神的勃郁、坦然的担当和嶙峋的风骨在当下的文坛，已成为绝对稀缺的文学品性。他执着于个人经验，确立了自己散文独立的话语姿态；他的散文自由舒展，富于质感，经过思想的过滤和感情的浸润，饱含启蒙意识和精神含量，浸透因爱而生的痛切。在他看来，长城"表象上的雄霸、壮观、不可一世"，"遮掩不了内心的纠结、战栗与虚空"（《关垭子》）。阵亡的国军共军，"都是一个个有血有肉的生命，都是父母日夜牵挂疼爱的孩子"，"无论战争的目标何等冠冕堂皇，无论怎样为战争梳妆打扮，但战争本质上的青面獠牙，却无法遮掩"。他谴责"所有的杀戮""所有的战争"（《人之墓》）。对流行的"中国精神"，他毫不留情地揭下了这种宏大话语的假面。他认为，漫漫的皇权笼罩之下，"中国人的精神形态已经普遍淤泥化，别人把他捏弄成什么形状，他就是什么形状"（《站直，中国精神之期待》）。因此，"中华民族既是一个悲哀的种族，又是一个坚韧的群体"。说其悲哀，"是因为在长达数千年里，一个被誉为巨龙的民族，其实一直处于被管制被拘押的状态。揭开巨龙的彩绘衣钵，看到的是一个个佝偻而蜷缩的身姿。那些身姿，不是蟒蛇，不是飞禽，不是走兽，而是一个个无脊椎的软体动物"。说其坚韧，是因为他们以精神胜利法为治疗心灵创伤的良药，"赶走一个旧皇帝，迎来一个新皇帝。……变化的是监狱长，不变的是监狱"。他"厌恶一个民族在精神的膨胀和虚荣中陶醉，但从不鄙夷那些'精神胜利'的个体"。他们"需要自己给自己寻找活着的理由，自己给自己编织价值的外套"（《阿Q精神》）。他坚信，"一个一个具体的中国人有了尊严，中国就有了尊严；一个一个具体的中国人站立了起来，中国才能真正地昂首挺胸"。这些思考，不能说有多深刻，但我们可以看到与五四启蒙精神的血肉联系，也极易联想到胡适的那句名言——"争你们个人的自由，便是为国家争自由！争你们自己的人格，便是为国家争人格！自由平等的国家不是一群奴才建造得起来的！"这在盲目自信的当下，是何等可贵！

安黎的散文远离文坛的热闹和喧哗。他关注具体的生命个体，关注具体生命里的精神。他将同情和悲悯引向内心，把人和事物内在的逻辑拓展到日常生活和历史经验之中，用真诚的思考去梳理其中繁复的悖论关系，我们能深切体会到心灵的缠绕、纠结、撞击与焦灼。他笔下有贫穷而万人敬仰的县委书记（《一个人远去的背影》），有诚实而屡遭欺骗以至死去的包工头子（《一个老实人的生与死》），有台湾社会现实和道德现状的观察与思考（《台湾的里子与面子》等），有对汶川灾民心灵的同情与悲悯（《路过汶川》），有在城墙脚下招揽顾客的理发师（《城墙下的理发师》)，有对米兰·昆德拉小说的独特解析（《开不起的"玩笑"》)……在他这里，"万事热心成浩叹，一樽撩眼怕长迷"，散文已不是通常我们所谓的文类，而是同理解、宽容、怜爱、悲悯、自审，以及对人的痛感、命运、价值等紧紧粘黏，成为他生命本身，成为同他日常生活、思想镜像、写作气质和人格追求融汇的文学存在和精神现象。

陈忠实先生曾言：在西安后起的作家里，真正有实力的就安黎一个。他的散文随笔，写得非常漂亮。读过安黎散文就会明白，陈忠实先生的这个评价绝对不是客套的恭维，而是对一个后起之秀的客观评价和高度认可。安黎的散文返归生命的本真，以良知、独立、勇气、悲悯、同情等为关键词，以思想和爱意为犁铧，踽踽开垦荒芜的原野和板结的心灵。这种写作，在"形销肉堆"和"失魂落魄"的当下散文界，绝对是独特的"这一个"。

2017 年 1 月 21 日于长安小居安

白鹿之后待大雅，斯人文苑足千秋

2016 年 4 月 29 日，西安。旭日初升，终南历历。这样一个温暖的早晨，无数读者与文友却心寒如冬，难以按捺心中的悲伤。残忍的 4 月在即将结束时，让一个极为坚强、极为深刻、极为睿智、极为和善的老人停止了思维。7 点 40 分左右，陈忠实——这位白鹿原上瘦劲骨峭的硬汉倒下了，三秦大地上的文学大旗倒下了，中国文坛如秦岭般巍峨的一座高山倒下了。他的离世，意味着"文学陕军"失去了主帅，古都西安失去了文化魂灵，也标志着中国文坛一个时代的结束。

1993 年，《白鹿原》引起了中国文坛的"地震"。著名评论家雷达曾这样描述这部小说带给他的冲击力——"我从未像读《白鹿原》这样强烈地体验到，静与动、稳与乱、空间与时间这些截然对立的因素被浑然地扭结在一起所形成的巨大而奇异的魅力。"①著名评论家李建军则誉之为"一部令人震撼的民族秘史"。具体而言，《白鹿原》是一部民族的"心灵史""精神史"，更是一部"民俗史"和"文化史"。倘要了解我们这个民族二十世纪上半段的历史、文化和生活，再也没有比《白鹿原》更恰当、更丰富、更饱满的小说书写了。《白鹿原》让中国文坛刮起了强劲的"西北风"，也给饱受市场经济大潮冲击的长篇以自信和尊严，同时也矗立起一座雄伟的艺术丰碑，成为之后长篇小说叙事必须逾越也很难逾越的艺术高峰。文学作品常常需要一个时间距离来检验和评判它的艺术水平和叙事魅力，来领会它回荡的气息和永不凋零的美妙。《白鹿原》发

---

① 雷达：《废墟上的精魂——〈白鹿原〉论》，《文学评论》1993 年第 6 期。

表二十三年以来的持续畅销与不断升温的阅读热和研究热，已经充分证明了它的生命力。在当代文坛，没有一部作品能够引发如此巨大的关注，并在普通读者和专业阅读之间取得如此一致的认同。这无一不源于其深厚的文化蕴涵、人性洞察和丰沛的艺术魔力。

《白鹿原》重新叙述了近代中国的政治历史，辛亥革命、国共合作、抗日战争、红军肃反、解放战争等二十世纪前半期的重大历史事件，在小说中或直接或间接均有涉及。其中包孕的文化反思、政治思考和思想质询超越了之前的所有的长篇小说叙事，表现历史转型时期民族深处的精神躁动和文化蜕变，体现出深刻的历史洞察力、艺术透视力和文学表现力，将二十世纪九十年代的中国长篇小说推至一个全新的艺术境地。一方面，它完全摆脱了中华人民共和国成立以来宏大的革命历史叙事；另一方面，它创造性地将"革命历史小说"、"新历史小说"、拉美魔幻现实主义融汇一体，通过地方经验的全新书写，在广阔的叙事空间，建构起蕴涵丰富的民族寓言。《白鹿原》通过"仁义白鹿村"，解构了宗法礼制道貌岸然实际虚伪卑鄙的神话，抨击了"吃人礼教"对田小娥命运的摧残，将共产党、国民党以及土匪在白鹿原上的权力争夺，精辟地比喻为争夺烙饼的"鏊子"，被烤在上面的，永远都是可怜的百姓。小说中还生动复杂而又扣人心弦地呈现了延安时期的"肃反"，白灵被活埋之前的号叫，使读者不得不震惊"革命吞噬自己儿女"的残酷。政治风云、家族争斗、革命风云、抗日烽火、爱恨情仇、四季农事、白鹿精灵、民俗风情等有机融合，历史事实、民间故事和日常生活置于神话般的气氛之中，写实与反讽、描写与隐喻、现实与幻想熨帖无缝，达到了细密、厚实、筋道、浑然的艺术境界。白鹿精灵不仅是神奇的有灵性的传说，同时也是文化的象征和隐喻，使整部小说充满了神秘的魔幻色彩和浓郁的关中地域特色。值得注意的是，拉美文学的魔幻现实主义往往具有高度的现代审美精神，《白鹿原》中的魔幻则体现出典型的农耕文化和小农意识。这种混沌、感性、神秘的历史意识和诗性书写，不仅仅是作者援引的巴尔扎克所言的"秘史"，而是家族史和文化史，更是心灵史和精神史。

　　《白鹿原》面世以来，在国内外产生了持续而广泛的影响。截至目前，累计销售量已达到二百万册。1997 年，《白鹿原》修订本获得第四届"茅盾文学奖"。其先后也被以不同的艺术形式搬上舞台。2006 年 5 月，林兆华执导的同名话剧在北京人艺上演。2012 年，由王全安执导的同名电影上演，并获 2012 年第六十二届柏林电影节最佳艺术贡献奖（摄影奖）。2015 年 6 月，同名电视剧开机。就电影而言，改编是失败的。作者本人也很不满意。在电影中，小说重塑历史和民族寓言的空间几被完全削减，甚至连乡村宗法这个视角也不复存在，完全成了一个生存、欲望和伦理的故事。有人归咎于电影上演的是一百五十分钟的删减本，而不是二百二十分钟的完整版。实不尽然，两个半小时已接近电影院放映的极限。对于王全安而言，他需要做的是如何在这个极限里讲述一个完整紧凑的故事。就影视叙事来看，其有鲜明的影像风格，语言关中魅力十足。这也是其获摄影奖的关键因素。不过，整体上说，王全安的导演理念依然没有突破"第五代"的限制，形成新的美学风格。

　　电影《白鹿原》使小说《白鹿原》在西方世界产生了一定的影响，同时也由于改编的偏差，形成了严重的误读。遗憾的是，由于西语译本的缺乏，西方的读者无法通过阅读小说来领受《白鹿原》的艺术魅力，《白鹿原》也无法在世界文坛确立它应有的位置。说到这里，就不得不谈到《白鹿原》的翻译问题。《白鹿原》自从 1993 年发表以来，先后有日、韩、越南、蒙古文等东方语种版。2012 年，法国著名的色依出版社出版了《白鹿原》法文版，八百余页，定价二十五欧元，译者为邵宝庆和 Solange Cruveille。出版一月，即售出三千余部，读者反响不错。据邵宝庆说："我个人感觉，这个数字对于一部中国小说已经相当不错，尤其是这样的大部头。因为许多中国小说一共售出也不过几千最多万把册，已经见到的舆论反响也不错，巴黎一流的报纸和杂志都做了介绍。"①这是《白鹿原》第一个西方语言本。也正是这个法语版，给《白鹿原》其他语

164

---

① 《法文版〈白鹿原〉月售 3000 部》，《西安晚报》2012 年 7 月 8 日。

种的翻译设置了障碍。陈忠实生前曾公开说："签约时，法方编辑说还想出别的外语版，要我把其他的外语版也签给他们。我想人家把咱的书翻译到其他国家，是好事，也没往深处细想，稀里糊涂就签了字。"结果《白鹿原》法文版出来后，再没其他动静了。而英美的出版社要出英文版，必须经得法方的授权，而出版者都想得到作者本人直接授权。因而，陈忠实遗憾地说："洋合同绊住了《白鹿原》的英文版。"[①]在一个英语为主导语言的世界文坛，《白鹿原》无法被专业人士阅读，也无法被更多的普通读者读到。这是作者的遗憾、中国文坛的遗憾，也是世界文坛的遗憾。因为西方读者要了解中国历史和西安的风土人情，《白鹿原》无疑是最佳读本。当然也有一些评论家所说的另一个原因，那就是《白鹿原》中的陕西方言很难翻译。这确实是一个问题。美国曾有翻译家翻译一位陕西作家的作品，后来因为陕西方言翻译起来难度太大，就放弃了。这个圈子里的人都知道。记得当年沙博理翻译《创业史》时，遇到拿不准的地方，就请作者定夺。柳青英文极好，一一校订。比如书名，柳青后来就定为"BUILDERS OF A NEW LIFE"。对于不懂外语的作家而言，要把自己的作品恰切地译为另一种语言确实很难，更多的时候正如塞万提斯所说的那样——"如翻转花毯，仅得其背"。

　　《白鹿原》的艺术成就虽无法同一流的西方小说比较，但远远超过了西方的二三流小说和诺贝尔文学奖的平均水平，是中国当代长篇小说峻峭和巍峨的高山。其同肖洛霍夫的《静静的顿河》、奈保尔的《大河湾》、帕慕克的《白色城堡》一样，是二十世纪上半期中华民族的心灵秘史，是这个东方民族的精神寓言。西方读者如果要了解二十世纪上半叶中国的历史变迁和社会生活，《白鹿原》无疑是最富魅力的文学读物。对于那些要了解这个时段的西安风土人情的西方读者而言，《白鹿原》也是别无其二的选择。其中至为关键的一点，就是陈忠实不像其他同时代的著名作家那样，写作有

[①]　《〈白鹿原〉出版 20 年无英文版　陈忠实：问题出在我》，《西安晚报》2013 年 3 月 11 日。

着明显的模仿痕迹，甚至有意迎合西方审美趣味，或者给历史和现实泼倒肮脏而又单一的污水。《白鹿原》的写作，源于陈忠实自觉的生命意识和纯粹的文学追求。他将自己的生活体验、艺术体验和生命体验汇为一体，吐纳为饱经沧桑的睿智和诗性，熔铸成他期望的"死时可以垫棺作枕"的厚重。《白鹿原》既翩跹回翔，也豪迈宕逸，古拙厚重之中散出慷慨悲壮之意；同时又不落沮丧，展示出一种苍劲而富有韧性的生命力和开敞豁达的人生境界，展现出瘦硬劲峭的叙事风格和涵泳不尽的史诗魅力。

斯人虽已殁，鹿鸣永呦呦。白鹿之后待大雅，斯人文苑足千秋。

以《白鹿原》垫棺作枕，陈忠实先生安息吧！

2016 年 4 月 30 日于长安小居安

"真正的批评不会永远缺席"

——在第六届"陕西文艺评论奖"颁奖典礼上的发言

尊敬的各位领导、各位老师，

各位同仁、各位朋友：

大家下午好！

非常幸运获得第六届"陕西文艺评论奖""优秀评论奖"，并荣幸地代表获奖的各位老师发言。获奖出乎意料，发言更是受宠若惊。我相信，没有获奖的作品中一定不乏优秀之作，因为评委老师的偏爱，因为对文学事业和文艺评论的热爱、对陕西文学前途和文艺评论未来的殷殷期许，我才有幸和各位获奖的老师领受这一份荣光。在此，特别感谢各位评委的厚爱和鼓励！

陕西是众所周知的文学大省，也是众目所瞩的文艺评论大省，并一度形成了文学创作与文艺批评"精诚协作，辛勤笔耕"，互为激励、互为促进的优良传统。尤其是上世纪八十年代胡采先生提议成立的"笔耕文学小组"，为陕西文学的健康发展起到了不可估量的作用。这个被媒体誉为"集体的别林斯基"的批评家群体，以肖云儒、李星、刘建军、蒙万夫、费秉勋、畅广元、陈孝英、孙豹隐、王仲生等先生为主要成员，对新时期跃上文坛的陕西乃至全国的中青年作家产生了巨大影响，对中国当代文坛发出了陕西文学评论界的强音。可以毫不夸张地说，他们直接参与并影响了新时期中国文学的发展，塑造了陕西文学的阵容和中国当代文学的版图。

然而，上世纪末以来，我们的社会环境和文学环境发生了很大变化，如同"笔耕文学小组"那样带有理想主义色彩的精诚协作、互相激励已经不可能再现，作家和批评家的关系发生了本质性的变化甚至异化。但我坚信，创作与评论是文学发展的双翼，作家和评论家共同面对同时代人的命题。陕西当代文学和中国当代文学的发展经验告诉我们：文艺批评与文学创作，始终如飞机之双翼，同生互动，互为依靠，一荣俱荣，一损俱损。黑格尔曾说过，我们可以从哲学意义上修改过去。真正的批评亦是如此，作家已故或在世，或沉默，或离开，或回应，真正的批评不会来得太早，也不会来得太晚，更不会缺席。

也正可能出于对文艺批评所处危机的忧虑，2006 年，省委宣传部设立了陕西唯一的文艺评论综合性奖项——"陕西文艺评论奖"，用心在于壮大文艺理论批评队伍，充分发挥文艺繁荣发展过程中创作与理论批评双翼之一的理论批评的引领作用，这不能不说是很有眼光、富有远见的创举。从六届获奖作品来看，获奖作品一定程度上改变了文艺批评褒优贬劣、激浊扬清功能弱化甚至缺失的局面，摆脱了文艺批评边缘化的困境，对于陕西文艺批评乃至全国文艺批评产生了不可忽略的重要影响，无疑达到了设立奖项的初衷。

当然，我们的文艺批评当下仍面临着严峻的困境——文艺批评如何坚持较高的道德标准和社会责任，如何保持独立性和客观性，如何与文学创作构建积极健康的互动，如何有效地运用理论资源，进入形态丰富的文艺现场等，这些都是我们在座的评论家和文艺评论界所共同面临的问题。也是我新的文艺评论工作的起点。我相信，也是我们所有获奖者的起点，是陕西文艺评论事业新气象和新局面的开端。

再一次感谢各位评委的厚爱！感谢省文联、省评协各位领导的关怀，感谢各位工作人员的辛苦付出！

最后，祝大家身体健康，阖家欢乐。工作顺利，事业有成！

谢谢大家！

2019 年 12 月 11 日于长安小居安

第四辑

《创业史》的文学谱系

　　《创业史》（第一部）1959 年发表之后[①]，迅速得到了"农村社会主义史诗"[②]的评价，继而被公认为"十七年"长篇小说创作的峰巅。自二十世纪八十年代末期"重写文学史"以来，这部具有里程碑意义的"史诗"被不断质疑和重估，其对之后的农村长篇叙事的影响也在不断被梳理和揭橥。萧子显在论"文无新变不能代雄"时说："习玩为理，事久则渎，在乎文章，弥患凡旧，若无新变，不能代雄。"[③]那么，这部"史诗"继承了谁的怎样的艺术经验，有何"新变"，又进行了怎样的熔铸和创造？这一直是《创业史》研究中的"不毛之地"。柳青在谈到作家的继承和创造关系时曾举到《滕王阁序》的例子。他说王勃的"落霞与孤鹜齐飞，秋水共长天一色"的诗句只不过是一个世纪前南北朝诗人庾信《马射赋》中"落花与芝兰齐飞，杨柳共春旗一色"的仿造。如果知道了这种关联，"那么就可以断定王勃不是什么真正的文学天才，他仅仅是天资聪颖而

---

① 《创业史》1959 年 4 月起以"稻地风波"为题在《延河》杂志 4 月号开始连载，8 月号改题为"创业史"，11 月号载完。《收获》1959 年第 6 期转载。1960 年 5 月，《创业史》（第一部）由中国青年出版社出版单行本。

② 《光明日报》编辑部：《农村社会主义革命史诗〈创业史〉第一部出版》，《光明日报》1960 年 6 月 13 日。类似文章有任文的《中国农村合作化初期的史诗——评〈创业史〉》（《人民文学》1960 年第 6 期）、扬州师院中文科二（2）班文学评论小组集体创作的《农业合作化运动的史诗——评柳青同志的长篇小说〈创业史〉》（《扬州师院学报》1960 年第 9 期）、姚文元的《中国农村的社会主义革命史——读〈创业史〉》（《文艺报》1960 年第 17、18 合期）等。

③ 萧子显：《南齐书·文学传论》，载郭绍虞、王文生主编：《中国历代文论选》第 1 册，第 264 页。上海：上海古籍出版社，1979 年。

171

已。因为意境的创造者是庾信"①。这显然不是柳青所谓的"仿造"，"落霞"与"孤鹜"、"秋水"与"长天"各自成对，动静结合，意境开阔，一下子化腐朽为神奇，可谓点铁成金。对于《创业史》的艺术谱系、传承技巧，由于种种因素，柳青也没有留下只言片语。我们只能顺着有限的文献资料里沿波讨源，爬梳寻绎，从而理出《创业史》的艺术谱系。泛泛而论，柳青作为"延安讲话"哺育起来的革命作家，汲取了俄苏文学的艺术经验和文学养分。那么其究竟镜鉴了哪些作家、作品？这些作家在精神气质和艺术经验上究竟对其产生了怎样的影响？这些作品在主题或者意义层面上，有没有尚未被阐释的空间？《创业史》是否和中国古典小说叙事传统发生了联系？对于这些问题，本文试图做出解答。

一、"题叙"的谱系:《创业史》和《母亲》开头之对照

《创业史》的"题叙"最为人称道，也是作者最满意的一部分。柳青当年曾对人讲，要是全书都能够达到"题叙"的水平，那么他就很满意了。1964 年，"新日本出版社"将《创业史》第一部分上、下两部翻译出版，冈田英树评价道："这部《创业史》确实把中国长篇小说已有水平引向了一个更高的阶段。为其直视现实的敏锐目光而惊讶、为其生动的人物形象而兴奋、被作者对于未来充满坚定的信念的描写而征服的，恐怕不只是我自己。"②迄至今日，这个精彩的题叙依然魅力不减，让人叹服。正如有学者所评价的——"这

① 柳青:《美学笔记》,《柳青文集》(第四卷),第 294 页。北京:人民文学出版社, 2005 年。
② 〔日〕冈田英树:《长篇小说〈创业史〉——生动的农民群像》,原载日本《野草》1971 年春第 3 号,孙歌译,《人文杂志》编辑部、陕西省社科院文学研究所合编:《柳青纪念文集》,第 223—224 页,1983 年。

位作家有着丰富而透彻的生活经验与人生经验,有着很出色的叙事能力,并且有着超出同时代人掌握理性的能力。就《创业史》开始的'题叙',我们就足可以形成这种印象。这是一个即便是在今天看来仍然是很精彩的'题叙'。这之后,一些局部的叙述和描写,也依然存活。"①那么,"题叙"的写法从何而来,《创业史》的"题叙"又精彩在何处?

"题叙"的结构功能,类似于中国古典小说中的"楔子"。好的"楔子",常有玉振金声、驰魂夺魄的艺术功能。金圣叹评点《水浒传》的楔子时说:"此一回,古本题曰'楔子'。楔子者,以物出物之谓也。""以物出物之谓也",即以彼事作为此事的引端。《水浒传》以"张天师祈禳瘟疫,洪太尉误走妖魔"为楔,"楔出三十六天罡,七十二地煞"之"正楔",中间"楔出劫运定数""星辰名字"等,可谓"奇楔"。②类似的诸如《全相三国志平话》《儒林外史》《红楼梦》《镜花缘》等小说,楔子在整个小说叙事中或假托转化、或交代缘由、或引出故事、或寄托寓意,正篇紧随其后,水到渠成,具有不可忽略的结构设置功能。不过,考察中国古典小说中"楔子"与正文的关系,我们发现有两个重要的缺陷:一是"楔子"多从宿命论或循环论的角度对小说内容做一锤定音的总结,其基本情节常为正篇中叙述者认同的人生经验的预示或象征。如《全相三国志平话》从司马仲相断狱阴曹引出小说故事,不过是为三国归晋作宿命论的阐释论证,同小说内容并无密切联系;《水浒传》的"楔子"将英雄出世归于"天命""天数",称这些英雄为妖魔,在价值观念上也是混乱不定的;《镜花缘》中百花遭贬谪流寓尘世,也不过为众多才女的聪慧伶俐作宿命论的解释。《红楼梦》出现之后,"楔子"与小说内容的关系才有所改观,"它的两则神话故事与一个现实故事的巧妙配合,使整部小说既具有一种迷幻的艺术色彩,又具有深刻的现实意义和哲理意蕴,而且楔子与正文内容相互映衬,在我国

173

---

① 曹文轩:《二十世纪末中国文学现象研究》,第 313 页。北京:作家出版社,2003 年。

② 《金圣叹全集》(一),第 28 页。南京:江苏古籍出版社,1985 年。

古代小说史上焕发出一道奇特的光芒"①。二是楔子常常和正篇的内容联系松疏散漫，甚至几乎没有联系。如《水浒传》中张天师与洪太尉、《儒林外史》楔子中交代的重要人物，在其后小说正篇中，不是没有后文就是没有显身。《创业史》的"题叙"从结构上完全可以视为"楔子"，但主要作用和艺术蕴含同上述古典小说的"楔子"迥然不同。追溯柳青的古典文学学习历程，我们发现，在学生时代以至延安时期，其对《三国演义》《水浒传》《儒林外史》等古典小说"兴味索然，不是读不到底，就是读过就忘记了"②，建国前后，他才一字不漏地阅读《三国演义》《水浒传》等古典小说，这时候他已经开始在孕育《创业史》。征之于他的创作，中国古典小说传统几乎对他的创作没有产生些微影响。

　　国外小说中虽对类似于"楔子"的部分没有确定的称谓，但开头的一二章常有类似于"楔子"的功能。尤其是在柳青推重的高尔基的长篇小说《母亲》中，开头前两章都具有"楔子"或者"题叙"的功能和意义。《母亲》的前两章和全书有些游离。在这两章中，高尔基以简赅经济的笔墨，给我们描摹了俄国工人世代循环的生活景象。他们在沉重的生活重压下酗酒、谩骂、攻击和斗殴，过着粗野不堪和令人窒息的生活，让人一刻也不能容忍，觉得非改变不可。巴维尔的父亲符拉索夫，就是在这种生活的泥淖中凄苦挣扎、可怜死去的。因而，年轻的巴维尔一代的觉醒和参加无产阶级活动，是这种旧生活压抑下的必然产物，他们势必要举起改革和革命的大纛。如此一来，巴维尔的参加革命具有了坚实的历史原因和生活基础，人物形象的发展也有了令人信服的逻辑动力。柳青深爱的《静静的顿河》的第一章，肖洛霍夫简要地叙述了麦列霍夫家族的血统遗传，从血缘的角度初步勾勒了麦列霍夫家族的精神气质，引出了小说的主人公——狂野彪悍的葛利高里。柳青则从社会历史

----

① 刘相雨：《论〈红楼梦〉的楔子——兼论中国古典长篇小说的开头模式》，《红楼梦学刊》，1999 年第 1 辑。

② 柳青：《和人民一道前进》，《柳青写作生涯》，第 28 页。天津：百花文艺出版社，1985 年。

的深层视角挖掘"创业"的历史意义和梁生宝性格品质的形成原因。在细节上，我们也能够察辨出《创业史》"题叙"和《静静的顿河》第一章明显的"互文性"关系。比如，普罗珂菲带回的土耳其老婆同梁三拾荒时遇到的生宝母子；普罗珂菲的老婆穿普罗珂菲的裤子同生宝娘穿梁三老汉的裤子；普罗珂菲村子里的畜疫同梁三老汉的两次死牛；等等。但就概括的历史深度而言，《静静的顿河》过度钟情于血缘，显然不及高尔基的《母亲》深刻。

"题叙"的精彩之处在于，柳青开篇气势不凡地开掘历史深度："把《创业史》的内线伸向中国历史命运的深处去，使《创业史》所描写的社会主义革命的环节，同整个历史的链条结合起来。只有从各个历史的环节中看历史，才能看出真正的历史，《创业史》的史诗效果从这里得力不少。"①一万七千余字的篇幅让农业合作化运动自下而上、自觉而起，让三次"创业"失败的梁生宝发出"世事成了咱们的啦"的时代感叹，和《母亲》中的巴维尔一样，他被境遇逼迫为农业合作化运动的执旗者。这就和《三里湾》《山乡巨变》等当时产生巨大影响的农业合作化小说截然不同，也同对《创业史》产生深刻影响的肖洛霍夫的农业集体化小说《被开垦的处女地》（草婴译为《新垦地》，本文采用周立波译名，以下简称《被》，人物姓名亦从周译）有着很大的差异。在这些作品中，农业合作化运动都是自上而下发动起来的，先是上级开会动员，接着是下派领导干部，而柳青硬是不给蛤蟆滩派遣工作组。王汶石最为钦佩的就是《创业史》打破了自上而下的叙述模式，柳青"是那么吝啬，连个工作组也没有给蛤蟆滩村派"②。从艺术上而言，《创业史》"不派工作组"的处理产生了"陌生化"的效果，但这明显不是柳青的创造，最起码在高尔基那里，巴维尔的成长道路就提供了经验；就思想上而言，这更符合马克思主义的历史决定论和官方意识形态的期待。与此同时，梁生宝的母亲的形象具有极其重要的意义，她同

---

① 何文轩：《论〈创业史〉的艺术方法——史诗效果的探求》，《延河》1962 年第 2 期。

② 王汶石：《漫谈构思》，《延河》1961 年第 1 期。

《母亲》中巴维尔的母亲一样，在对亲生儿子朴素温情的信赖、包容与爱恋之中，给予了梁生宝参加农业合作化的勇气以及道德理念的巨大支持。

二、"以人物结构作品"：高尔基、肖洛霍夫等俄苏作家对柳青的启示

柳青在访谈和读书笔记中，多次以高尔基的《母亲》为例，分析苏联社会现实主义文学的成功经验。《母亲》对《创业史》的"题叙"以及梁生宝的塑造也的确产生了深刻的影响。但就作品的艺术结构而言，对《创业史》产生决定影响的却是肖洛霍夫的长篇小说。柳青认为，类似《静静的顿河》这样的长篇小说，用主要人物结构作品，众星拱月式地层次清晰地安排周围的人物，矛盾冲突递进式地展开，小说的深度和质量也因此迥然不同。[①]梁生宝形象的塑造，就是完全按照这样的结构方式完成的。在前四章里，梁生宝虽然没有现身，但一切情节无不围绕其展开。直到第五章，令人充满期待的梁生宝才徐徐现身。这种写法的弊端正如路遥所云——"我的导师柳青似乎说过，人物应该慢慢出场。长卷小说中的一种现象是，有特别辉煌的开卷和壮丽的结束，但中间部分却没有达到同样的成绩，这在很大程度上会给读者带来难言的遗憾。我个人觉得，天才作家肖洛霍夫的《静静的顿河》似乎就有这种不满足。"[②]实际上，葛利高里的出场并不迟缓，路遥含而不露地道明了柳青"以人物结构作品"的艺术渊源。路遥和陈忠实的创作，都继承和吸纳了柳青"以人物结构作品"的结构方法，不过路遥的小说艺术始终没有跳出柳青的经验。陈忠实在创作《白鹿原》之前，幡然觉得"一个业

[①] 王维玲：《路遥：一颗不该早陨的星》，《岁月传真——我和当代作家》，第320页。北京：首都师范大学出版社，2009年。

[②] 路遥：《早晨从中午开始》，《路遥文集》（一、二合卷本），第268页。西安：陕西人民出版社，1993年。

已长大的孩子，还抓着大人的手走路是不可思议的"，从而摸索总结出适合自己的以"人物文化心理"结构作品的写法，突破了柳青的束缚，"获得了描写和叙述的自由"，[1]也推进提升了当代长篇小说写作的艺术水准。

柳青是最早并长期关注肖洛霍夫创作的当代作家。就技术层面而言，肖洛霍夫对其创作产生了决定性影响。柳青在西安高等师范读书时，就读过《静静的顿河》（第一部）和《被》。在延安随军转战时期，金人翻译的《静静的顿河》[2]随身不离，被翻得破烂不堪。在柳青的朋友和熟人中间，有这样一件事曾被传为美谈——那就是在抗日战争期间，在艰苦的战争环境中，他把一切笨重的东西都丢掉了，却把厚厚的英文版《被》第一部，始终带在身边。[3]

"文革"柳青受到批判，罪名之一就是四十年代在延安时，迷醉于肖洛霍夫的作品。从 1941 年 2 月份起，柳青除了本职工作以外，还承担延安向重庆邮寄稿件的任务。当时叫"文化站"，实际只有柳青一人。[4]柳青早期的不少短篇，即发表在由茅盾主编、在重庆出版的《文艺阵地》上。《文艺阵地》四十年代初期刊发了不少有关肖洛霍夫的文章，如柳青《牺牲者》刊载的 1940 年 6 卷 3 期，发表了杨振麟翻译的犹黎·卢金的《萧洛霍夫在一九四〇年》。1942 年 6 卷 4 期发表了王语今翻译的肖洛霍夫的《在顿河上》。同年 7 卷 4 期辟有"苏联文学专辑"，刊有戈宝权的《二十五年来的苏联文学》等文章。戈宝权盛赞"肖洛霍夫的笔是犀利的，他特别善于运用丰富的哥萨克人的语气，来充实全书的色彩和内容"，《静

---

① 陈忠实：《寻找属于自己的句子》，第 44—45 页。上海：上海文艺出版社，2009 年。
② 《静静的顿河》第一部 1931 年由贺非翻译，作为鲁迅主编的"现代文艺丛书"之一，由上海神州国光出版社出版。1941 年，上海光明书店出版了由金人从俄文原著翻译的《静静的顿河》。《被开垦的处女地》（第一部）1936 年由周立波从英译本转译，生活书店出版。
③ 胡采：《简论柳青——〈论柳青的艺术观〉序》，胡采：《新时期文艺论集》，第 183 页。西安：陕西人民出版社，1983 年。
④ 蒙万夫等：《柳青传略》，第 23 页。西安：陕西人民出版社，1988 年。

静的顿河》是关于苏联国内战争的里程碑意义的作品，甚至可以同《战争与和平》相颉颃。《被》是表现农业集体化这一过程的"最好的作品"。柳青作为《文艺阵地》的作者，应该比较关注上面刊载的文章，这些都应该对柳青接受肖洛霍夫产生过影响。

建国以后，肖洛霍夫的作品被大量译介、出版和再版，其研究也出现热潮，截至中苏关系恶化之前，评论界重要的研究文章有四十多篇，同时还出版了辛未艾的《生活与斗争的教科书——谈"被开垦的处女地"》，《被》几乎被一致认为是"卓越的社会主义现实主义"，是"一个时代的历史画卷"[①]。尤其是反映农业集体化运动的《被》，更是引起了中国读者和评论界的重视。五十年代的中国大地上，正在如火如荼地开展着农业合作化运动，人们渴望从肖洛霍夫的作品中获得直接的指导和启示。1954 年 2 月 26 日，肖洛霍夫在罗斯托夫地区高尔基剧院同选民会见，讲话中谈到他收到从中国的来信，请求他写一篇农业集体化的特写，来帮助中国这个人民新国家的社会主义建设。不过他想，写文章鼓舞中国人民积极参与农业合作化，可能不如尽快完成《被》的第二部更对中国人民有鼓动意义。[②]次年 5 月，肖洛霍夫获得"列宁勋章"，他忆及中国，致信感谢中国读者的喜爱和关注，并高度评价了中国的农业合作化运动。中国的普通读者在和肖洛霍夫进行积极的交流和互动，作家们也在潜心地钻研总结肖洛霍夫的艺术经验，如刘绍棠、周立波、柳青等作家的农业合作化小说，都受到肖洛霍夫的巨大影响。[③]柳青从延安时期就非常熟悉肖洛霍夫的作品，肖氏的作品也自然成为他创作的最佳范例。需要指出的是，《被》的第二部直到 1960 年才完成创作，因而柳青借鉴的，主要是《被》的第一部。我们从他这一

---

① 辛未艾：《生活与斗争的教科书——谈"被开垦的处女地"》，第 36 页。上海：上海文艺出版社，1958 年。

② 孙美玲编：《米·亚·肖洛霍夫年谱》，《肖洛霍夫文集》（第八卷），金人、草婴、孙美玲译，第 396 页。北京：人民文学出版社，2005 年。

③ 见拙作：《〈被开垦的处女地〉在中国——传播与影响的考察》，《当代文坛》2010 年第 4 期。

时段文学活动中，不难看出他对肖洛霍夫的熟悉和推崇。1951 年
10 月至 12 月，柳青随中国青年作家代表团访问苏联。他说："虽然
我们和苏联农业生产中的领导者交谈时几乎没有谈到一点关于他们
个人的生活状况和思想状况，可是我感到我是那么了解他们；因为
我和他们在一块的时候，总是想起达维多夫（《被开垦的处女地》
的主角）的许多后进者。我想起伏罗巴耶夫（《幸福》的主角），想
起屠达里诺夫（《金星英雄》的主角），想起瓦西里（《收获》的主
角）和凯莎（《萨根的春天》的主角）；他们从军事战线的阵地走出
来，立刻进入生产战线的阵地，并且继续获得胜利。"[①] 1952 年，柳
青落户长安县，挂职县委副书记，在给县委办公室主任安于密介
绍过的文学书籍中，外国的有《战争与和平》《安娜·卡列尼娜》
《被》《远离莫斯科的地方》，中国古典文学有《西游记》和《三国
演义》。[②] 1954 年春天，柳青开始写作《创业史》，据拜访柳青者回
忆，他走进柳青的屋子，"柳青同志正在屋子里伏案写作，桌子上
放着一杯茶，一本肖洛霍夫著的《静静的顿河》"[③]。1956 年高级社
时期，谈到如何巩固高级社时，柳青介绍安于密好好读读《被》——
"《被开垦的处女地》写得比较真实，可以看出苏联当时合作化的
一些情况。苏联由于搞行政命令，搞冒进，弄得农村生产力受到破
坏，后来，他们又派大批工人下去，这些人也不懂农业，搞得更不
好。我们现在搞合作化，一定要吸取苏联的教训，不能采取剥夺农
民的办法。"[④] 在《创业史》写作之前，柳青阅读了大量的政治、历
史、哲学、美学以及文学作品，"这时特别用心地读了关于苏联集
体化的各种书籍"[⑤]。《创业史》出版后不久，柳青获得了极大声誉，
也成为当时文坛的重要话题。沙汀在日记中提到，他和朋友聊到
《创业史》："我们一致肯定这是部好作品，有分量；但也一致感觉

179

---

① 柳青:《在农村工作中想到苏联》,《群众日报》1952 年 11 月 13 日。
② 安于密:《谈柳青在长安的思想和创作》,《柳青传略》,第 177 页。
③ 陈策贤:《难忘的印象》,《柳青纪念文集》,第 71 页。
④ 安于密:《谈柳青在长安的思想和创作》,《柳青传略》,第 187 页。
⑤ 同上,第 200 页。

有些沉闷。原因呢，戈以为抒情的东西太少，我和安旗不以为然；他正是用抒情笔调发了不少议论，而这是不容易看出来的；但是感觉沉闷。最后，我用托翁、萧洛诃夫的表现方法作了比较，因为，据安说，柳特别敬佩萧，他的书房里只有一张照片：萧洛诃夫的照片……"①沙汀以小说家的敏锐感，将柳青同托尔斯泰、肖洛霍夫比较，洞悉了柳青艺术谱系中的三昧。就抒情和议论而言，柳青同托尔斯泰、肖洛霍夫不乏比较之处，但不同的是，柳青所抒发和阐述的，往往不是自己对于历史、人生与社会问题的独立思考，而是个人化的马克思主义历史观、人生观和价值观，在此暂不赘述。就小说的结构而言，托尔斯泰的《战争与和平》同肖洛霍夫的《静静的顿河》有很大的不同。《战争与和平》的构架宏伟复杂，小说对十九世纪初叶的俄国生活作了全景式的反映，既有宫廷、政界和军界错综复杂的关系和斗争，也有上流社会的社交活动和领地贵族的日常生活，亦有普通百姓的生活情状，可以说无所不包。小说以鲍尔康斯基家族、罗斯托夫家族、别祖霍夫家族和库拉金家族这四大家族为中心，几乎贯穿着十九世纪初期俄国历史的所有变动，融合了家庭纪事小说、历史小说、社会心理小说和哲理小说的特点，气势磅礴，是一部空前绝后的史诗性巨著。正如法国小说家德·沃盖所感叹的，在托尔斯泰笔下，"一切都在这个铁面无私的法官前展开，他把人间的一切活动都搬上他的法庭，使人间的所有隐私和读者的灵魂沟通。读者感到自己为一条平静的江河所裹挟，总也碰不到头；这是生活在流逝，它触动着人们的心灵，突然把人们的种种行为所包含的真实性与复杂性暴露无遗"②。《静静的顿河》的情节结构设置，明显借鉴了托尔斯泰《战争与和平》的结构传统，这有着极为明澈的迹象和论据。这两部长篇所要处理的都是历史转折关

---

① 沙汀 1962 年 2 月 28 日日记，吴福辉编：《沙汀日记》，第 166 页。太原：山西教育出版社，1998 年。

② 〔法〕德·沃盖：《虚无主义和神秘主义——托尔斯泰（1886）》，《欧美作家论列夫·托尔斯泰》，第 8 页。北京：中国社会科学出版社，1983 年。

头的人民生活的史诗，历史既给予了人类严厉的惩罚，同时又开辟了新的篇章。肖洛霍夫在处理这样一个宏大的历史场景和生活画面时，"家庭和它的社会的、日常生活的道德准则是表现历史规律的重要途径之一"。而在这些家庭中，众星拱月，珂尔叔诺夫家、莫霍夫家、李斯特尼茨家紧紧围绕着麦列霍夫家，葛利高里家的那几间小木屋始终是"史诗的思想结构的中心"，[1]葛利高里则是"中心中的中心"。勃里吉科夫犀利地指出，葛利高里"体现着长篇小说的史诗观念"，"《静静的顿河》中主要人物的问题规定着作品的总的结构"。列·雅基缅科否认了勃里吉科夫的说法，认为肖洛霍夫的"长篇小说的史诗观念"要比葛利高里的形象广阔得多，但他是从社会主义文学的角度去理解《静静的顿河》，因而诋毁批评勃里吉科夫这个很独特的洞见，以及小说呈现给我们的无可辩驳的现实。[2]在家庭的日常生活中，葛利高里具有举足轻重的作用，更关键的是，葛利高里将家庭的航船驶向了历史的广阔海面，在他摇摆不定的人生选择中，史诗般地呈现了顿河流域严峻而悲壮的历史。

  柳青虽然对托尔斯泰很熟悉，但是个人的气质、禀赋、素养以及要处理的题材不同，这都使得托尔斯泰不能直接成为借鉴参照的镜像。而肖洛霍夫则不同，他长期关注并非常熟悉肖氏的创作，更为关键的是，《被》和他要处理的农业合作化运动在题材上是相同的。耐人寻味的是，柳青对于肖氏这部反映农业集体化的名著不但并无赞词，而且多有曲解和批评。1951 年冬，柳青随中国青年作家代表团访苏归来，谈及他的见闻感受，他感慨苏联人民的社会主义热情，联想到《被》，说梅谭尼科夫将自家的牲口拉到农业社，是"完全出于自愿"[3]。小说中并非如此，梅谭尼科夫入社完全出于强

---

① 〔苏联〕亚·赫瓦托夫：《〈静静的顿河〉里的麦列霍夫一家》，转引自孙美玲编选：《肖洛霍夫研究》，第 198 页。北京：外语教学与研究出版社，1982 年。

② 〔苏联〕列·雅基缅科：《论肖洛霍夫的〈静静的顿河〉中的悲剧因素》，转引自孙美玲编选：《肖洛霍夫研究》，第 179 页。

③ 柳青：《中国热火朝天——为苏联〈文学报〉而作》，《柳青文集》（第四卷），第 150 页。

迫。牲口入社的前一天晚上，他"没有脱衣服，也没有熄灯，他去看母牛去了七次！第八次去的时候，天快亮了"。看着牲口，他"忽然感到喉咙被尖锐的硬块塞住，眼睛刺痛得厉害。他哭起来，离开牛栏。流了点眼泪，仿佛好点了。剩下的半夜他没睡，只是不断地抽烟"①。这显然不是柳青没有读懂小说，而是在《被》被官方定为正面歌颂农业集体化的小说之后，柳青也许必须违心地顺着这样一个论调。在《创业史》中梁大老汉的身上，我们能看到其同梅谭尼科夫的相似之处。梁大老汉对自己的黑马的不舍，比梅谭尼科夫有过之而无不及。在形势的压迫和儿子的催促之下，他无奈将大黑马交公入社，从此便魂不守舍，三天两头跑到饲养室，犒劳自己的大黑马。白占魁赶车虐待大黑马，梁大老汉追到集市，大闹不休，其形象之生动饱满甚至超过了梅谭尼科夫。大约 1977 年前后，柳青接受媒体采访时谈及《被》，全然不屑，完全否定了这部作品。②对哪些地方不满，他语焉不详。柳青 1951 年评价梅谭尼科夫时，正值中苏关系的蜜月期，顺从官方语调，曲解人物形象并不难理解。而这次整体否定《被》，正处在中苏关系的对抗期。他这种表态，首先应是政治上的表态，其次才是艺术上的不满。"延安文艺座谈会上的讲话"之后，柳青虽然偶尔也有《王老婆山上的英雄》这样逸出规范的作品，但绝大多数是严格遵从"讲话"精神。经过建国前夕的"转弯"③之后，柳青在思想和创作上完全恪守社会主义现实主义文学的美学规范。在他看来，这是党性问题、原则问题。而《被》如刘绍棠认为的那样，"我们更无法从肖洛霍夫的作品中找到理想人物，达维多夫当然不配"，他对富农、反革命分子失去警惕性，还和破鞋乱搞男女关系，"封他一个'正面人物'，恐怕还需

① 〔苏联〕肖洛霍夫：《肖洛霍夫文集》（第六卷），金人、草婴、孙美玲译，第 79—80 页。
② 徐民和：《一生心血即此书——柳青写作〈创业史〉漫议》，《延河》1978 年 10 月号。
③ 建国前夕，柳青有回忆自己文学经历、兼具表态性质的文章《转弯路上》，见《中华全国文学艺术工作者代表大会纪念文集》，中华全国文学艺术工作者代表大会宣传处编，1950 年 3 月。

要打八折呢"①!《被》虽然在传播的过程中被修正为"社会主义现实主义"的典范，实际上却与之格格不入。肖洛霍夫始终忠于生活真实，随处可见"残酷的、未加任何修饰的真实"，"不是那种被弄得七扭八歪的、变了形的、似是而非的真实，而是原原本本的、真正的真实"。②这显然是柳青极为不满的。另一方面，柳青也有可能觉得《被》在艺术上不如《静静的顿河》，或者借对《被》的不满隐匿自己的艺术谱系。

比较《创业史》和《被》，就会发现：梁生宝和达维多夫在小说中的结构功能和统领作用是完全一致的。同时，小说的情节和一些主要人物也有明显的对应关系。梁生宝和达维多夫一样，在旧社会苦大仇深，新社会使得他们完全自觉起来。梁生宝的母亲则是因为逃难而和梁三老汉结合，达维多夫的母亲靠卖淫来维持一家人的生活。两人的内心独白和情感活动也极为相似："我们要给他们建设美好的生活，就这么回事！费多特现在戴着父亲的旧军帽跑来跑去，可是二十年以后，他就会用电犁来耕这块土地了……他就不会过苦日子，不会像我在死了娘以后那样：又要给妹妹洗衣裳，又要补袜子，又要做饭，又要赶到厂里去工作……费多特他们会幸福的，就这么回事！"③《创业史》以梁生宝领导的互助组为主线，围绕活跃借贷、购稻种、终南山捎竹子、水稻密植和统购统销等事件，展现了下堡村农业合作化进程中的历史面貌和农民思想情感转变，塑造了崭新的社会主义"新人"梁生宝。《被》中格内米雅其村农民在达维多夫的领导下，以召开贫农积极分子会议、清算富农、家禽牲口公有化、娘儿们造反、春耕春播为中心事件，倾力描写一个接一个的群众场面。达维多夫禁受不住"毒蛇"罗加里亚

183

---

① 刘绍棠：《现实主义在社会主义时代的发展》，《北京文艺》1957年第4期。
② 〔德〕安娜·西格斯：《生活——真实的源泉》，《星火》杂志1965年第43期。转引自孙美玲：《肖洛霍夫研究》，第444页。
③ 〔苏联〕肖洛霍夫：《肖洛霍夫文集》（第六卷），金人、草婴、孙美玲译，第265—266页。

的纠缠，两人有了肉体之欢，和真诚的革命同伴拉古尔洛夫发生了裂隙，同时又跟十七岁的赶牛姑娘华丽雅发生爱情。罗加里亚生性放荡，背着丈夫同别人偷情，并引诱了农业合作化的领导者达维多夫。她觉得达维多夫成了机械的革命的螺丝钉，没有人性，心被囚禁了。达维多夫在出轨后既严厉自责，又控制不住自己对罗加里亚的喜爱。为了让心上人华丽雅出人头地，达维多夫让她远离是非之地，派她到城里学习当农艺师。梁生宝也曾受到"坏女人"素芳的骚扰，不过他抵抗住了诱惑，收获了改霞的爱情。梁生宝处处以党的事业为重，坐怀不乱，"拿崇高的精神控制人类的初级本能和初级感情"。最终，徐改霞去长辛店当了工人。而素芳的形象，从某种程度上可以视为罗加里亚的改造和变异。她被旧社会腐蚀毒害，是一个被侮辱被损害的不幸女性。她童年遭受不幸，结婚后又常遭丈夫的暴打和公公的厉声斥责，这时候正气勤朴的梁生宝成为她爱慕的对象。她忐忑不安地表达爱慕之后，梁生宝的严厉呵斥使她羞愧不堪，罗加里亚式的那种放荡在姚士杰的引诱之后，得到了充分的表现，革命新人的"道德败坏"则被模式化地移植到了富农身上。素芳对姑父姚士杰大手的期待，带有明显的自然主义倾向，这点上《创业史》的描写甚至超过了《被》。后来柳青遭到了批评，大概他自己也觉得有些过度，在重版的时候进行了删节。

　　梁生宝的爱情纠葛，显然也参照了《被》的结构模式。在爱情态度上，则很明显受到尼·奥斯特洛夫斯基的《钢铁是怎样炼成的》的影响。我们不妨比较一下梁生宝与保尔的爱情，就会发现，这两部小说的衍生相似关系，以及情感处理态度的同一性。《创业史》中，改霞做出进城当工人的决定之后，想征求一下梁生宝的意见，等了五个晚上，终于等到了梁生宝。她觉得自己以前对把身心全交给党的生宝比较拘谨，决定在之后的交往中主动些，她"柔媚地把一只闺女的小手，放在生宝穿的'雁塔牌'白布衫的袖子上"，"夏夜的微风把她身上的雪花膏气味，送到梁生宝的鼻孔里去"，"她的两只长眼毛的大眼睛一闭，做出一种公然挑逗的样子。然后，她把身子靠得离生宝更贴近些……"。他闻到了改霞脸上的雪花膏味，心"已经被爱情的热火融化成水了"，他"感觉到陶醉、浑身舒坦和有生气"——"他真想伸开强有力的臂膀，把这个对自己倾心相爱的闺女搂在怀中，亲她的嘴"，但"共产党员的理智，在生宝身上克制了人类每每容易放纵感情的弱点。他一想：一搂抱、一亲吻定使两人的关系急趋直转，搞得火热。今生还没有真正过过两性生活的生宝，准定有一个空子，就渴望着和改霞在一块。要是在冬闲天，夜又很长，甜蜜的两性生活有什么关系？共产党员也是人嘛！但现在眨眼就是夏收和插秧的忙季，他必须拿崇高的精神来控制人类的初级本能和初级感情。……考虑到对事业的责任心和党在群众中的威信，他不能使私人生活影响事业"。①其实，梁生宝的顾虑有两个，一个是他对有万说的："人家想进工厂哩。你思量，既有这意思，咱何必惹那个麻烦？咱泥腿子、黑脊背，本本色色，不攀高亲。咱要闹互助合作，又要闹丰产，咱哪有工夫和她缠？你往后甭提这层事了。"②梁生宝不止一次慨叹自己不像改霞那样有文化，他自己无法越过文化这个壁垒；二是他搞的互助合作是高于一切、大于一切的，他是党的最听话最虔诚的儿子，他首先属于党，这是亲娘老子也不能撼动的。因而，他和改霞的分手择路，不仅仅是个体生命的爱情选择，而是一个革命利益权衡和服从的过程。《钢铁是怎样炼成的》中，切尔尼亚克上校释放了保尔，惊恐不安的保尔偶遇冬妮亚，躲在她的家中，两人独处一室，"在黑夜里，他闻到了她的发香，又似乎看到了她的眼睛"。"他的脑子很昏乱……她那柔软的肉体是多么顺从呵……但是青春的友情比一切更宝贵。"③与其说是"青春的友情"阻遏了年轻人的冲动，不如说劫后余生的保尔没有心情享受爱情的盛宴，或者说潜在的身份和地位的沟壑拦截了青春的激情。这种"身份和地位的沟壑"，最后终于发酵成冬妮亚

① 柳青:《创业史》(第一部)，第486—488页。北京:中国青年出版社，1960年。

② 同上，第227页。

③ 〔苏联〕尼·奥斯特洛夫斯基:《钢铁是怎样炼成的》，梅益译，第165页。北京:人民文学出版社，1990年。

小资产阶级的作风和"卑鄙的个人主义"，保尔对冬妮亚说："冬妮亚，这件事我们早谈过了。自然，你知道我曾经爱过你，而且就是现在，我对你的爱情还是可以恢复的，不过你必须跟我们在一起。我已经不是你从前认得的那个保尔了。同样，如果你要求我把你放在党的前头，我就不会是你的好丈夫。我首先是属于党的，其次是属于你和别的亲人们的。"①因而，保尔在同丽达的爱情上，表现出革命圣徒的克制和纯洁——"她是他的志同道合的朋友和同志，他的政治指导员。但是她究竟是一个女人。这一点，是他今天在天桥上才第一次发觉的，所以她的拥抱才使他这么冲动。他感觉到她那均匀的呼吸，她的嘴唇已经跟他十分靠近。这使他产生了一种要找到那嘴唇的强烈愿望。然而他终于用顽强的意志把那愿望克服了。"②顽强的革命意志克服了"人类的初级本能和初级感情"，延宕并终止了这场爱情。在保尔看来，爱情会给革命者"带来许多不安的痛苦"，妨碍了革命理论的学习。他的学习时间不够了，学习没有了效率——"从前我跟谢加尔同志学习的时候，我真是句句能记住，但是跟你在一起，就怎么也不行。每次在你这里学了之后，我还不得不到托卡列夫同志那里再补习一遍。"③三年之后，已经成家的丽达质问保尔为什么中断了同自己的友谊，保尔承认了自己的错误——"这件事不仅怪我，'牛虻'和他的革命浪漫主义也该负责。那些生动地描写坚毅勇敢的、彻底献身于我们事业的革命者的书，给了我难忘的印象，使我产生这种做人的愿望。所以，我用'牛虻'的方式处理了我对你的感情。"④所谓"'牛虻'的方式"，即个人的事情丝毫不能与党的事情，集体的、国家的事情相比，在投身崇高的事业的时候，必须舍弃自己的任何的个人考虑。

　　梁生宝秉持的革命伦理和情感态度，是当时意识形态规训孕育

---

① 〔苏联〕尼·奥斯特洛夫斯基：《钢铁是怎样炼成的》，梅益译，第237页。

② 同上，第256页。

③ 同上，第262—263页。

④ 同上，第453页。

出来的一种典范，同时也是苏联红色经典《钢铁是怎样炼成的》的辐射和衍生。这两部小说中的主人公的生命已经不属于自己，而属于国家、民族或人民的利益，成了抽象的共同体。在这种崇高的国家公意或者集体伦理的规约下，个体不许思考也无须思考与本身相关的生命意义、价值伦理问题，一切都被宏大的国家、集体笼罩遮掩住了。这种"伦理"是"用历史发展的必然性铁丝编织起来的，缠结在个人身上必须使个体肉身血肉模糊。在人民伦理中，个体肉身属于自己的死也被'历史必然'的'美好'借走了，每一个体的死不是为了民族解放的'美好'牺牲，就是为了'主义'建设的'伟大'奉献。个体的肉身不是靠着偶然的死才活着，而是早已为了'历史必然'的活着而死了"。[①]因而，梁生宝式的爱情抉择在今天看来迂腐甚至可笑，但在当时，却是代表了主流意识形态的价值观念。一旦时间的距离拉开，这种道德伦理和价值观念与现实的悬置隔阂也就愈来愈清晰地显露出来了。

《创业史》的文学谱系

三、《狠透铁》:《创业史》不可剥离的"副文本"

在《创业史》的写作间隙，柳青创作了中篇小说《狠透铁》（发表时题为《咬透铁锨》）。1958年，在《狠透铁》发表不久，在座谈会上，柳青说："至于'老汉'的事迹，这篇小说因为故事的限制，没有写到百分之一。他那股忠诚和顽强劲儿，我在长篇里用另外一个名字写着。"[②]"另外一个名字"就是《创业史》中的高增福。高增福比梁生宝年长，境遇比梁生宝困窘，在农业合作化道路上同梁生宝一样坚决，是梁生宝的坚定支持者。他大公无私，对互助组的忠诚和办事的认真劲儿，同狠透铁如出一辙。因而可以说，狠透铁的形象是高增福的有机组成部分，高增福的形象是狠透铁的延续

187

----

① 刘小枫:《沉重的肉身》（第六版），第91页。北京:华夏出版社，2008年。
② 《延河》编辑部:《座谈〈咬透铁锨〉》，《延河》1958年7月。

和发展。用热奈特的术语来说，《狠透铁》是《创业史》形象系列的一部分，是这个正文本的"副文本"。更为重要的是，《狠透铁》虽然在艺术上简单粗糙，无法同精雕细琢的《创业史》并论，但其对农业合作化运动表现出的认识价值以及慷慨悲凉的格调，同《创业史》那种热火朝天、凯歌高奏的乐观主义判若云泥，两部作品共同构成了柳青对农业合作化运动认识和判断的一体之两面。就此而言，《狠透铁》是《创业史》不可剥离的副文本。我们不禁要思索，同一时期创作的两部小说，对农业合作化的态度为何差异如此之大？作者有着怎样的矛盾心态，又有着怎样难言的隐忧？

《狠透铁》的副题是"1957 年纪事"，是在真实的生活事件之上创造而成的，而狠透铁，则是一个悲剧性的人物。据柳青说"《咬透铁锨》所反映的，是他亲自参加处理过的一个真实事件，故事本身很完整，他没有进行更多的概括与加工，就写成了"。[1] 狠透铁在中华人民共和国成立前夕即和地方工作队接头，组织农会，并担任了小组长；农会被取消以后，自己被选为人民代表；1954 年春，水渠村以他为首，成立起由十一户穷鬼组成的合作社，他是社主任；1956 年农业合作化高潮到来之后，小社并入大社，他担任水渠村的生产队长。他热爱集体，大公无私，无怨无悔，伤透了脑筋，累坏了身体，脑子里没有比农业社重要的事情。为了合作社，他白了一半头发，得了风湿性腰腿疼；社里没有饲养室，他腾出土改时分给自己的高瓦房，自己住在破草房里；大女儿满月，他几乎忘记了这件事。但 1955 年夏季以后，农业合作化运动急速冒进，基层有限的民主管理被破坏。水渠村的民主改革本来就不彻底，这就给了觊觎私利、老奸巨猾、能说会道的王以信机会。狠透铁这样一个立场坚定、忠诚老实、一心为民的基层领导，被王以信视为眼中钉调虎离山，造谣中伤，在群众中丧失了威信，完全被孤立了起来。狠透铁受尽了委屈，也碰了不少钉子，但他孤军奋战，无怨无悔，凭着一股倔劲，坚持"一切当着群众的面办"的原则，最终揭开了王

① 《延河》编辑部：《座谈〈咬透铁锨〉》，《延河》1958 年 7 月。

以信的真面目。虽然坏人最终被揪了出来，但狠透铁的悲凉恓惶的境遇，还是让人痛心叹惋。柳青对群众的"人随王法草随风"的"势利"和"圆滑"，也表示出深深的忧虑。他说："皇甫乡的实际例子比这篇小说写的还要严重……在上级党的领导采取措施揭露敌人的真面目以前，群众中一部分被利用的忘本分子很活跃，为敌人打掩护；大部分群众是死气沉沉、奸溜溜的。有些人肚里打转转，嘴里说不出话。问题一揭露，群众如洪水冲破了闸口……"[1]因而，《狠透铁》是一部带有提醒和警示意味的隐忧之作，蕴含着他对农业合作化运动的出乎意料的跳跃的担忧，骨鲠在喉，不吐不快。这在他1978年为《狠透铁》再版拟定的出版说明中体现得更为明确："作品有一种明显的精神，就是作者对所有制改变后我国农村社会主义民主的理想。作者认为，群众的觉悟在民主的管理中才能提高，干部的能力在民主管理中才能增强，阶级敌人在民主管理中才能暴露。"[2]然而在《狠透铁》中，小人得道，民主被破坏，一切工作不是以群众的利益去衡量，表面上打着"为人民服务"的旗号，主导的是个人的私利和恩怨。在权力的威慑之下，即使觉悟的群众也暗哑不语，因而王以信的那套东西就能畅行无阻。农业合作化运动的跳跃和冒进，为无数个王以信提供了生存的土壤。在其身上，集中体现了农业合作化运动后期的致命缺点和严重偏差。因而，狠透铁的遭遇是一面镜子，让我们窥见了时代的悲剧。而后来农业合作化运动发展的逻辑，确实也是顺着这个轨道来运行的。这和他揭示农业合作化运动"历史必然性"的《创业史》构成了鲜明的对照。如果说《创业史》是代表时代的宏大历史话语的话，那么《狠透铁》则是代表无情现实的私人真实话语，其价值不可低估。

《狠透铁》1958年发表时，《创业史》尚在创作之中。有人冷嘲热讽，讥笑柳青惊天动地、扯旗放炮地从北京到皇甫村安家落户，憋了六七年工夫，才拿出了这么一个主题阴暗、不合时宜的中

---

[1] 《延河》编辑部：《座谈〈咬透铁锨〉》，《延河》1958年7月。

[2] 张长仓：《重读〈狠透铁〉》，《柳青纪念文集》，第240页。

篇。直到一年之后《创业史》开始连载，才堵住了一些人的嘴巴，大家也被《创业史》的宏伟深沉、史诗气度和人物生动等折服，并誉其为农业合作化运动的"史诗"。《创业史》中对于农业合作化运动历史原因的揭示、现实基础的表现以及未来前景的展望，自然被视作柳青对农业合作化运动的认识和判断，而同一时期创作的《狠透铁》，体现出柳青在与时代"共名"中的另外一种心境，则被大家视而不见。《狠透铁》是《创业史》不可剥离的"副文本"，将二者综合起来审视柳青对于农业合作化运动的认识和判断，无疑是一种稳健而妥当的研究视角。

四、"白羽茅草"神话：《被开垦的处女地》与《创业史》之比较

柳青在创作《创业史》时，《被》无疑是作为重要参照的，这从上文的比较不难看出。同时，柳青对这部"社会主义现实主义文学"典范进行了修正和改造。其中至为重要的是对主人公形象的"洁化"，以及将农业合作化运动自上而下"命令式"改为自下而上的"自发式"。与此同时，这两部都被誉为"社会主义现实主义"史诗的小说在精神气度上也发生了霄壤式的变化。

客观地说，肖洛霍夫的创作无法纳入正统的社会主义现实主义的框架之中，《被》也很难被视为实践"社会主义现实主义"理论的典范之作。首先在时间上，《被》（第一部）的创作比"社会主义现实主义"确定为苏联文学创作的最高律条早了两年。其那种严格按照现实的毫不遮掩修饰的现实主义精神，同"社会主义现实主义"也格格不入。表面上看来，小说是在为集体化唱赞歌，但对集体化的残酷以及存在的种种弊病也毫不遮掩，突出了人性话语，从而隐曲地传达出自己对农业集体化的认识和判断。肖洛霍夫从开始文学活动时就力矫时弊，力求质朴洗练、贴切传神，反对那种华而不实、辞藻艳丽的甜滋滋、酸腻腻的叙事格调，作品充满火辣辣的现

实感。在 1927 年写的《浅蓝色的原野》序言中，他说："某个没有闻过火药味的作家，非常生动地讲述着国内战争……讲述着散发出芳香的白羽茅草，而实际上羽茅草是一种令人讨厌的淡黄色的草，没有任何香味。"①当时的一些小说在描写时——"在顿河和库班地区的草原上，红军战士死去时，嘴上总是说着豪言壮语。"在肖洛霍夫早期的短篇小说中，革命的巨浪撞击生活的岩岸，并没有溅出幸福的浪花，而是迸溅出痛苦的泪珠、血腥的气味和忧郁的雾霭，如弟兄间互相残杀、儿子杀死父亲、土匪父亲打死红军儿子、粮食委员为了救小孩子牺牲自己、女革命者私生活混乱等。人们"死去时是那么难看，多么平淡"，揭穿了这种"白羽茅草"的神话，毫不妥协地反对粉饰生活、诗化事件，追求浑然质朴的叙事。在《被》（第一部）中，他依然坚持火辣辣的现实主义。在 1965 年的诺贝尔奖获奖演说中他重申了这一主张——"同读者对话要坦诚，要向人们讲真话——尽管真话有时是严酷的，但永远是勇敢的。"我们看到，书中的达维多夫、纳古尔诺夫、拉兹苗特诺夫以及他们所依靠的骨干，不是道德完美的英雄模范，而是存在严重缺点甚至令人反感的"圆形人物"。如农业集体化倚重的骨干梅谭尼可夫、刘比施金、乌沙科夫、狗鱼老爹等，大多游手好闲、好吃懒做，劳动没有劲头，瓜分富农的浮财却兴趣十足。小说远非苏联官方所钦定的集体化的颂歌，大胆地、毫不掩饰地记录了苏联农业集体化带来的人祸，是"苏联政府在集体化运动中的困难总结报告，集体化运动的困境和失败"。②《被》第二部的结局惨淡悲凉，有读者向肖洛霍夫提出了"力所不及的要求"，《尤里·米洛拉夫斯基》的第二部保留了主人公，而"肖洛霍夫的第二部书中却杀死了纳古尔诺夫和达维多夫"，"这与社会主义现实主义有什么共同之处呢"？肖洛霍夫明确表示："不能听取这样的建议。但是，今后我将遵照心灵的指

---

① 〔苏联〕费·比留科夫：《肖洛霍夫的史诗中的农民》，转引自孙美玲编选：《肖洛霍夫研究》，第 55 页注释。

② "第二次肖洛霍夫讨论会资料"：《肖洛霍夫在美、德、日》，第 6 页。吉林大学外文系编，1987 年。

示写作。"①在现实生活中，肖洛霍夫也能够"遵照心灵的指示"，以巨大的道德热情和无畏的精神勇气抨击现实、关注民生，从未丧失自己的独立人格。三十年代，肖洛霍夫敢就集体化和肃反问题冒天下之大不韪，为民请命，上书斯大林。在艰难严峻的时势中，肖洛霍夫没有在人民的疾苦灾难面前闭上自己的眼睛，没有躲在自家的百叶窗后面创作精美的文学，而是为人民的命运奔走疾呼，无所畏惧。1931 至 1933 年，肖洛霍夫先后四次上书斯大林，指责北高加索以及维约申斯克区等地区农业集体化带来的灾难。他说：这些地区的集体农庄出现了非常危急严峻的问题，牲口大量死亡，有些农庄甚至超过了百分之七十五，他的家乡维约申斯克区死掉的牲口已经超过了三千头，"可以毫不夸张地说，是灾难性的。这样管理是不行的"！②他指责新闻媒体，面对这样严重的灾难暗哑无语，对残酷的现实视而不见听而不闻。1933 年，顿河地区以及维约申斯克强力征购农民余粮，采取了暴力的手段，大批农民被攻击、惩罚或者虐待，农民的粮食被掠夺一空，连种子也没有储备，"集体农庄庄员们和个体农民们由于饥饿现在正濒临死亡；成年人和孩子们都浮肿，他们吃人所不能吃的一切东西，从橡树的树枝到树皮以及沼泽地里各种各样的草根"。③对肖洛霍夫反映的问题，斯大林及时做了回答和处理。这既由于肖洛霍夫在苏联以及国际上的巨大影响，同时也由于其"虽千万人吾往矣"的道德良知。其之所以能够勇敢地揭示生活真相、为老百姓鼓与呼，不是因为其坚持"党性"，而是其始终能够坚守作家的良知，遵从"心灵的指示"，正直独立地展示人性的魅力和人性被毁灭的过程，从而使他的作品超越了时代限制，获得了永恒的审美价值和艺术魅力。

① 〔苏联〕肖洛霍夫：《深致衷心的谢意——长篇小说〈新垦地〉获得列宁奖金时在克里姆林宫的讲话摘录》，《肖洛霍夫文集》（第八卷），金人、草婴、孙美玲译，第 233 页。

② 孙美龄编译：《作家与领袖》，第 40—41 页。北京：北京大学出版社，2000 年。

③ 同上，第 46 页。

肖洛霍夫的创作在艺术上给了柳青很大启示，但在精神气质上却没有给柳青带来深刻影响。尽管柳青在《王老婆山上的英雄》以及《狠透铁》中也偶尔能够坚持人道主义或者揭示现实中的问题，在《耕畜饲养管理三字经》《建议改变陕北的土地经营方针》等中关心农业生产与发展，但一直缺乏肖洛霍夫那样"遵从心灵的指示"并超越"党性"的独立精神。用柳青自己的话说，他是一个坚贞不渝的"永远听党的话"[1]作家，"小说的字里行间徘徊着一个巨大的形象——党"，[2]因而他的小说所传达出的思想倾向，具有不可动摇的预设性，没有自己的声音或者自己的声音完全被掩盖了。这其中不仅有两个民族文化差异的因素，也和两位作家的精神气质密不可分。经历"延安讲话"的洗礼之后，柳青成为坚定的无产阶级作家，也祛除了自己创作中驳杂的声音，不断努力追求与主流意识形态获得"共名"。他的《种谷记》《创业史》等作品不仅仅是在讲述革命圣徒的故事，同时也是在亲身践行革命的理想与信念。

当然，柳青在与时代"共名"的同时，也有自己对农业合作化运动的独立判断和非常复杂纠结的写作心态。如果我们细心一点，就会发现《创业史》第一部的结局和之前的内容出现了明显的脱节，作者抛弃了"题叙"那样形象化的写法，代之以文件讲话的罗列来推动故事。梁生宝的互助组尚未巩固，一下子就跳跃到了"灯塔社"。作者为何要这样结尾呢？《创业史》的编辑、柳青的挚友王维玲道出了其中原委：《创业史》第一部从结局跳跃到 1955 年年底，在这里作者是用心良苦的。他"急匆匆地交代了灯塔社的成立，此时梁生宝的互助组并不稳定、巩固，它的优越性和生命力刚刚开始显露一点，只是因为'在宣传总路线的声浪中，就呼啦啦地联了社'，'像动员好了的军队一样'建立灯塔社。这是生活真实、历史事实，很明显柳青在小说中是有所保留的，他没有像'题叙'和前三十章一样，用生活画面和人物形象去作艺术的充实，而是大段大

193

---

① 柳青：《永远听党的话》，《人民日报》1960 年 1 月 7 日。
② 柳青：《提出几个问题来讨论》，《延河》1963 年 8 月号。

段地引述当初中央下发的文件，特别强调文件中规定的'按照农民自愿的原则，经过发展互助合作的道路，大约十五年左右的时间内一步一步地引导农业过渡到社会主义的方针'，实现农业合作化的进程。现在在批判'保守主义''小脚女人'的所谓右倾思想后，一下子就掀起了农业合作化高潮，打破了'十五年'计划，一夜之间就进入了高级社，显然是有违原来的决定，对此柳青是有看法的，所以他宁可使联组建社成为一片空白，也要保持第一部形象的纯洁性。这样的不协调的构思，正反映了柳青政治上的成熟和艺术上坚守现实主义阵地，巧妙地'立此存照'，抵制一系列'左'的做法的意思。这就是'题叙'和前三十章与'第一部结局'留给我们脱节、割裂感觉的原因所在"。[1]由此我们可以看出，这样的写法是作者在无奈时代语境中的妥协，似乎也隐约透露出了《创业史》续篇难继的历史宿命。但必须承认，1960年初版所引的文件以及议论过于啰唆重复，作者在1977年删去也是应该的，但问题也随之而来——那就是农业合作化与总路线、统购统销以及工业化的逻辑联系被斩断了，农民为何要欢天喜地、敲锣打鼓地交售统购粮，富农姚士杰为何要极力反抗，人物的行动逻辑从何而来？这些问题都模糊不清了。这些告诉我们不能完全脱离时代情境，做简单的历史判断和艺术分析，而应该置身到时代的语境之中，以"了解之同情"的态度，做忠实而可靠的历史剖析和艺术解读。当然，这不是简单地辩护，而是在找出问题的同时，必须承认柳青及其写作依然有不可取代的优点和经验。比如在艺术观念上，他的"三个学校"即"生活的学校、政治的学校、艺术的学校"的写作观念和"六十年是一个单元"的提法依然具有一定的合理性，对今天的写作者仍具有一定的启示。他对于中国农民、中国农村历史转型时期心态的把握无疑是大手笔的，塑造的梁三老汉、王二直杠、改霞等的形象已成为高度的人物典型，这已成为文学史上争议不大的共识，也是

---

① 王维玲:《柳青洒在〈创业史〉上的生死情》，王维玲:《岁月传真——我和当代作家》，第95页。

与他同时代的沙汀、林斤澜、王汶石等诸多作家非常认可赞赏的。如曹文轩就认为——"这位作家有着丰富而透彻的生活经验与人生经验，有着很出色的叙事能力，并且有着超出同时代人掌握理性的能力。就《创业史》开始的'题叙'，我们就足以形成这种印象。这是一个即便是在今天看来仍然是很精彩的'题叙'。这之后，一些局部的叙述和描写，也依然存活。"①柳青"以人物结构作品"，以梁生宝为核心，展开叙述，用欧洲尤其是苏俄现实主义的写法，硬是不给蛤蟆滩派遣工作组，很洋气地书写农业合作化运动带给中国农民的心理波动、震荡以及冲突，虽然难以超越时代的限制和意识形态的束缚，但心理描写生动细腻、场面恢宏精彩、议论熨帖精辟，截然不同于当时农业合作化小说派遣工作组、自上而下的叙事模式，代表着"十七年"长篇小说创作的最高水平，并对浩然、李準、路遥、陈忠实等人的小说创作以及当代农村小说叙事产生了不可替代的深刻影响。陈忠实的《白鹿原》在汲取《创业史》艺术经验的基础上，将柳青"以人物结构作品"写法推至"以人物的文化心理结构作品"，完成了从"史诗"到"秘史"的艰难跨越，将当代长篇小说叙事推至新的境地。因而，我们摒弃那些玩世不恭的嘲笑或者挑剔英雄主义、理想主义和激进主义精神的浅薄之论，同时也要警惕那些美化历史、掩饰事实的矫情之说。对于《创业史》，我们应该怀着拉马丁在读博纳尔的著作的心情，去梳理我们走过的这一历史阶段——"我读这些作品时怀着对过去诗一般的热情和对残垣颓壁产生的崇敬情绪"，②但绝不"虚美""隐恶"。

2013 年 12 月于咸阳毕塬

---

① 曹文轩：《二十世纪末中国文学现象研究》，第 313 页。北京：作家出版社，2003 年。

② 〔丹麦〕勃兰兑斯：《十九世纪文学主流·法国的反动》，张道真译，第 202 页。北京：人民文学出版社，1997 年。

悲观的诗学
——论格非的《春尽江南》

　　如果说"人面桃花"三部曲中的《人面桃花》和《山河入梦》是江南那个叫"花家舍"的地方的"前世"的话，那么《春尽江南》则是"花家舍"的"今生"。格非以"花家舍"的兴替更迭为镜像，来透视百年来中国现代化过程中的"常"与"变"，从而建立起个人化的二十世纪中国的历史记忆。《人面桃花》洞悉革命的美丽和残忍，宁静而哀婉；《山河入梦》再现建设年代的社会主义乌托邦冲动，荒诞而真诚。历史，在格非优雅的文字中缓缓铺开，悲伤而不失诗意。到了《春尽江南》，终于要和现实短兵相接了。掩卷之后，我感觉小说笔笔见血，有种摧枯拉朽的忧郁和挥之不去的悲凉，并将作者在前两部作品散发的悲观的历史诗情推到了极致。可以说，格非用悲观的历史诗学，重建了二十世纪中国的历史记忆。同时，也为历史进程中的失败者筑起了纪念碑。正如格非自己所言："我写小说是非常偏重对'记忆'的开掘的。我历来主张——我在那个授奖辞里也讲到，它是对遗忘的一种反抗。小说提供的历史恰恰是被正史所忽略的，作家敏感到的，一个更加丰富的背景当中的个人的历史，这是历史学家不会关注的。"[1]在反抗遗忘的过程中，格非冲破了僵死的历史叙述话语，建立起更为生动和丰赡的历史记忆。我们可以发现，三部曲的历史叙事，实际上就是失败者的历史记忆，是悲伤的抒情，是一种悲观甚至绝望的哲学。在《山河入梦》中，作者迷惑不解地在质问——"为什么别人脸上阳光灿烂，我的心里一片黑暗？"《春尽江南》则由小说的题目就可以看出来。

---

[1]　格非、于若冰：《关于〈人面桃花〉的访谈》，《作家》2005 年第 8 期。

"尽"可以说是小说的调子，或者我们可以用小说中那首题为《睡莲》的诗中的一句来概括小说的旋律——"喧嚣和厌倦，一浪高过一浪"。这也是我们这个历史时段精神的扼要概括。正如有评论家所言，"当他在'春'和'江南'之间硬生生地嵌入一个'尽'的时候，他的心情多半是寂寥、悲切，甚至是无法排遣、沉重如山的绝望"。①从小说题目，我们可以看出格非的敏感，对人性、对时代以及对社会的深深绝望，他所要做的，则是痛切地用小说的形式，进行时代的精神分析。记得有人说过，八十年代的文化人现在不外乎两种生存状态，一种是得意，一种是悲观。格非无疑属于后者。就认识论上，格非是一位怀疑论者，在气质上，格非是一个典型的文化悲观论者。他的积极力量在于他将自我放置在现实的谷底，历史则犹如一顺时推向谷底又终将在通过自我之后推向新的高峰的卷轴。在这样的精神磨砺和精神考问中，格非清醒地洞察了这个时代的一切。因而，他笔下的人物，实际上灌注了他痛切的思考和疑问。帕乌斯托夫斯基在论述到福楼拜与作品中人物关系的时候说："在福楼拜身上高度地表现了那种文学理论家们称作作家人格化的特性，简言之，这是一种禀赋，作家以强烈的力量，使自身与人物合成一体，亲身极其痛苦地体验作品人物（按照作家意志）所遭遇的一切。"②格非既具有这种气质禀赋，同时又有着清醒的现实关怀。在这场中国史无前例的社会变革和历史转型中，格非焦灼地关注着阵痛创伤，以自己的人格和良知，留下一部丰富的当代知识分子的生活总志、一部当代中国人生存的清晰图景。而悲伤，则是这部总志的"魂灵"。

一

按照马克思·韦伯的经典论述，现代化就精神形态而言，是一

---

① 郭春林：《春有尽，诗无涯》，《长篇小说选刊》，2012年第2期。

② 〔苏联〕帕乌斯托夫斯基：《金蔷薇》，李时、薛菲译，第127页。桂林：漓江出版社，1997年。

个世俗化的过程，一个除魅的过程，一个价值多元的过程，一个工具理性代替价值理性的过程。早在半个多世纪前，沈从文就敏锐地感觉到了现代化过程带来的问题，他在《长河·题记》里说道："表面上看来，事事物物自然都有了极大进步，试仔细注意，便见出在变化中堕落趋势。最明显的事，即农村社会中所保有那点正直素朴人情美，几乎快要消失无余，代替而来的却是近二十年来社会培养成功的一种唯实唯利庸俗人生观，敬鬼神畏天命的迷信固然已被常识摧毁，然而做人时的义利取舍是非辨别也随同泯灭了。"①沈从文记录下了现代生活侵入中国之后带来的冲突、震荡和灾难，以及在物质和精神上给中国农民带来的巨大压迫。他写出了这种"变"，也写出了千百年来湘西人生活中的"常"。借用夏志清的论述，"永恒和流变"是《长河》紧紧围绕的两个主题。②在天灾人祸面前，他们保持着健康、朴素的生活方式，保有耿直、乐观的心态，表达出一种坚韧的生存力量。这种坚韧和苦难映照起来，愈见悲怆，因而更具有悲剧冲击力。湘西人面对的时代变幻的剧烈程度，自然无法与我们所处的时代相比。我们不仅面对着环境的极度破坏污染、人性的极度陨落，同时也面临着可怕的精神的连根拔起。因而，在格非的笔下，只有"流变"，而没有"永恒"，现实成了可怕的"恶之花"。在《春尽江南》中我们可以看到，人们赖以生存的外部环境被破坏、被污染，"诗意的栖居"被放逐了，而且人性中的善良、同情、希望等美好的"诗意"也被完全搁置起来，生活完全信奉弱肉强食的丛林原则。原来被称为城市之肺的鹤浦已经完全被污染了，黑云蔽日，不见阳光，垃圾遍地，恶臭难闻。与此同时，端午看到的是村庄的消失：

198

> ……他的头痛得像要裂开似的，偶尔睁开蒙眬的醉眼，张望一下车窗外的山野风光，也无非是灰蒙蒙的天

---

① 沈从文：《沈从文全集》（第十卷），第6页。太原：北岳文艺出版社，2002年。
② 〔美〕夏志清：《中国现代小说史》，第309页。

空，空旷的天地、浮满绿藻的池塘和一段段红色的围墙。围墙上预防艾滋病的宣传标语随时可见。红色砖墙的墙根下偶尔可以见到一堆一堆的垃圾。

奇怪的是，他几乎看不到一个村庄。

在春天的田野中，一闪而过的，是一两幢孤零零的房屋。如果不是路边肮脏的店铺，就是待拆除的村庄的残余——屋顶塌陷，山墙尖耸，椽子外露，默默地在雨中静伏着。他知道，乡村正在消失。据说，农民们不仅不反对拆迁，而且急不可待，翘首以盼。但不管怎么说，乡村正在大规模消失。

然而，春天的田畴总归不会真正荒芜。资本像飓风一样，刮遍了仲春的江南，给颓败穿上了繁华或时尚的外衣，尽管总是有点不太合身，有点虚张声势。你终归可以看到高等级的六车道马路，奢侈而夸张的绿化带；终归可以看到一辆接着一辆开过的豪华婚车——反光镜上绑着红气球，闪着双灯，奔向想象中的幸福；终归可以看到沿途巨大的房地产广告牌，以及它所担保的"梦幻人生"。[1]

一味追求 GDP，生态环境遭受极度破坏。与此同时，经济利益和现实考虑，使得人性与道德极度滑坡，丛林法则成为主导社会的生存法则。金钱拜物教使得人们见利忘义，放弃了最基本的道德底线，食品安全也前所未有地令人不安，生活成了一件极度可怕的事情。小说极力表现了这种令人惧怕的存在焦虑——可口可乐会让人骨头"发酥"，炸薯条"含有地沟油"，爆米花"用工业糖精烘出来，且含有荧光增白剂"，[2]"水不能喝，牛奶喝不得。豆芽里有亮白剂。鳝鱼里有避孕药。银耳是用硫黄熏出来的。猪肉里藏有 B2 受体激动剂。癌症的发病率已经超过百分之二十。相对于空气污染，抽烟

---

[1] 格非：《春尽江南》，第 296 页。上海：上海文艺出版社，2011 年。

[2] 同上，第 270 页。

还算安全。老田说，他每天都要服用一粒儿子从加拿大买来的深海鱼油，三粒复合维生素，还有女儿孝敬他的阿胶"。①现代生活使得人们既享受了生活的舒适便捷，同时也得面对前所未有的生存难题。然而，这只是生活的外部形态，更令人难以忍受的，是现代生活中人的悲观、孤独和方向感的迷失。生活中美好的东西全被打碎了，生活的意义被抽空了。生活忙乱污秽，平庸得令人难以忍受，而孤独成了生命个体难以挥去的梦魇，也成为整个社会的一种整体性状态。正如《人面桃花》中的王观澄所言："每个人的心都是一个小岛，被水围困，与世隔绝。"《春尽江南》中，我们一方面看到"唯实唯利庸俗人生观"带来的环境恶化、道德滑坡，另一方面看到人们生存的空虚、焦虑和孤独。李秀蓉将名字改为庞家玉，从文学青年变为律师，不仅仅是个人的兴趣职业的选择，同时也是唯实唯利的现实主义人生观取代了浪漫的理想主义。她对谭端午的爱情源于八十年代的理想主义氛围，而他们的婚姻则在物质主义横行的九十年代跌跌撞撞。同时，谭端午的那套东西也被妻子庞家玉完全摒弃，在唯实唯利的生存竞争中，她成了丈夫不折不扣的"导师"。她对丈夫说："这个社会什么都需要，唯独不需要敏感。要想在这个社会中生存，你必须让自己的神经系统变得像钢筋一样粗。"②庞家玉从改名开始，就标志着她如同于连一样，要在弱肉强食的社会中打拼立足。她放弃了自己的文学兴趣，放弃了自己大学的专业船舶制造，做起了小本生意。在看到律师的行当收入可观时，她经过高人的指点和自己的不懈努力，考取了律师执照，与人合办了律师事务所，成了这个社会的成功者。她成了有钱人，买了地段很好的房子，购了车，儿子也以极差的成绩，转学到全市最好的鹤浦实验小学。在生活中，庞家玉是成功者，也成为她的家庭的主宰者。她想怎样训斥丈夫就怎样训斥丈夫，想怎样斥责儿子就怎样斥责儿子。她的成功学同时也成为家庭生活的法则。白天，她忙于工作，

---

① 格非：《春尽江南》，第 31 页。
② 同上，第 58 页。

晚上，则将所有的精力用来折腾孩子。她逼孩子背《尚书》《礼记》，自己学奥数来教孩子，对儿子的自闭症视而不见，时常暴怒，摔碟子摔碗。她在儿子身上，一丝不苟地实践着自己的人生信条：一步也不能落下。她深谙这个社会的存在法则——残忍、无情、弱肉强食。为了达到自己的目的，她可以不择一切手段。儿子若若的成绩终于超过了她视为眼中钉的戴思琪，她欣喜若狂，有着报复得逞的欢颜。唐宁湾的房子被人霸占后，她动用一切社会关系，求助自己昔日的情人——警察唐燕升，甚至请来黑社会，终于要回了房子。同时，她空虚、孤独、无聊，参加各种培训班，玩弄时尚、跟风、婚外偷情。成功的另一面，是无法形容的百无聊赖和无边的空虚孤独。小说的最后，写到庞家玉在生命终结时顿悟，终于意识到了自己的悲剧性生存。她竭尽全力地拼搏奋斗，自以为融入了这个社会。但没有想到，她这么快地就被医院的化验单温柔地通知出局。她几乎原谅了所有人，不再希望孩子出人头地，不再后悔和丈夫相识。生命的即将结束，迫使她反思自己的人生。她觉得自己过去的生活不是一出喜剧，而是一出彻头彻尾的悲剧。

生活中的谭端午是一个彻底的失败者，用庞家玉的话说，他将一天天地这样烂掉，成为一个不折不扣的"废人"。他在地方志办公室上班，这是一个无所事事的养老单位，工资每月只有两千多元。在妻子面前，他没有说话的底气，也没有任何尊严。栖身单位带给他的最大好处，就是接受了同事冯延鹤的影响。冯延鹤痴迷《庄子》，凡讲话几乎都要谈到庄子。谭端午在他的影响下，阅读了《庄子》，并接受了冯延鹤阐发的逃避主义生活哲学——"无用者无忧，泛若不系之舟。你只有先成为一个无用的人，才能最终成为自己。"因而，他将自己置身于生活之外，只剩下一点声色之娱和读《新五代史》的唏嘘感叹。他仍然写诗，但从不给人看。理想主义在他身上气若游丝。他在现实中无所适从、无所傍依，他如同一朵浮萍一样，没有方向感。生活只剩下了屈辱的妥协和顺从。然而，他是满足的，甚至是庆幸的。正如小说中所写的："在这个恶性竞争搞得每个人都灵魂出窍的时代里，端午当然有理由为自己置身于这个社会之外而感到自得。"①和绿珠的相遇，则在谭端午死水一般的生活中泛起了微澜，荡漾起了诗意。这个才貌惊人、性格乖僻的奇女子，如同《红楼梦》中的妙玉一样，是污浊现实中的奇葩。她毫不留情地针砭时事，批评朋友，指责端午。在小说中，也许唯有她，才可以将逃避现实、只为自己考虑的谭端午拉回来。然而，最终还是没有拉回。绿珠对生活是绝望的，绝望中有抗争；谭端午对生活也是绝望的，但绝望中只有逃避。他孤独、迷茫、彷徨，没有力量去恨，也没有力量去爱，也从不试图冲出围困自己的铁栅栏。他和绿珠的相遇，终而成为一出怜香惜玉的邂逅和艳遇。他们一起沉入悲观主义的泥淖中，不做丝毫的挣扎，任其愈陷愈深。

因而，我们可以说，悲观主义是笼罩《春尽江南》的阴霾。我们在小说中所看到的，是在这种悲观的幕布上上演的存在悲剧。有学者认为，前期的格非"在哲学上是一个'存在主义者'，对于'历史'和'现实'，甚至作为它们的载体与存在方式的'记忆'和'叙事'的所谓'真实性'，都抱有深深的怀疑，对人性和存在都抱着深深的绝望"。②在《春尽江南》中，我们可以清楚地看到，先锋时期形成的这种悲观主义诗学，依然深深地植入了"人面桃花"三部曲中。当然，这不仅仅是承袭，迎面而来的，还有残酷现实带给作者的切肤感受。我们这里且不去探究这两者孰重孰轻的问题，总之，悲观主义诗学，成为格非切入现实、判断现实和表现现实的中心视点。不少作家认为，小说，就是给在黑暗中的人希望、勇气，哪怕这种希望和勇气如豆一般。湖面结冰，湖底的鱼儿不会全被冻死。即使悲观绝望地沉到底层，也应该有人性浩瀚的沉浮。时代的病态和人的病态是我们无法否认的事实。"人的病态越是变得常规化，我们就越是应当尊崇那些罕见的、侥幸的、灵肉结合的威力，我们就越是应当更严格地保护这些有教养的人不受最恶劣的病房空气的侵扰。"可惜我们看不到这样的人，我们对社会、人生和自己

---

① 格非：《春尽江南》，第47页。

② 张清华：《存在之镜与智慧之灯——中国当代小说叙事及美学研究》，第247页。福州：福建教育出版社，2010年。

恐惧、绝望，而"造成最大的灾祸的原因不是严重的恐惧而是对人的深刻厌恶和怜悯，这两种感情一旦合二为一就势不可免地立刻产出世上最大的灾难：即人的'最后意志'，他的虚无意志，他的虚无主义"。①当然，并不需要作者指出一条道来，或者廉价地给出一丝希望。聪明的作家，也不会如此去做。真实地表达，是一种态度，也是一种哲学。但是，悲剧的诗学，光是震撼人心是不够的，作家还应该努力去照亮人心，应该如同陀思妥耶夫斯基那样，不仅"剥去了表面的洁白，拷问出底下的罪恶，还要拷问出罪恶底下真正的洁白"，提供给读者另外一种人生。对此，沈从文认为："我们得承认，一个好作品照例会使人觉得真美感觉以外，还有一种引人'向善'的力量。我说的向善，它的意义，不仅仅是属于社会道德一方面'做好人'为止。我指的是读者能从作品中接触了另外一种人生，从这种人生景象中有所启示，对人生或者生命能做更深一层的理解。"②正如斯塔尔夫人所言，"好的悲剧应该先把心撕碎，然后使他更加坚强。的确，真正伟大的性格，无论是处在怎样痛苦的环境，总是可以使观众产生赞赏之情，使他们有更大的力量面对厄运的"。③然而，格非并不随俗，他遁入黑暗，不给我们任何希望，用这种无边的黑暗，压迫我们奋力抗争，打开黑暗的门窗。

二

在"人面桃花"三部曲中，格非前期形成的某些叙事话语不自觉地将论证植入叙事当中。解释历史或者事件何以会如此发生的诠

---

① 〔德〕尼采：《论道德的谱系》，周红译，第98页。北京：生活·读书·新知三联书店，1992年。

② 沈从文：《小说作者和读者》，沈从文：《抽象的抒情》，第18页。上海：复旦大学出版社，2004年。

③ 〔法〕斯塔尔夫人：《从社会制度与文学的关系论文学》，伍蠡甫、胡经之主编：《西方文艺理论名著选编》（中卷），第28页。

释形式，即对历史、人性、生活等的看法，成为作者一种固定的认知。这种东西，在作家的创作经验中，是隐形存在、不易察觉的。即使作家意识到，并有意地予以调整和变化，往往也是于事无补、不见效力的。我们知道，格非前期创作，受到了西方现代主义小说的影响。而这类小说，有相当一部分是主题生成形象的结果。这里需要说明的是，"'主题先行'本身也许并不必然导致对文学来讲极为可怕的后果。带来麻烦的往往是'主题'本身"。[①]如果作家能够通过自己自由独立的思考、体验，挖掘到深刻思想的独到价值，形之于富于魅力的艺术构思和文字表达，必然会产生优秀乃至伟大的作品。文学史上，这样的例子屡见不鲜，如伏尔泰的《老实人》、狄德罗的《拉摩的侄儿》、戈尔丁的《蝇王》等。格非前期的作品，就有不少佳构。同时，这里面牵涉到小说写作的一个关键问题，即作者如何将自己的"思想"经过修辞转化，内化为小说的"思想"。对此，韦勒克说：

> 思想在实际上是怎样进入文学的。只要这些思想还仅仅是一些原始的素材和资料，就算不上文学作品中的思想问题。只有当这些思想与文学作品的肌理真正交织在一起，成为其组织的"基本要素"，质言之，只有当这些思想不再是通常意义和概念上的思想而成为象征甚至神话时，才会出现文学作品中的思想问题。[②]

如何经过修辞转化，将"思想与文学作品的肌理真正交织在一起"，对于小说家来说，是尤为关键的，直接决定着小说作品的谐和、圆熟与饱满。对此，格非是非常清醒的，他说，"个人经验"是小说"最重要的东西"，但"个人经验"需要"重新陌生化。假如我们不加选择地试图呼唤、唤醒个人经验的话，你可能唤醒社会

---

① 李建军：《必要的反对》，第 260 页。济南：山东文艺出版社，2005 年。
② 〔美〕R. 韦勒克、A. 沃伦：《文学理论》，第 137—138 页，刘象愚等译。南京：凤凰出版传媒集团、江苏教育出版社，2005 年。

话语对你的引导"。①而关键，则在于具体的操作过程。与此同时，格非还面临着一个问题，那就是《春尽江南》相对于他擅长处理的历史题材而言，是比较陌生的。《春尽江南》与现实短兵相接，个人视角的或近或远，都会影响到小说表现的力度。只有选择一个恰当的立足点，或许才能够恰切地透视出当下生活本质性的东西。小说中，我们可以看到，作者将自己的思想，通过叙述者或者笔下的人物，和盘托出，不予留白。在小说的开始，就定下了悲观绝望的调子，整个小说，都是在这样一个调子中进行的。如开头作者写到谭端午和妻子的婚后生活，"再后来，就像我们大家所共同感受到的那样，时间已经停止提供任何有价值的东西。你在这个世界上活上一百年，还是一天，基本上没有了多大的区别。用端午略显夸张的诗歌语言来表述，等待死去，正在成为活下去的基本理由"。②类似这样的睿智叙述，在小说中随处可遇。如小说的第 29 页："当时，端午已经清楚地意识到，秀蓉在改掉她名字的同时，也改变了整整一个时代。"读到这句话，我当时心里有过一震。不过，作者在小说中始终没有交代，秀蓉何以变成了家玉。这样一来，就等于作者将自己所要表达的一切，急切地、毫无保留地呈现给了读者。作者把读者当成了知心人，把自己知道的一切都毫无保留地告诉了读者。那么，作家能否这样做呢？福斯特对此也曾有疑问："作家能不能将读者当作知心人，把人物的一切都告诉他呢？答案显然是：最好不要。因为太危险了。这个做法会导致读者劲头下降，导致智力和情绪出现停滞。更糟的是，会使读者产生儿戏感，像是应邀到后台作一次友好访问，看看各种人物是如何协同演出似的。"③在《春尽江南》中，读者一眼即可以望到后台，瞭望到主要人物谭端午和庞家玉的内心。作者热衷于将自己的思想和情绪通过叙述表达出

---

① 格非:《故事的去魅和复魅——传统故事、虚构小说与信息叙事》，《名作欣赏》2012 年第 2 期。
② 格非:《春尽江南》，第 5 页。
③ 〔英〕福斯特:《小说面面观》，第 71—72 页。广州:花城出版社，1984 年。

来，急于对一切作出解释和判断，所有东西都是"实在的"（当然，还有宿命者，谭端午的哥哥），几乎没有留给读者多少空间。这是因为擅长历史叙事的格非在遭遇现实的时候，无法在"实"与"虚"之间寻找一个恰当的平衡点，因而总给人思想贴在脸上的感觉。对于作家急于解释，辛格提醒道："事实是从来不会陈旧过时的，而看法却总是会陈旧过时。一个作家如果太热心于解释、分析心理，那么他刚一开始就已经不合时宜了。你不可想象荷马根据古代希腊的哲学，或者根据他那时代的心理学，解释他笔下英雄人物的行为。要是这样的话，就没有人爱读荷马了。幸运的是，荷马给我们的只是形象和事实，就是为了这个缘故，《伊利亚特》和《奥德赛》我们至今读来犹感新鲜。我想一切写作都是如此。"[①]正因为《春尽江南》急于解释，急于说出自己知道的东西，因而给人有"观念"大于"形象"的感觉。同时，这个问题也带来并导致生动细节的缺乏。在阅读《春尽江南》的时候，我们常常会被叙述人或者人物的睿智思想或者表达裹挟而下，在细节上不甚留意或者发现不了非常经典的细节，小说内容在读者的脑海里不能长久驻留，这势必会影响到小说的表现力。对此，纳博科夫说："文学，真正的文学，并不能像某种也许对心脏或头脑——灵魂之胃有益的药剂那样让人一口囫囵吞下。文学应该给拿来掰成一小块一小块——然后你才会在手掌间闻到它可爱的味道，把它放在嘴里津津有味地细细咀嚼；——于是，也只有在这时，它稀有的香味才会让你真正有价值地品尝到，它那碎片也就会在你的头脑中重新组合起来，显露出一个统一体，而你对那种美已经付出不少自己的精力。"[②]我觉得，在整体上，《春尽江南》不失为一部杰作，而在细节上，缺少那种"拿来掰成一小块一小块"的，能"放在嘴里津津有味地细细咀嚼"的东西。这或者跟格非的职业——教师有着莫大的关系。他总想把自己内心的东

---

① 〔美〕辛格：《我的创作方式》，崔道怡主编：《"冰山"理论：对话与潜对话》（上），第112页。

② 〔美〕纳博科夫：《俄罗斯文学讲稿》，转引自钱满素：《美国当代小说家论》，第244页。北京：中国社会科学出版社，1987年。

西毫不保留地呈现出来，因而读者看来也是一览无余，留不下持久深入的思考。当然，这只是我自己的浅陋猜度。按照格非先锋小说形成的修辞经验，本应该处理得更为混沌和内敛一些，然而一旦进入到现实，格非还是缺少其历史叙述的游刃有余。

谭端午很容易使我们想起加缪《局外人》中的莫尔索。我们似乎可以说，这两部小说都是表达生存的荒诞，主题先于形象。当然，这两部小说也有很大的不同。谭端午感到，"时间已经停止提供任何有价值的东西"。在莫尔索的世界里，生活的意义也被抽空了："我想，又一个星期天过去了，妈妈已经埋了，我又要上班去了。总的说来一切如旧。"《局外人》是为了阐释加缪的存在主义哲学：世界是冰冷的，人是孤独的，人与人之间的冷漠和隔阂是难以消除的。由于作者相对冷静、不动声色的叙述，使得这样的主题层层包孕在小说的叙述和人物形象之中，使得小说并不干枯和呆板。在这点上，《春尽江南》和《局外人》有很大的相似之处。然而有时候由于作者的焦灼和迫切，急于做"啄食社会腐肉的秃鹫"，①作者本人常不能自已，急于让叙述者或者人物过多地承载自己思想。这样一来，作者那种悲剧化的人生体验或者小说诗学便未能经过审慎恰当的修辞转化，非常直白地表达出来。而这种东西，是作者本人的，或经过本人整顿的，非常理性化。人物未来的活动至少是一部分被规定好了，读者很难看到事先无法预见的情感和行为，这部分从描写和定义中消失了。如果接受了这种预定的本性，那么便会影响到小说的艺术效果。作者利用自己作家的全部权威，让我们把外部的感情当成人物的内部本质，不经意间将自己的意志和感情渗透到人物身上和小说之中，如同一个法官一样从外部去考察一个人物。我们跟着作者跑到外面，从外部打量凝视着主人公。作者急不可耐地要读者去领会主人公的性格，并将入门的钥匙很豪爽地交给我们。这正如萨特在分析莫利亚克的《黑夜的终止》所说的："莫

① 林一安：《加西亚·马尔克斯研究》，第174—175页。昆明：云南人民出版社，1993年。

利亚克先生时常在他的小说中塞进一些定论性的评价，这证明他并没有像他理应所做到的那样去理解自己的人物。他在写作之前，就把人物的本质锤炼定了，并且下令他们以后应当是这样或者是那样。"①当然，这里并不是说谭端午的"本质"是作者锤炼的。而是说，在小说的叙述中，由于一些定论性的评价使得谭端午的形象没有期待的那样饱含生气。小说中另外一个主要人物绿珠多少也给人有这样的感觉。应该说这个人物是作者心目中一个理想化的人物，在她出场的时候，并没有通过这样一个才貌双全的奇女子被侮辱与被损害来突出人物之美，时代之悲。她一张口，就给自己定了调子——"……她喜欢戈壁滩中悲凉的落日。她唯一的伴侣就是随身携带的悲哀。她说，自从她记事的时候起，悲哀就像一条小蛇，盘踞在她的身体里，温柔地贴着她的心，伴随着她一起长大。她觉得这个世界没意思透了。"②她生活中的一切活动似乎都没有冲破这样的调子，似乎从头到尾为这段话来诠释。她不随世俗，举止奇异，才貌惊人，在烂泥塘般的生存环境中，能够针砭时弊，指责谭端午那样懦弱的知识分子，散发出异样的光辉。同时，她也染上了污泥，说话粗鲁，动辄发怒。在小说中，作者也曾表现出她的温柔与细腻，但这两者，我们很难将之集中在一个能把《荒原》从头背到尾，不论是查良铮版、赵萝蕤版，还是裘小龙版，都能一字不落，出口不是《诗经》便是文学典故的女性身上。这个和《红楼梦》中妙玉很相似的女性，作者可能想把她塑造成一个"终陷淖泥中"的"金玉质"，然而由于表达的急切却使得这个人物的形象很难统一。如果作者能将绿珠塑造成妙玉那样一个虽屡遭侮辱与损害却依然洁净孤傲、纯粹天真的"世难容"的形象，可能既具有悲剧的冲击力，也使得小说更为摇曳多姿。

对格非而言，《春尽江南》的特殊在于，作家不是在自己熟稔的想象中表达自己的历史诗学，而是要在现实生活的处理中，建造

---

① 〔法〕萨特:《弗朗索瓦·莫利亚克先生与自由》，李瑜青、凡人编:《萨特文学论文集》，第11页，施康强等人译。合肥:安徽文艺出版社，1998年。

② 格非:《春尽江南》，第37页。

自己的美学大厦，表达自己的现实判断。现实留给格非的创造空间，没有了前两部作品的优裕自如。相对而言，这对于格非是一个较为生疏的地域。《春尽江南》中的内容，对于我们而言，并不陌生，关键在于作者如何将这样一个大家都能感受到的"悲凉之雾"，融入到作品的内容之中，表现出令我们熟悉的"陌生"来，并带给我们挥之不去、抱之不尽、味之无极的审美徘徊和意义世界。正是因为在这个问题的处理上，没有找到完美恰当的"点"，使得《春尽江南》缺少《人面桃花》和《山河入梦》的内敛沉静与峰回路转，也缺少那种持久的冲击力。

三

　　格非说，《春尽江南》是一部关于"失败者"的书。其实，无论《人面桃花》还是《山河入梦》，都可以看成"失败者"的书，或者"失败者"的历史。这些"失败者"，都是知识分子。所不同的是，前两部书中的"失败者"张季元、秀米、谭功达、姚佩佩等还有对理想的追求、对现实的反抗，《春尽江南》中的"失败者"则没有了任何抗争，心灵中也没有任何美好的图景，只剩下对现实的妥协或屈从，最多就是重复欧阳修《新五代史》中发出的感叹"以忧卒"。在这点上，谭端午和莫尔索有很大的不同。莫尔索意识到了自己存在的荒诞和无聊，然而他在反抗着，甚至最终用自己的生命来反抗。而谭端午，无聊成了一种无为、无求、无欲的自由状态。我们知道，这种无聊常常为反抗现实提供了时间和空间。在早期欧洲的现代知识精英身上，无聊是一种普遍的精神状态，他们在舒适慵懒的生活中消磨时间，同时也在思索乃至反抗不合理的现实。因而本雅明说："无聊是梦中的鸟儿，孵育了经验之卵。"[1]而谭

209

---

① 〔美〕雅各比:《不完美的图像——反乌托邦时代的乌托邦思想》，姚建彬译，第 37 页。北京:新星出版社，2007 年。

端午，成了一个妥协者和顺从者，只会悲春伤秋，发几句感叹。他是中国当代知识分子的化身。

大学毕业前夕，小有名气的诗人谭端午也参与了那场席卷全国的大事，"他每天只睡三四个小时，在任何时候都显得情绪亢进、眼睛血红、嗓音嘶哑。他以为自己正在创造历史，旋转乾坤，可事实证明，那不过是一次偶发的例行梦游而已"。①失败使得谭端午很快自我否定，甚至将这场自己全身投入极为亢奋的历史事件当成"一次偶发的例行梦游而已"。他开始自我放逐，漫无目的地在大江南北漂游，最终回到了家乡的招隐寺，逃匿到虚幻之中。在阅读欧阳修的《新五代史》的叹息中，表明自己是一个停止了思想的知识分子。他总是在现实和虚幻之中逃遁，他读，也喜欢虚幻飘逸的《庄子》。他每天听一点海顿或莫扎特，是谭端午最低限度的声色之娱。唐宁湾的房子被人占了，这件事情颠覆了他四十年以来全部的生活经验。"他像水母一样软弱无力。同时，他也悲哀地感觉到，自己与这个社会疏离到了什么地步。"②他只是悲哀，叹息，现实完全击败了他，在自怨自艾中逃脱了自己的道德责任和精神担当。在对未来绝望的表达中，他自己也被困住了。他只关心当下，关心自己。他像哈耶克所说的那样："当文明的进程发生了一个出人意料的转折时——即当我们发现自己没有像我们预料的那样持续前进，而是受到我们将其与往昔野蛮时代联想在一起的种种邪恶的威胁时，我们自然要怨天尤人而不自责。"③知识分子的悲剧是由时代造成的，这往往是知识分子推脱责任和担当的言辞。但实际上，他们连自己也拯救不了。怨天尤人而不自责，正是谭端午那批八十年代的知识分子在理想主义幻灭之后的精神症候。因而，端午引以为知己的绿珠也责备他："我最不喜欢你们五六十年代出生的这帮人。畏首畏尾，却又工于心计。脑子里一刻不停地转着的，都是肮

---

① 格非:《春尽江南》，第23页。
② 同上，第9页。
③ 〔英〕哈耶克:《通往奴役之路》，王明毅等译，第18页。北京：中国社会科学出版社，1997年。

脏的欲念，可偏偏要装出道貌岸然的样子。社会就是被你们这样的人给搞坏的。"①甚至指责他说："你们这种人，永远会把自己摆在最安全的地位。"绿珠毫不留情的指责，公开揭露了当下这批知识分子的灵魂世界和精神处境，同时也表现出作者对这一代知识分子的深深绝望与批判。我们知道，知识分子如果充当救世主难免会带来灾难，但知识分子那双看清世界的亮眼被遮蔽起来，肩上的责任被卸掉以后，那么必然会引起道德的没落紊乱，而道德的没落紊乱，必然会加剧知识的混乱、堕退。知识分子的责任——"乃在求得各种正确知识，冒悲剧性的危险，不逃避，不诡随，把自己所认为正确、而为现实所需要的知识，影响到社会上去，在与社会的干涉中来考验自己，考验自己所求得知识的性能，以进一步发展、建立为我们国家、人类所需要的知识。"②然而我们这个时代，"冒悲剧性的危险，不逃避，不诡随"的知识分子寥若晨星，坚持担当的代价太大了。就这样，知识分子卸掉了历史赋予的重担，苟苟且且、如同水母一样地生活着。这和沈从文痛切的上个世纪四十年代的社会现状很相似：

> 一种可怕庸俗的实际主义正在这个社会各组织各阶层中间普遍流行，腐蚀我们多数人做人的良心做人的理想，且在同时还像正在把许多人有形无形市侩化，社会中优秀分子一部分所梦想所希望，也只是糊口，混日子了事，毫无一种较高尚的感情，更缺少用这感情去追求一个美丽而伟大的道德原则的勇气时，我们这个民族应当怎么办？③

今日，我们同样面临着"我们这个民族应当怎么办？"的严峻

① 格非：《春尽江南》，第66页。
② 徐复观：《中国知识分子的责任》，《中国人的生命精神》，第137页。上海：华东师范大学出版社，2004年。
③ 沈从文：《云南看云》，《沈从文全集》（第十卷），第79页。太原：北岳文艺出版社，2002年。

课题。我们知道："在一个国情如此、体制如此、风气如此的社会，想独善其身都不容易，还有什么道德精神力量驱使一个人去做一个好人？没有信仰，做好人太难了。"①像徐复观所说的那样，"冒悲剧性的危险，不逃避，不诡随"，固然要付出很大乃至生命的代价，但一个民族如果没有这样的人物或者缺少这样的人物，就会成为可怜的奴隶之邦或者生物之群。我们这个时代的知识分子，连自己也拯救不了，更遑论照亮别人。格非用严厉的类似于鲁迅的"一个也不宽恕"的笔墨，画出了这个时代知识分子的魂灵，挤出了他们饫甘餍肥下的空虚无聊。同时也促使我们在深思和考问，我们时代的知识分子"怎么办"？

四

从《人面桃花》开始，格非的写作有了明显的转向。值得注意的是，先锋写作形成的小说修辞经验，比如神秘、超现实、隐喻、象征、疯癫、预言，以及悲观主义的历史诗学，虚无、绝望的存在主义哲学，并未随着作者有意识地向传统回归而全然摒弃。在"人面桃花"三部曲中，这种经验依然或隐或现地出现，打上了先锋写作寻求变新、力图转换的鲜明"胎记"。当作家企图用小说在呼唤和重建历史意义的时候，这些修辞上的自觉如果得到恰切合楔的使用，往往会收到积极而极具价值的修辞效果。《人面桃花》和《山河入梦》充分地证明了这一点。然而，惯性的退拽使得"人面桃花"三部曲中仍然留下了玄虚神秘的内容。如《人面桃花》中发疯并离家出走的秀米父亲陆侃、神秘宝图、神奇的"忘忧釜"，突然出现的张季元等，使得小说笼罩着虚幻神秘的气氛，留有很大的空白。这种悬念设置并不点透，使得读者在理解作品时充满障碍，有时候"不仅是作者在人物形象塑造上的欠缺，也是作者在必要的故事叙

---

① 《盛世中国，2013年》，第166页。香港：牛津大学出版社，2012年。

说上的欠缺"。作为历史的重新叙述，自然允许适当的历史想象，但毕竟和悬念小说有所区别。我们知道："一部严肃认真对待的历史背景小说的成功，靠的只能是作者的真知灼见，只能是作者对历史和历史人物的一次超时代的准确把脉和漂亮还原。悬念，是一种更适合用于体现聪敏灵巧的短小说中的写作技巧，很难将一个悬念罩住一部长篇更尤其是一部有历史跨度的长篇。且不说这样的悬念诱惑随着时间内容的加入会被大大削弱，对一个长篇小说来说，悬念这样的心机太小了，小得不适合。"[1]《山河入梦》中也有类似的玄秘虚幻。比如无处不在却无从看见的严密监控（神秘的101，和奥威尔《一九八四》中的老大哥很相似），姚佩佩躲避追捕跑了一个圆圈，又回到出发地，等等。不过在处理上，更为圆润一些。在遭遇现实的《春尽江南》中，我们同样也能够看到一些神奇特异的事情：谭端午同母异父的疯子兄弟王元庆能预言未来，抢占庞家玉房子的李春霞闻到了庞家玉身上死亡的气味，给绿珠写了几百首十四行诗的"姨夫老弟"令人费解的单恋等，这些都使得小说仍然有些许缥缈虚幻。如果这些处理不当，就会和现实产生悬隔，反而增加了新的迷雾。同时，小说在叙事上有很大的跳跃，从而使得情节比较突兀。比如若若学习成绩在庞家玉大骂班主任，撒手不管之后突然变成第一；宋惠莲前后的变化很突然，也有些漫画化；"姨夫老弟"前面感觉就是爆发的地痞流氓，后来居然给绿珠写了那么多的十四行诗，再则，如何将绿珠从戈壁滩深处掳掠回来，也语焉不详，这其中，绿珠有没有反抗等也无交代。如以庞家玉染病之后的突然"觉悟"为例，按照小说前半部分的内容，庞家玉那样地务实、要强、当真，不大可能突然超越。以她的这种性格，至少是很困难的。死亡固然是个很有力量的东西，但在某些执拗倔强的人身上，即使死亡也不能够使其改变其性格。生活中不乏这样的例子。小说的结尾和开头也多少有些老套，以作者的才华，应该处理得更吸引

213

---

[1]　黄惟群：《神神乎乎的悬念和突变——格非的〈人面桃花〉解读》，《小说评论》2006年第4期。

人些。第一章"招隐寺之夜"写得也不够透彻。按情理而言，谭端午抛弃了将初夜委身与他的李秀蓉，离开时，她还发着高烧，谭端午竟然掏走了身上最后一分钱，这样的人，可谓无情无义、道德败坏了。两年之后，已经改名庞家玉的李秀蓉企图新生。在她准备结婚的时候，邂逅谭端午，她不但没有指责报复这个无情无义的陈世美，还毫不犹豫地迅速结束自己的婚姻，重新投入这个带给她很大创伤的诗人的怀抱。这令人费解，至少不合生活的逻辑。

　　《春尽江南》里另一个很明显的现象，就是作者向以《红楼梦》为代表的中国古典小说传统回归。在《人面桃花》和《山河入梦》中，已有非常明显的迹象。[①]《春尽江南》的《红楼》韵味，在绿珠身上体现得尤为明显，作者甚至在叙述中直接点明。端午和绿珠第一次相遇分手的时候，绿珠感叹，"没有妙玉来请我们喝茶"。[②]这里不由得使我们联想到《红楼梦》四十一回。贾母、刘姥姥和宝玉去妙玉的寺院。妙玉招呼好贾母，将宝钗和黛玉带进耳房去喝茶，宝玉也跟了进去。茶叶未变，茶具却变了。宝、黛用其他茶具，唯宝玉用自己平时吃茶时的绿玉斗。这里面，表现出妙玉对宝玉的优待和心曲。绿珠具有妙玉的气质，其遭际、才华、性格和妙玉也有相通之处。她们都不能忍受"俗气"，可以成为精神的朋友，而不能成为生活上的伴侣，因而她们在现实生活中无法"容身"。妙玉自小多病，在找了许多替身都不中用的情况下，只得自己遁入空门，在蟠香寺与邢岫烟做了十年邻居，到长安都中才十七岁，后来进了大观园。妙玉蔑视权势，却又不得不依附权势，还要整天面对权势。同时，她还面临着大观园中王孙公子的侵扰。她自己也意识到了这种夹缝中生存的悲哀。再加之自己凄苦的身世，她形成了悲观的人生态度。她认为，汉晋五代唐宋以来皆没有好诗，只有两句好——"纵有千年铁门槛，终须一个土馒头。"所以自称"槛外

①　详见王俊敏《回归传统：论〈人面桃花〉的红楼韵味》(《现代语文》2007 年第 1 期)、谢刚《〈山河入梦〉：乌托邦的辩证内蕴》(《文艺争鸣》，2008 年第 4 期)。
②　格非：《春尽江南》，第 40 页。

之人"。又常赞叹文是庄子的好，故又或称"畸人"。(《红楼梦》第六十三回）我们看看绿珠，她的身世几乎和妙玉一样。在周围的那群男人中，她对谭端午情有独钟。绿珠和妙玉一样，"气质美如兰，才华馥比仙"，然而，两人具有几乎相同的生活轨迹。父亲死后，她在十七岁那年和母亲大吵一架，离家出走。在游历了大半个中国之后，到了敦煌。在一个叫"雷音寺"的戈壁古刹，遇到了守仁。守仁他们连哄带骗，将绿珠带回鹤浦的"呼啸山庄"。绿珠虽和妙玉有相似之处，但其和妙玉又有很大的不同。比如她泼辣、乖戾、暴躁，出口时杂污言秽语。污浊的生活使她染上了一些坏毛病、坏习气，但她本真、执拗，仍然保持着自己的金玉之质，成为时代泥潭中一朵绚烂的奇葩。绿珠既有妙玉的古典气质，同时又有着浓郁的时代悲剧的气息，应该说是当代文坛人物画廊里一个独特的创造。需要注意的是，在二十世纪中国文学中，张爱玲、林语堂、白先勇、欧阳山等都从《红楼梦》里汲取了自己需要的营养。但同时，它作为中国古典小说的高峰，又影响着作家的突破和创造。张恨水、张爱玲、林语堂、白先勇、欧阳山等人的创作，虽然吸取了其中的某些方面，创造出了自己的得意之作，但没有一部能够超越《红楼梦》，甚至出现画虎不成反类犬的现象。这就提醒向《红楼梦》借鉴的作家，既要做到深入其中，又需要跳脱出来，这才可谓继承性的创造。而这点，尤为困难。

格非敏感睿智，其小说构思严谨缜密，叙述优雅从容，语言绚烂华丽，在深刻的历史的洞见和强烈的现实关怀之中，散发出悲怆凄凉的历史感叹和现实焦虑。这些都使得格非的写作在当代文坛成为鲜明的"这一个"，具有不可忽略的重要意义。《春尽江南》的可贵在于，它表明了在中国这场亘古未变的历史转型面前，作家的在场、清醒和痛感。小说的字里行间，散发出令人窒息的绝望，以及麻木被刺穿的悲哀。他没有留给我们一丝希望，他将所有的悲哀都托了出来。然而，掩卷之后，我们不禁要沉思，除了如同泰山压顶的悲哀之外，我们还会想起什么。我们理解格非的悲观、绝望，是的，"现实似乎没有给我们多少希望。不跟时代作对，而又要自外

悲观的诗学

215

于时代委实是艰难的，也是痛苦的。诗在这时无疑给了我们安慰。但诗只能拯救诗人和读诗者的灵魂，却不能'改变世界'，但重要的是改变世界。端午当然可以以庄子的'无用之用乃是大用'为自己辩解、宽慰乃至持守，可是，面对这样的时代，我们更迫切需要更加雄壮的诗"。[①]其实，诗歌也无法拯救端午自己。格非不给拯救的希望，将全部的黑暗倾倒出来，逼迫我们去应对。无尽的黑暗里，涌动的是作者对生存的焦虑，对知识分子懦弱的鞭挞。从《人面桃花》到《春尽江南》，格非探讨着花家舍百年来桃源梦的陨落，借此镜像中国现代化或者乌托邦过程中的"常与变"。"常"混沌而空渺，"变"触目而惊心，二者之间有渐无顿的历史逻辑和生活变迁，以及冲撞与张力，在小说的叙事中并不成功和完美。"失败者"或者懦弱者谭端午的努力和挣扎，如同鲁迅《在酒楼上》中的那个苍蝇一样，绕了一圈又回到外祖母陆秀米的原地，百年的追求画上了一个令人觉得吊诡、黯然的历史圆圈。那么谁来承担这一切，我们又该从哪儿出发呢？这是"江南三部曲"带给我们的无尽思考。

2016 年 5 月于长安小居安

[①] 郭春林:《春有尽，诗无涯》,《长篇小说选刊》,2012 年第 2 期。

从"城乡中国"到"城镇中国"
——新世纪城乡书写的叙事伦理与美学经验

　　二十世纪末至新世纪以来，中国城镇化[①]步伐急剧加快，农村人口大量向城镇流动。同时众多城市向周边农村扩张，"城乡中国"[②]向"城镇中国"迅速转型。"人口城市化"导致农村"空心化"，具体表现为土地荒芜、劳动力缺乏、空巢老人以及留守妇女儿童等一系列社会问题；"土地城市化"导致城市发展"一律化"，在带来规模效益的同时，也带来规模风险，诸如拆迁冲突、住房紧张、诚信危机、环境污染等问题突出。这种转型带来的城乡互动和

[①]　"城镇化"和"城市化"源自同一词"Urbanization"。一般将"Urban"译为"都市"并不确切，因为"Urban"是"Rural"（农村）的反义词。笼统地说，各种聚落类型除农村居民点以外，还有镇（Town）和城市（City）之分，城市细分还有一般的城市（City）和大都市（Metropolis）、特大都市或大都市带（Megalopolis）等区别。镇和镇以上的各级居民点都属于"Urbanplace"，宜统称为城镇居民点。而都市的"都"在我国从古到今泛指大城市，专指国家行政首府。显然，"都市"不能概括各类"Urban"型的居民点。"Urbanization"是人口从农村向各种类型的城镇居民点转移的过程，虽然在某一阶段可能主要表现为向大城市集中，但绝不是单纯向都市集中。因此，将"Urbanization"称为"都市化"比习惯上称作"城市化"更不确切，称"城镇化"更为准确和严密，也更符合中国实际（见叶连松主编：《中国特色城镇化》，第6页。石家庄：河北人民出版社，2003年）。

[②]　不少论者将二十世纪九十年代城镇化前的中国称为"乡土中国"，此论并不恰当。原因有二：一是五十年代国家意识形态固定的城乡二元对立，堵死了"乡土中国"并未完全堵塞的流动空间，阶级情、革命情严重冲淡了乡土社会以血缘和熟人为基础、以伦理为本位的社会结构和人情关系；二是经过新中国革命运动和阶级斗争以及九十年代后市场经济的冲击，中国的社会结构和人际关系，已与费孝通四十年代所言的"乡土中国"俨然不同，而五十年代国家意识形态所造成的城乡分离仍在延续。因此，用"城乡中国"更为符合历史和现实。

城乡关系的变化亘古未有，涉及痛切的历史经验和复杂的现实生活，牵动到政治、经济、文化与教育等方方面面，几乎囊括了当下中国的所有问题，自然也成为新世纪以来众目所瞩的文学命题。尤凤伟的《泥鳅》（2002），周大新的《湖光山色》（2006），贾平凹的《高兴》（2007）、《带灯》（2013）和《极花》（2016），李佩甫的《城的灯》（2009）与《生命册》（2012），刘庆邦的《到城里去》（2010），关仁山的《麦河》（2010）和《日头》（2014），格非的《春尽江南》（2011），余华的《第七天》（2013），方方的《涂自强的个人悲伤》（2013），林白的《北去来辞》（2013），孙惠芬的《歇马山庄》（2013），范小青的《我的名字叫王村》（2014），王安忆的《匿名》（2016），石一枫的《世间已无陈金芳》（2016），任晓雯的《好人宋没用》（2017）等作品，都几乎共时性地与现实生活接轨，表现或涉及城镇化给中国城乡带来的巨大冲击以及历史转型期的世态人心。这些作品或叙述"乡下人"在城市打拼挣扎的痛苦与无奈、在城市立足后的迷惘与彷徨；或叙述城市扩张后农村发生的"山乡巨变"；或塑造从城市返回乡村，带领村民脱贫致富的时代新人；或在城乡相互镜像的映照中，展示中国城市和乡村的奇异景观。少数作品能够超越城乡二元对立的限制，以一种更为复杂的眼光思考现代化进程中的城乡关系，以及乡土传统现代转换过程中的情感冲突与价值选择，让我们感受到进城者与返乡者的生存困难、身份焦虑与精神困惑。但总体上看，这些作品多以思想意识代替审美创造、以伦理态度代替价值选择，人物脸谱化、叙事类型化、情节模式化；未能充分站在"个人"的立场，对"个人"复杂的生活处境和微妙的心理世界进行精准的把握和深刻的呈现；"城"与"乡"遮住了"个人"，没有完成城乡中国精神结构与命运变迁的历史重构和美学重建。

一

城乡书写存在的问题，与其在中国的复杂性密切相关。在中国，城乡问题是一整套制度设计的两个方面，可以发现现实的诸多问题都是历史问题、既往政策以及某种逻辑的深层延伸。因而，当代中国城市与乡村的关系不是断裂性的而是持续性的，当下中国绵延了之前的城乡差别，不过一些差别扩大，另一些差别缩小罢了。而城乡中国特殊的经济社会结构——城市化低、城乡差距大的特征并没有多大改观。如果我们的文学书写不能触及这种持续性的深层延伸的东西，叙事自然悬浮在历史和现实之上，难以触及复杂的本质性的问题。另一方面，也与作家对中国城乡结构的理解能力和思考深度有关。城与乡属于不同的地理空间和文化空间，生活方式和价值取向大不相同。但自大面积城镇化以来，中国并没有实现滕尼斯所谓的乡村的"礼俗社会"到城市的"法理社会"的转变，在一体化的社会语境中，城市没有整合出完整有序的现代文明、城市文化和市民社会。相反，"城"与"乡"呈现出了复杂的交融：既有隔离和对立，也有交往和转型，城与乡"你中有我，我中有你"。每个城市存在的"城中村"，以及城市扩张后出现的"村中城"比比皆是，"是城似乡""是乡似城"到处皆有。费孝通先生当年刻画的"乡土中国"，"不但在观念与人际关系方面依旧覆盖着今日的城乡中国，而且直观地看，很多大都会城市的空间特征其实还'相当的农村'"[①]。

在当下的一些城乡书写者眼中，乡村田园生活是健康自然的生活方式，写作者对其总有某种难以割舍的隐秘眷恋；而喧嚣纷扰的城市生活则是摧毁美好人性的罪恶渊薮，成为一种令人震惊的现代生活经验。如《泥鳅》中的农村青年群体，进城后遭遇各种侮辱、欺诈和摧残，最终几无例外地走向自我毁灭；《高兴》中的刘高兴，进城时踌躇满志、无比乐观，最后绝望地带着自己同伴的尸体回到了故乡；《到城里去》中的杨成方，由于妻子宋家银的逼迫，在走投无路的情况下留在城里捡破烂，甚至被警察当成小偷拘留……在这

---

① 周其仁：《城乡中国》（修订版），第 11 页。北京：中信出版社，2017 年。

些作品中，城市被预设为可怕的毁灭之地和一切灾难的罪魁祸首，无辜的"乡下人"因为憎恨乡村、厌恶贫穷或其他理由，面对"罪恶"城市的诱惑，前赴后继地进城，进城后几乎无一例外地遭遇悲惨——变坏、失败或走上不归之路。实际上，中国城市的问题，乡村也有，城市未必能使"乡下人"变坏，真正意义上的现代城市文明更是如此。农民进城一定会变坏的书写，我们可以看到作者潜意识里对现代都市文明的敌意；中国乡村的问题，城市也有，城里人或者返乡者回到农村未必一定就变好，将乡村视为田园牧歌、人间乐土的，不过是一种理想化的想象和诗意化的呈现罢了。此外，还有一种在城乡之间游移的"中和"叙事，同样的人物在不同的环境中表现出不同的价值倾向。"乡下人"在城市时，城市充满诱惑和罪恶，乡土则充满温情、令其眷恋；一旦回到乡村，乡村则是穷山恶水，令人厌恶，城市则成为现代和文明的象征，令其无限向往。这种价值观念上钟摆式的摇晃，固然有农耕文化所积淀的"排斥乡土—依恋乡土"的矛盾的心理情感结构，更重要的是，上述城乡书写不能用现代理念、现代文明和现代精神破解当前乡村生活的困局，照亮凋敝灰暗的乡土生活，不能充分站在个体的"人"的立场，而将"乡下人"变坏完全归结为环境的逼迫和影响，忽略了个体的"人"的主体性，使得我们只能看到"众数"而看不到"个人"。

此外，还有一种在认知上"短路"的简单化叙事，认为乡村和城市之间存在因果关系，即乡村的凋敝是因为城市的掠夺。这在《极花》中表现得颇为典型。《极花》力图通过被拐卖女孩胡蝶的遭遇，揭示城镇化进程中"底层乡村男性的婚姻困境"。农村姑娘胡蝶向往城市生活来到城市，却在外出打工时被拐卖。经历被卖为人妇、被强暴、生子等一系列事件后，胡蝶的心态和行为都发生了变化，由最初的愤怒、反抗、挣扎变为顺从、隐忍，逐渐适应了当地的环境和生活。被解救回到城市后，她在迷惘与无助中，最终回到了拐卖她、折磨她的村子。就文本内容来看，胡蝶似乎没有忘记对城市的憧憬，也没有忘记村民们对自己的伤害，令人疑惑的是，作者让她被救回城市后又选择回到农村。她回到被拐卖的村子，是因为城市冷漠，还是因为农村姑娘回到农村理所当然或者就是宿命？作者显然倾向后者，并对拐卖胡蝶的村子的男性极为怜悯和同情——"如果他不买媳妇，就永远没有媳妇，如果这个村子永远不买媳妇，这个村子就消亡了"。这种逻辑明显站不住脚。农村姑娘进城打工，底层乡村男性的婚姻因之陷入了困境，但这绝不是纵容罪恶的理由。在《后记》中，作者将城市和乡村简单地对立起来，对村中的光棍不吝"怜悯"，对带走年轻人的城市有一种固执的偏见，认为"城市夺去了农村的财富，夺去了农村的劳力，也夺去了农村的女人"[①]。果真如此吗？作者在小说中也感慨乡村世界并非田园牧歌般美好，可见也不能完全归罪于城市。实际上，重要的不是城市带走了农村的年轻人，而是为什么农村没能留住那些年轻人。中国乡村的败落，用所谓的"城市肥大，农村凋敝"远远无法概括。这种简单化的城乡关系认知，使得主观意图与客观效果发生了严重背离，也壅塞了作者思考真正问题的可能，小说讨论的问题遂成为"伪问题"。

　　同"进城者"书写相较，从城市回到农村的"返乡者"叙事很少受到作家关注，《湖光山色》和《麦河》是为数不多的"返乡者"书写中较有影响的两部。《湖光山色》中的楚暖暖是作者过度理想化的返乡"女神"。楚暖暖从北京返乡后，敢闯敢干，通过开发楚王庄的老城墙，以旅游带领全村走上致富之路，丈夫也当上了村主任。而当她在外面同旅游公司洽谈业务时，丈夫却已被金钱、欲望和权力扭曲为作威作福的基层村官。小说关注农村和农民渴望致富的强烈需求，也试图反思农村变革的困境与利弊，但因故事老套、情节虚假和人物粗糙，以及对乡村复杂的权力关系平面化的书写而流于皮相。《麦河》思考的是中国乡村的真问题，并塑造了曹双羊这一新型农民形象。曹双羊起初是为财富闯荡天下的传统农民，因为土地崇拜，回乡成为担当创造大业的现代农民，并在城镇化和现代化的转型中，思索农村何去何从的难题。在曹双羊身上我们可以

---

①　贾平凹：《〈极花〉后记》，《人民文学》2016 年第 1 期。

看到，土地与现代化并不矛盾，土地流转、现代资本等应该介入到农村的现代化进程中来，以此克服家庭联产承包责任制和城镇化带来的土地荒芜、零散经营、收益低下等问题。尽管曹双羊的形象比较理想化，其夸张的乡土崇拜也令人生疑，但其身上所聚焦的土地崇拜与现代化之间的矛盾和张力，在返乡书写中无疑具有里程碑式的意义。

总体看来，我们的城乡书写不乏悲悯情怀和人文精神，从中可以看到城市与乡村被夸大的异质性对立，可以看到"乡下人"进城之后无所归依的漂泊感、回不到乡村的疼痛感、在城乡之间无法立足的失落感以及返乡之后的无力感。但我们很少能够看到不依据生活表象简单地进行书写，不依据预设的城乡认知进行真假判断和道德裁定，而站在"人"的立场，站在现代精神的视域，以城镇化作为现实幕布和历史背景，在历史与现实、传统与现代的复杂交织和冲突纠葛中呈现"中国形象"的深刻和厚重之作。我们所能看到的，多是被城乡转型这块大背景与大幕布遮住的，面貌模糊、心理简单与性情相似的人物群像。

二

无论是中国特色的城镇化，还是我们念兹在兹的现代性，都是社会学的概念，而不是文学上的概念。对于城乡书写而言，真正困难的是站在文学的视角去理解、表现城乡转型的历史和现实。也即是说，我们要以文学的形式在场，见证中国城镇化的历史过程和复杂现实，同时扩展、丰富、深化我们对于这一巨大转型的体验和认知。我们知道，"小说是进行中的生活的生动体现——它是生活的一种富有想象力的演出，而作为演出，它是我们自我生活的一种扩展"①。但当下的城乡书写很难让我们心生赞叹，也很难触及我们的

---

① 〔美〕布鲁克斯、沃伦编著：《小说鉴赏》，主万等译，第2页。北京：世界图书出版公司，2015年。

"心事"，我们那种难以言喻的处境无法被表现出来。有些作品非但不能扩大我们的认知、拓展我们的经验，甚至不及普通读者的思想认知，更遑论撼动人心。读者想从城乡书写中读到其了解的但未能充分认识的东西，而绝大多数作品充其量只不过将历史和现实的"表象"原封不动地呈现出来，将时代共识作为自己的思想资源，如《高兴》《城的灯》《第七天》《到城里去》《涂自强的个人悲伤》等都存在这样的问题。在《到城里去》中，作者借主人公之口，直接道出了作者对城市的认识。宋家银去了北京一趟，深刻地认识到自己以及同类的尴尬处境——"那就是，城市是城里人的。你去城里打工，不管你受多少苦，出多大力，也不管你在城里干多少年，城市也不承认你，不接纳你。除非你当了官，调到城里去了，或者上了大学，分配到城里去了，在城里有了户口，有了工作，有了房子，再有了老婆孩子，你才真正算是一个城里人了。宋家银很明白，当城里人，她这一辈子是别想了"[1]。对于绝大多数进城务工者而言，他们很清楚自己的身份处境，除了挣点钱之外，很少有成为城里人的想法。这样一种直白无遮的宣告，有碍人物形象的深化，也限制了人物形象的拓展空间。辛格曾对急于"暴露"自己思想的作家提醒道："事实是从来不会陈旧过时的，而看法却总是会陈旧过时。一个作家如果太热心于解释，分析心理，那么他刚一开始就已经不合时宜了。你不可想象荷马根据古代希腊的哲学，或者根据他那时代的心理学，解释他笔下英雄人物的行为。要是这样的话，就没有人爱读荷马了！幸运的是，荷马给我们的只是形象和事实，就是为了这个缘故，《伊利亚特》和《奥德赛》我们至今读来犹感新鲜。我想一切写作都是如此。"[2]辛格所言的热衷于分析与解释，是我们城乡书写的普遍问题——"记着'时代'，忘了'艺术'"。沈从文谈到新文学失败的原因时说，一些作家"记着'时代'，忘了'艺

---

① 张颐武主编、徐勇编：《全球华语小说大系·乡土与底层卷》，第44页。北京：新世界出版社，2012年。

② 〔美〕艾萨克·辛格：《我的创作方式》，崔道怡等编：《"冰山"理论：对话与潜对话》（上册），第112页。北京：工人出版社，1987年。

术'。作者既想作品坐收商品利益，又欲作品产生经典意义，并顾并存，当然不易。同时情感虚伪，识见粗窳，文字已平庸无奇，故事又毫不经心注意安排。间或自作聪明解脱，便与一种流行的谐趣风气相牵相混"[①]。沈从文的话未免过于刻薄，但如果用这段话来形容我们当下的城乡叙事，庶几近之。我们毫不怀疑城乡书写者的真诚，但"记着'时代'，忘了'艺术'"却是不争的现实。城乡问题的重大性，使得我们的作家将小说当作传播思想的讲坛，也不排除有些小说家潜意识里将自己看作思想领袖，因而急于解释、忙着发表见解，他们的小说与其说是小说，毋宁说是新闻报道。比如可谓"新闻串烧"的《第七天》、"升级游戏"的《炸裂志》，都是如此，表现出城乡书写的典型症候：太过贴近现实，缺乏必要而合理的虚构。真正的虚构，一方面在明确的时空里创造出"比现实世界狭窄得多的小世界"，另一方面，"虚构世界添加了新的人物、特性与事件到这一真实的宇宙（作为虚构世界的背景），因此又可被视为比我们经历的世界要广大得多的天地"[②]，从而实现对生活的重新发现，抵达现实和存在的中心。

小说的中心，用帕慕克的话说，"是一个关于生活的深沉观点或洞见，一个深藏不露的神秘节点，无论它是真实的还是想象的。小说家写作是为了探查这个所在，发现其各种隐含的意义，我们知道小说读者也怀着同样的精神"[③]。对城乡书写而言，中心的洞见决定了小说的品质，当然，其必须诉诸逼真的细节、浑圆的整体形态和复杂的人物性格。我们知道，"许多小说家从一开始感知到中心只是一个主题，一个以故事形式传达的观念，并且他们知道，随着小说的推进，他们将发现并揭示其中无法回避又含混不清的中心的

① 沈从文:《作家间需要一种新运动》,《抽象的抒情》, 第 44 页。上海: 复旦大学出版社, 2004 年。
② 〔意〕安贝托·艾柯:《悠游小说林》, 黄寤兰译, 第 131 页。桂林: 广西师范大学出版社, 2017 年。
③ 〔土耳其〕奥尔罕·帕慕克:《天真的和感伤的小说家》, 彭发胜译, 第 141 页。上海:上海人民出版社, 2012 年。

更深刻意义"①。故事和中心之间的距离显示了小说的精彩和深度。比如《白鲸》和《老人与海》，我们在其中持续感觉到中心的存在，在不断的修正和追问中，不断靠近中心的距离。因而，帕慕克认为，"如果我们必须相信写作过程中存在一种神秘因素，我们应该更为合理地认为，这个神秘因素就是中心，是它接管了整个小说"。具体而言，"小说的中心像一种光，光源尽管模糊难定，但却可以照亮整座森林——每一棵树、每一条小径、我们经过的开阔地、我们前往的林中空地、多刺的灌木丛以及最幽暗、最难穿越的次生林。只有感到中心的存在，我们才能前行"②。对作家来说，"写作一部小说是要创造一个我们在生活里或在世界里无法找到的中心，并且将之隐藏在景观之中——和我们的读者玩一种虚构的对弈游戏"③。不过，"小说中心的力量最终不在于它是什么，而在于我们作为读者对它的追寻"④。"如果中心过于明显，光线过于强烈，小说的意义将直接被揭示出来，阅读行为就成了单调的重复。"⑤我们的城乡书写即是如此，普遍缺乏"洞见"，意义缺乏中间物，"被直接揭示出来"，阅读成了单调的被动的接受过程。福斯特指出："作家能不能将读者当作知心人，把人物的一切都告诉他呢？答案显然是：最好不要。因为太危险了。这个做法会导致读者劲头下降，导致智力和情绪出现停滞。更糟的是，会使读者产生儿戏感，像是应邀到后台作一次友好访问，看看各种人物是如何协同演出似的。"⑥我们的城乡书写未必"将读者当作知心人"，更多是作者似乎也不相信自己笔下的人物，急着出来说话。读者作为讲坛下的听众，对这种缺乏思想和洞见的讲述也不大相信，因而也就没有了阅读文

---

① 〔土耳其〕奥尔罕·帕慕克：《天真的和感伤的小说家》，彭发胜译，第143页。上海：上海人民出版社，2012年。
② 同上，第146页。
③ 同上，第158页。
④ 同上，第162页。
⑤ 同上，第147页。
⑥ 〔英〕爱·摩·福斯特：《小说面面观》，苏炳文译，第71—72页。广州：花城出版社，1984年。

本的兴趣。这正如法国"新小说"代表人物萨洛特在《怀疑的时代》中否定传统小说以塑造丰满的人物形象为中心时所言："从各种迹象看来，不仅是小说家已不再相信自己虚构的人物，甚至连读者也不相信了。本来，在作者和读者的信心支持下，小说人物宽阔的肩膀在担起故事结构的重负后，还能挺然直立，毫不摇动。现在，失去了两方面的信心支持，人物已经摇摇欲坠，土崩瓦解了。"[1]我们的城乡书写并非法国的"新小说"，但就小说的艺术性和人物的可信度而言，与之却很相似，失去了作者和读者"两方面的信心支持"。

而或多或少有作者自己思想的城乡书写，由于对思想如何进入作品缺乏思考，"思想"进入不了"作品"，无法同内容融为有机整体，呈现出游离状态。《匿名》就比较典型。《匿名》打破时空界限，在时间的跳跃和空间的转换中叙述故事，体现出作者突破自我的新的艺术追求。小说以误打误撞的绑架事件开始，通过普通市民命运的突转，连接起偏远乡村的夐儿小镇和上海的繁华市井，以荒诞化的叙事隐喻"匿名"的日常生活和个体存在。被绑架者从被劫持上车开始，失去了时间概念——"他这才发现时间的重要性，没有时间，人就好像陷入深渊，无依无靠"[2]被恐慌攫住的他进入了"存在与虚无"，回到了"原始状态"，时间、空间、物质紧密度、自然史、文明史等艰深晦涩的哲学、物理学等问题，盘旋或游荡在这位退休的被绑架的小职员的思维和大脑之中。他不避枯燥地思索这些问题，或在这些问题的界限内思考虚无与存在等终极性问题，成为流落在神奇的几乎不存在的荒村的"哲学家"。权且不论这种哲学思辨的正确与否，从人物塑造来看，这个退休的打工的小职员，是否能承载这些复杂深奥的问题，令人生疑；就小说叙事来看，这种哲理思辨不但没有同小说融为一体，反而有堆砌知识、制造深度的嫌疑。哲学问题当然可以在小说里讨论，像《卡拉马佐夫兄弟》中

---

① 〔法〕纳塔丽·萨洛特:《怀疑的时代》，崔道怡等编:《"冰山"理论：对话与潜对话》（下册），第554页。

② 王安忆:《匿名》，第21页。北京：人民文学出版社，2016年。

"宗教大法官"一节，作为同心圆之圆心，即是最为著名的例子。关键的是，这些议论和思考能不能与人物融为一体，黏合到小说之中，形成小说的肌理？《匿名》显然没有做到。因而，小说看起来似乎有强烈的思辨色彩，具有哲理深度，实际上仅是韦勒克所谓的"素材"和"资料"，与小说内容没有多大关系，不但遮蔽了作者企图双向反思城乡荒诞现实的出发点，也使得主题庞杂，人物形象模糊，叙事冗长而不堪卒读。

思想进入作品是一个非常复杂而又至为关键的问题。韦勒克指出，"只要这些思想还仅仅是一些原始的素材和资料，就算不上文学作品中的思想问题。只有当这些思想与文学作品的肌理真正交织在一起，成为其组织的'基本要素'，质言之，只有当这些思想不再是通常意义和概念上的思想而成为象征甚至神话时，才会出现文学作品中的思想问题"。他列举了思想进入作品的类型：一类是乔治·桑和乔治·艾略特等讨论社会的、道德的或哲学问题的思想小说；更高一个层次的是麦尔维尔的《白鲸》式的作品，"在这部作品中整个情节传达了某种神秘的意义"；另一类代表是陀思妥耶夫斯基的《卡拉马佐夫兄弟》，"思想的戏剧性由具体的人物和事件表演了出来"。他进一步指出，文学作品并不因为"有思想"而有价值，"在恰当的语境里似乎可以提高作品的艺术价值"，但如果思想没有被作品吸收，就会成为作家的羁绊。在《浮士德》《卡拉马佐夫兄弟》《魔山》等经典作品身上，我们都可以"感到艺术上的成就与思想重负之间的不协调"[①]。《匿名》等城乡书写所讨论的问题，类似于乔治·桑和乔治·艾略特讨论社会的、道德的或哲学问题的思想小说，但表现的思想和主题鲜有个人化和独特化的思考，非但未能楔入作品，拓展我们的认知和经验，反而成为赘疣，从而使得这一类作品体现出这样的叙事特征：思想大于形象、理性压倒感性、主题淹没人物。

227

---

① 〔美〕R. 韦勒克、A. 沃伦:《文学理论》，刘象愚等译，第 137—138 页。南京：江苏教育出版社，2005 年。

三

新世纪城乡书写另一个严重的问题是作家的生活经验与所表现的时代发生断裂和错位，艺术经验严重滞后或匮乏不足。五六十年代出生的作家书写曾经经历的农村生活时普遍游刃有余，一旦涉及现在的农村生活和城市生活，只能观念化地"想象"。如李佩甫的《生命册》，写乡村生活颇有艺术魅力，一写到城市，作家在城市化严重滞后的生活体验期和艺术积累期所形成的城市印象和城市观念便左支右绌，无法同步于新世纪日新月异的城市化进程，带给读者别扭的、虚假的城市生活情境。比如小说中写到公司上市、证券交易等，作者完全不熟悉，因而显得生硬牵强；写骆驼等人在北京的地下室制造黄色小说、收购药厂等，与现实差之甚远，缺乏可信度。《湖光山色》写新农村，作者显然缺少了解，臆想的成分很大。我们不禁要问，在暖暖之前，楚王庄就没人注意到老城墙可以开发？开发后的破烂的老城墙能带来如此大的收益吗？暖暖凭借一己之力是否能够完成奇迹般的创业？这些问题都缺乏坚实可靠的叙述和合理自洽的逻辑，从而使得整个小说成了一部暖暖带领村民通过旅游致富的社会主义新农村主旋律叙事，距离真正的农村现实何啻万里！《麦河》对农村相对熟悉，但曹双羊到国外办延伸企业的情节，以及用家乡的黑土装了一个枕头，无论是回城里的家还是出国都要带上，明显缺乏可信度。《匿名》前半部分写上海的弄堂街巷与人情世故，文笔精致，景象鲜活，作者对此非常熟悉，这是因为作者的生活历练都在这儿。下半部分写到乡村则叙述简短，用典古旧，故事生涩。人物形象也呆板僵硬，比如哑子这个人物过于离奇，同现实的距离实在过于遥远，可见作者的乡村生活经验明显不足，只能靠"神奇"的想象来填补。

还有一些作家的城乡书写，生活经验与文本内容发生了明显的错置。如方方的《涂自强的个人悲伤》，生活经验的时代错置严重地撕裂了文本的统一性。比如小说的前半部，作者写到涂自强成为村里的第一个大学生后，村里人无不羡慕涂家出了"人才"，四邻六亲都前来道贺，母亲不让他下地干活儿，说"我们涂家不可以屈了人才"，村长也夸他"好出息"，"往后进了城，还是要记得乡亲哦"①。上学离家时，"村里老少差不多全赶来为他送行。路口的银杏树下，稀落地站着他们。鸡狗猪还有小孩子亦都倾巢而出，在大人的腰以下，一派胡窜乱跑"②。涂自强去学校报到的途中打工，所有人都因为他是大学生而另眼相看，予以优待，如在镇上当小工、在襄樊城洗车、在小村庄帮人挖塘，都是如此。挖塘时，"村里人人尽知他将去武汉上大学，各家都要接他上门，说是让自家屋里沾点才气。涂自强吃得饱喝得足，且百般被人尊敬，自我感觉好得几欲膨胀"。塘快挖完时，"村长竟受好几（个）大妈托付，想给涂自强提亲"③。涂自强身上大学生的光环如此吸引人，不禁让人想起恢复高考不久，大学生被视为"天之骄子"的时代。而小说中所表现的涂自强的大学生活时期，网络和手机几乎已经普及。涂自强毕业时，大学生工作已不好找，用人单位很挑剔，动不动就要求研究生学历。这最晚也是新世纪开始三五年后的生活情景。1999 年高校大扩招之后，即使偏僻的山区农村，也通过媒体、网络、手机了解到大学生毕业后所面临的严峻就业压力，对孩子上大学不再有过多的期待。因此，涂自强考上大学后受到人们的尊敬和优待也就显得非常老套和虚假了。又如，小说开头写到涂自强的学费是村里涂姓人家凑起来的，钱很零碎，没有大钞；后面写到涂自强当家教，辅导的学生考上大学后，家长奖励他一千元，"涂自强从未一次拿过这么多钱"④，从小说后半部分的内容看，涂自强上大学是在新世纪开始以后，他的学费恐怕远远超过这个数目，开学又是自己报

① 方方:《涂自强的个人悲伤》，第 253 页。北京: 人民文学出版社，2015 年。
② 同上，第 255 页。
③ 同上，第 267 页。
④ 同上，第 286 页。

的名，除了面额小、钱零碎之外，说从没一次拿过一千元，就讲不过去了。方方用二十世纪八九十年代的生活经验描述新世纪的生活，经验的错置大大削弱了叙事的可靠性和人物的可信度。

美国心理学家罗洛·梅说："艺术家或诗人的幻想是主观的一极（人）和客观的一极（等待存在的世界）的中间的决定因素。直到诗人的抗争产生了一种回应的意义之后，它才能成为存在。诗词或绘画的伟大并不在于它描绘了观察到或体验到的这种事物，而是它描绘了被它和这种现实的交会所提示出来的艺术家或诗人的幻想。"①新世纪城乡书写无疑发现了城镇化带来的问题，但缺乏进入这些问题的核心的"交会"和"战栗"。以《骆驼祥子》这部现代文学史上最早书写"农民工进城"的经典之作为例，老舍不仅是熟悉人力车夫的生活，"而是一直进入到他们的内心，穿透他们历史命运的纵深；也不是冷静地再现他们的生活，或者停留在对于被压迫与被损害者的一般哀怜同情上，而是与描写的对象燃烧在一起，融合成一体"②。因而，祥子这个"仿佛是在地狱里也能作个好鬼似的"淳朴正直的农村青年堕落为所谓的"坏嘎嘎"的城市无赖的性格转变和心理过程，才被震撼人心地刻画了出来。这种震撼"不是一般意义上的艺术吸引或者思想触动，而是穿透心灵的震撼，通向现实的反思"③。而我们的城乡书写不乏感动，也不乏怜悯，但无法产生"穿透心灵的震撼"，形成艺术上的感染力，将自己的感情传达给读者。《好人宋没用》（2017）就是这样一个例子。

《好人宋没用》站在个体生命的立场，"对笔下的人物，有身心相照的感触与同情，在不动声色的克制之下，有入骨的伤痛与苍

① 〔美〕罗洛·梅：《创造的勇气》，杨韶刚译，第67页。北京：中国人民大学出版社，2008年。
② 樊骏：《老舍——一位来自社会底层的作家》，《中国现代文学论集》（下册），第606页。北京：人民文学出版社，2006年。
③ 樊骏：《论〈骆驼祥子〉的悲剧性》，《中国现代文学论集》（下册），第588页。

凉"①，但宋没用除命运悲苦、顽强坚韧外，"好人"之"好"及"内心风景"远远没有呈现出来，面貌模糊而无深度。"大时代"变迁浮光掠影，"小人物"命运蜻蜓点水，整部小说成了宋没用悲惨人生经历贯穿起来的历史事件，暴露出作者驾驭长时段叙事的能力不足，掉入了作者自己警惕的叙事陷阱——"被书写的某某历史和地方里的人，却是面目模糊的。他们被动地接受苦难，在历史的旋涡里盲目打转"②。其他人物也平板雷同，近乎一面，除佘太太和杨仁道外，均是精于算计、锱铢必较的市侩形象。就情节而言，小说前大半设置急促，叙事节奏掌握尚好；后小半琐碎拖沓，形神俱散。作者过于关注故事，太贴近生活实际，做密密实实的苦难展览，让人不暇喘息，近乎上海版的《活着》，而又无《活着》的深度。究其原因，一方面，小说涉及的生活作者大半未曾经历，生活与艺术累积不够，人物对话和情节难合情理。比如小说中的人物对话，宋没用的父亲、宋没用的母亲、榔头、范猴子、杨赵氏、毛头等，出口几乎都是不离男女生殖器的脏话。在作者看来，说脏话似乎是底层人物的身份标识，实际可能未必如此。宋没用被巧娘子骗走店面一节，也很难令人置信。老虎灶是宋没用的命根子，她毕竟也做过一段时间老板娘，对外人不可能没有提防之心。巧娘子以"警察局要收拾共产党家属了"，就吓得宋没用轻易地将店面和房子拱手让给她，未免太简单和容易了吧。另一方面，作者用"好人""没用"来定调，潜意识的心理预设，削弱了宋没用形象的塑造，再加之心理刻画的深度远远不够，使宋没用理念化的影子浓重，性格上矛盾之处亦多。比如小说前面写宋没用胆子很大，捡垃圾时"曾掘到半个骷髅头"，"洗了洗，当头盔玩"；后面写到棚户区雨天积水，小孩子都踩水玩，宋没用却不敢玩，因为"母亲告诉过她，蚊蝇跳蚤，都是脏水烂泥变出来的"③。胆大和胆小得匪夷所思，也不符合小孩

231

---

① 夏琪：《我愿把人类的内心当成写作第一推动力——访青年作家任晓雯》，《中华读书报》2017年9月20日。
② 任晓雯：《好人宋没用》，第515页。北京：十月文艺出版社，2017年。
③ 同上，第18—19页。

作者在小说的《后记》里附注道"本书所有历史细节都已经过本人考证"①，似乎真实性毋庸置疑。然而小说不是纪实文学，也无须去证实或证伪，不过，它们都追求人物的内在统一性和故事的逻辑连贯性。《好人宋没用》显然处理得并不成功。《好人宋没用》的问题，实际上也是"70后"的城乡书写者存在的普遍现象——当写作对象超过了自己的生活经验时，只能靠想象来弥补经验上的不足，从而形成某种概念化和模式化的叙事。

由于生活经验的问题和想象力的制约，绝大多数城乡书写者在自己的书房里想当然地想象城镇化转型带来的问题，对各种历史关联、社会关系、时代心理的把握，对社会各阶层的心理特征和处世态度的理解悬于空中，被动地、机械地向现实举起镜子，能映射出时代生活的斑斓迷乱，却无法感受到现实的复杂性和丰富性；不能深入到真实生活的纷繁宇宙，不能深入到人性的复杂神殿，捕捉不到隐藏的脉搏的神秘跳动，自然也无法窥视隐秘的生命颤动和存在的本质实在；缺乏心灵的冲突和交会，缺少精神的抚慰和开拓，不能将活的精神吹进复杂的现实，只剩下社会学的认识功能和伦理功能，导致了读者甚至包括作者自己的怀疑。这也是黄灯的《大地上的亲人——一个农村儿媳眼中的乡村图景》、梁鸿的《中国在梁庄》、熊培云的《一个村庄里的中国》、王磊光的《在风中呼喊——一个博士生的返乡笔记》、范雨素的《我是范雨素》等非虚构类纪实作品产生广泛影响的重要原因，并不是说这些非虚构文学在艺术上取得了多大的成绩，而是同城乡叙事的浅表化和浮泛化相比，这些基于个人经验的作品，更具真实性和可信度。

四

作品的形式是内容的深层萌发和创造性把握，正如詹姆逊所

---

① 任晓雯：《好人宋没用》，第519页。北京：十月文艺出版社，2017年。

言，"作品形式依赖于素材自身某种更深刻的逻辑"①。在巴赫金看来，"不理解新的观察形式，也就无法正确理解借助这一形式在生活中所初次看到和发现的东西。如果能正确地理解艺术形式，那它不该是为已经找到的现成内容做包装，而是应能帮助人们首次发现和看到特定的内容"②。也即是说，艺术形式是内容不可分割的统一体，是内容的审美实现，是"一种富有价值的积极性的表现，这种积极性渗透到内容之中并实现着内容"，只有真正把握了艺术的新形式，才有可能深入揭示新的内容。新世纪的城乡书写，由于生活经验的时代错置和日常经验的严重同质化，大多数作品无法完成艺术形式的创新，对于人物、情节、结构、叙述、场景、细节等小说元素也缺乏足够的重视。城乡之间的流动迁徙、文化冲突、身份尴尬、农村的土地荒芜、传统价值解体、家庭伦理失范等具有普遍性的生活现象和社会问题，耗尽了文本的文学性和审美性，作品成为类型化的现实镜像或社会学记录，无法在纷乱复杂的城乡现实与轻盈的小说艺术形式之间达到平衡。如《湖光山色》《涂自强的个人悲伤》《第七天》《炸裂志》等，故事的情节、逻辑与结局几乎一眼可以望到尽头，成为一种缺乏独特性、个人性和创造性的类型化写作。即使《世间已无陈金芳》这样的较为优秀之作，后半部分叙事也模式化，落入了城乡叙事的俗套。

少数力图对城乡问题进行创造性表现的作品，形式同内容之间缺乏积极的关联，没有转换为"表现积极的审美主体那种有价值内涵"的"艺术上有意义的形式本身"，只是一种"认识形式"，而非"艺术形式"③。如关仁山的《麦河》中的善庆姑娘变鹦鹉、百岁神

---

① 〔美〕弗雷德里克·詹姆逊：《语言的牢笼》，钱佼汝、李自修译，第162—163页。南昌：百花洲文艺出版社，1995年。

② 〔苏联〕M.巴赫金：《陀思妥耶夫斯基诗学问题》，钱中文主编：《巴赫金全集》（第5卷），白春仁、顾亚铃译，第58页。石家庄：河北教育出版社，2009年第2版。

③ 〔苏联〕M.巴赫金：《文学作品的内容、材料与形式问题》，晓河等译，钱中文主编：《巴赫金全集》（第1卷），第366—367页。石家庄：河北教育出版社，1998年。

鹰两次蜕变获得新生、虎子能预言未来等情节，使作品具有浓郁的魔幻主义色彩，但在表现上比较生硬，未能与作品有机融合，给人以为魔幻而魔幻的感觉。《城的门》则尝试一种新的叙事结构，通过"城市故事"和"乡村记忆"叙述的交替变换，整体性地表现城乡中国。"城市故事"前后倒也连贯，有可读性。而"乡村记忆"以人物的回忆独立成篇，前后没有多大关联，因而使得小说的结构散乱，缺乏整体性。《好人宋没用》"试图回到明清小说的语言传统里，寻找一种口语式的古典意味"[①]。作者有意将苏北方言、沪语与文言语汇杂糅为一体，追求简练雅致的古典韵味，叙述多用短句，干净洗练，部分实现了作者的语言追求——在小说的写景状物里，我们可以看到这种古典意味语言的魅力和作者白描的功力。刻画人物时，作者喜欢用"兀自觺篥""张翕""昏眊"等语，这些固然文雅，但却不具体，反而有炫耀之嫌。叙述时，忽而文雅，忽而质朴，风格极不协调。"未几""夏杪""少时""逾数月""少刻""旋而""翌日"等笼统的时间表述虽然别致，但其缺乏清晰的时间意识，反而造成叙述的模糊不清。此外，这种刻意追求的叙述的文雅和人物对话出口不离男女生殖器的低俗，形成了整个文本混乱芜杂的语言世界。上述这些作品在艺术形式上的探索，未臻于"能完成内容的创造性形式"，从而影响了文本的艺术魅力。

新世纪城乡书写也有所谓的"创造性形式"，大致可以分为两类，一类是"日常主义叙事"，一类是"极端主义叙事"，两者都表现出艺术创造力的严重不足。"日常主义叙事"着力于日常生活的叙写，与现实生活建立同构性时突出生活的琐碎细节和表层现象，以现实的琐碎化、复杂性、模糊性和暧昧性等搪塞对现实的理解。其大致又可以分为两种：一种是以《高兴》《带灯》等为代表的"琐碎主义叙事"，以细节的堆砌构筑起文本世界，叙事如同流水账，啰嗦琐碎。另一种是《城的灯》《湖光山色》《第七天》等的"表象

---

① 任晓雯：《好人宋没用》，第 519 页。

主义叙事"。这些作品所呈现的世界纷乱复杂、盘根错节，似乎是真实的生活景观，实际不过触及生活的表层，并未深入到城乡中国的腹地。这两种叙事的共同特点是细节的琐碎化、情节的日常化和价值的模糊化。我们知道，"任何严肃的艺术都是理解现实和解释现实的方式，这也是艺术存在的根由之一"。小说当然无法完全排除日常生活的叙写，但同时它又极力排斥挣脱完完全全的日常生活叙事——没有一部充满生命力的小说，不是站在人性和永恒的看台上观望和审视人类的生活。正如余虹所言："现实是一团乱麻，艺术是揭示其内在秩序的方式而不是进一步扭麻花的游戏；现实是一团浑水，艺术是将其澄明的方式而不是进一步搅浑水的把戏；现实有多种意义，艺术要捕捉那揭示真相的意义而不是真假不分照单全收。因此，现实主义的核心是对现实的理解和解释，尽管这种理解和解释暗藏在对特定现实的虚构和描述中。"①城乡书写的任务，不仅仅是捕捉生活的表象，而是在日常生活世相的芜杂中，认真审视和精心挑选有本质意义的细节和情节，通过富有创造力的想象与富有意味的艺术形式，深入到生活旋涡的中心，呈现本质性的现实情境。

　　"极端主义叙事"将现实简化为某种逻辑的偏执演绎，通过极端化书写，简单地将历史和现实呈现为某种现象的重复和叠加，或将清晰的历史和现实表现为某种复杂的故作高深的现象或理念。前者可以称之为"极简主义叙事"，后者可以称之为"极繁主义叙事"。"极简主义叙事"如阎连科实践其"神实主义"理论的《炸裂志》，将乡村城市化的过程简化为"男盗女娼"以及"男盗"与"女娼"（孔明亮带领男性扒火车偷煤、朱颖带领女性卖淫）争斗的升级游戏，不仅未能切入历史和现实，反而遮蔽了现实的复杂性和丰富性。《篡改的命》也是如此。作者极端化地强调汪长尺的苦难与悲惨，戏剧化地讲述人物的悲剧命运，飞速急转的情节起伏，带给人为悲剧而悲剧的感觉。《好人宋没用》等的叙事也有极端化的倾向。

235

---

① 余虹：《〈三峡好人〉有那么好吗？》，《文学知识学——余虹文存》，第 376—377 页。北京：北京大学出版社，2009 年。

这种叙事上的极端主义和认知上的极简主义，在对历史与现实的强力介入中，丧失了思想力和审美性。"极繁主义叙事"最典型的是王安忆的《匿名》，小说延续了作者之前热衷于阐述时空关系、构建自己微型宇宙的癖好，存在与时间、文明与野蛮、生命起源与身份认同、语言文字与思维之间的关系等一系列重要而与城乡书写关系不大的问题，都被硬性嵌入小说叙事之中。作者本人的知识背景、学力储备也难以支撑如此宏大而深奥的问题。这些看来复杂高深的哲学思辨，不但没有多少新意，反而成为文本的巨大负累，遮蔽了作者对城乡问题的真正思考。

新世纪城乡书写之所以缺乏真正意义上的富有创造性的审美形式，一方面由于作家没有真正熟悉、透彻了解表现的对象，没有把握到表现对象的完整性、本质性和新鲜性，因而无法为之熔铸一个"减一分则太瘦，增一分则太肥"的恰切的有机的形式。正如朗松所指出的，"我们面临的危险是以想象代替观察，当我们只是有所感的时候却以为我们有所知"[1]。另一方面，也与我们的文学批评有关，我们的批评过于关注事件的呈现、叙述的态度以及作品的社会学意义等，不大重视审美形式，无意中也鼓励了城乡书写中重内容而轻形式的倾向。

结语

二十世纪八十年代中国城乡封闭的社会结构露出缝隙之后，我们的城乡书写即开始同构性地表现这一历史变化，从中可以感受到"城乡中国"向"城镇中国"转变过程中的迷惘与焦虑、阵痛与裂变。但迄今为止，绝大多数城乡书写在物质、欲望、权力等维度探讨城乡空间的异同并展开想象，并没有创造出自由灵动的诗意充沛

---

[1] 〔法〕居斯塔夫·朗松:《朗松文论选》，徐继曾译，第9页。天津:百花文艺出版社，2009年。

的审美世界，我们仍然缺乏切入城乡关系内部、呈现城乡复杂历史纠葛与现实缠绕的经典性文本，甚至尚未超越高晓声、路遥等人城乡书写所形成的文学经验。一方面，这和中国城乡转型的历史复杂性有关，经历革命运动和市场经济的双重冲击之后，中国乡土社会的道德伦理和精神资源已经涤荡殆尽，而八十年代以来城乡关系的局部松动并未带来农民身份和阶层改变流动的可能，更关键的是，具有现代性质的市民阶层、城市精神和契约意识也尚未形成，因而"城镇中国"形成了与乡村跟城市两不搭界的精神虚空和价值虚无。这就需要我们的城乡书写能够超越时代所造成的限制，凝结既具有时代特征同时又具有人类普遍性的精神坐标的努力。正如福克纳所指出的："作家的天职在于使人的心灵变得高尚，使他的勇气、荣誉感、希望、自尊心、同情心、怜悯心和自我牺牲精神——这些情操正是昔日人类的光荣——复活起来，帮助他挺立起来。"[1]这应该是新世纪城乡书写的使命和任务。而从目前的现实来看，我们不缺故事、不缺感受、不缺悲悯，但缺乏提供精神价值的能力，作家的主体精神普遍难以彰显，将精神化合为形象的能力普遍不足，缺少精神的抚慰和照亮。另一方面，我们作家的艺术表现力和创造力普遍屡弱，从日常生活领域进入想象生活并开拓出新的境界和新的意义的能力普遍不足，无法创造出具有真实性、统一性和整体性的文学幻象，将读者卷入到活生生的城乡变化当中，共享自己的生活体验与情感经验。因此，城乡书写表现出虚假的繁荣，在中国城镇化和现代化还没有真正完成之前，城乡书写很长时间内依然是当代文学最为重要的文学命题和叙事难题。我们只有透彻了解中国城镇化的历史和现实，洞悉现代性的真正内涵，克服作家主体的艺术局限、精神虚空和价值虚无，站在人本主义的立场，以城镇化为幕布和背景，才有可能真正表现出"城乡中国"转变为"城镇中国"过程中的"中国形象"与浓郁诗情。

2018 年 2 月于长安小居安

---

[1] 〔美〕威廉·福克纳：《接受诺贝尔奖金时的演讲》，《美国作家论文学》，刘保瑞等译，第 368 页。北京：生活·读书·新知三联书店，1984 年。

越过深渊的见证
——论陈徒手的知识分子研究

1949 年后中国知识分子的命运，是一个错综复杂而又严肃沉重的历史课题。因为众多限制，诸如档案尘封、材料匮乏、当事人的逝去以及出于各种原因的隐讳和遮掩，使得这段历史成为光秃秃的树桩，甚至连树桩也漫漶不清。不过，这却无法割断其与现实内在的隐秘关联。马克思说："人们自己创造自己的历史，但他们并不是随心所欲地创造，并不是在他们自己选定的条件下创造，而是在直接碰到的、既定的、从过去承续下来的条件下创造。"[①]我们之所以对历史缺乏深刻通透的认知，正因为我们生活在历史造就的现实之中。不细察造成现实的历史，就无法认识现实。现实的反思，也需要历史的反刍来增加情味和深度，并从中得到一定程度的照亮，"一个隔断历史的当下，不管它建立在何种意识形态基础之上，不管它有多少民生举措，事实上它已经限定了人们卑微的生存方式"[②]，也限定了人们的思维方式和生存状态。现实的回望和透视由于时间的拉开，才有了洞穿历史烟云的可能。历史与现实的不断回应与镜照，也使得我们有可能祛除遮蔽，无限逼近历史的真相，从而趋向整体的把握和贯通的认识。

历史是过去的事实，也是人们对过去事实有选择的记录和阐释。历史有的被表述，有的被省略。看法总会陈旧，事实却永远不会过时。历史学的首要任务，即是寻找真实可靠的史实，还原历史

---

① 〔德〕马克思、恩格斯：《马克思恩格斯选集》(第一卷)，第 603 页。北京：人民出版社，1980 年。

② 李庆西：《"有关政治的超越政治话语"——读库切新作〈耶稣的童年〉》，《读书》2013 年第 9 期。

情境，通过复杂诡异的历史表象，洞察其中的深层逻辑。陈徒手的《人有病天知否——1949年后中国文坛纪实》和《故国人民有所思——1949年后知识分子思想改造侧影》（以下简称为《人有病天知否》和《故国人民有所思》）以及一系列文章，耗费数十年之精力，"上穷碧落下黄泉"，大量查阅档案文献，走访当事人，让"外部文献"（公开出版物）与"内部文献"（原始档案、内部简报、会议记录、汇报检讨以及当事人的口述史料）[①]互相释正、互相补正和互相参证，以扎实的史料、丰富的细节和通融的叙述，见证知识分子个体在历史运动中的纠结、矛盾、痛苦和承担，呈现出充盈丰润的历史质感，建构了研究对象的"全息图像"[②]。王蒙称赞陈徒手的文章"写得细，生动，材料挖掘得深而且常有独得之秘，至少是独得之深与细，他的文章十分好读。读着读着'于无声处'听到了惊雷，至少是一点点风雷"[③]。林斤澜也高度评价陈徒手的研究："在这上面辛苦工作的人，查档案，找材料，访人物。为真也为美，青灯黄卷，善哉善哉！"[④]陈徒手的研究，将不为人知的历史细节呈现于读者眼前，通过史料的比较辨析，打开了通向历史真实以及历史场景中受难者内心的大门。其不仅为历史研究和文学史叙述提供了不可或缺的史料，同时也为我们反思现实提供了清晰的历史镜像。这项工作的意义，正如雅斯贝尔斯致海德格尔的信中所言："我隔着遥远的过去，越过时间的深渊向你致意，紧握着过去曾经存在、而今也不可能化为乌有的事物。"[⑤]陈徒手越过各种"深渊"，向苍黄

---

① "外部文献"与"内部文献"互为参证，是谢泳受王国维"二重证据法"影响提出的当代文学史料研究的方法论（详见谢泳：《思想利器——当代中国研究的史料问题》，第104—112页。北京：新星出版社，2013年）。"外部文献"与"内部文献"的互证，是陈徒手虽未明言但有充分自觉的方法。

② 陈徒手：《人有病天知否——1949年后中国文坛纪实》（修订版），第509页。北京：生活·读书·新知三联书店，2013年。

③ 同上，第4页。

④ 同上，第3页。

⑤ 〔美〕马克·里拉：《当知识分子遇到政治》，邓晓菁等译，第29—30页。北京：中信出版社，2014年。

风雨中的落难者"致意",同时也向我们提供了非常年代的集体记忆和共同见证。

陈徒手通过大量官方的、未公开的原始档案材料和历史当事人口述的挖掘、披露和分析,将"内部文献"与"外部文献"互相参证,呈露出历史冰山下隐藏的部分,带我们走进了波诡云谲年代知识分子的心灵世界,呈现知识分子的真实生活和真切情感,为历史的重塑提供了坚实的史料支撑,也为知识分子研究和当代文学学科建设作出了意义重大、影响深远的贡献。在《旧时月色下的俞平伯》的题叙中,陈徒手讲述了自己找材料的困难:为了查阅俞平伯的档案,他利用各种关系,终于获得了社科院人事局的同意,却由于自己的"非党员"身份差点搁浅。后来终得查阅,所翻看的不过是俞平伯当年填写的几张简易人事表格,无非是学历、特长、简历之类的东西。他感慨道:"离开时我望着摆放在桌上那高高的档案袋,心中充满不舍和遗憾。我知道,俞先生纠结半生的坎坷命运都浓缩在这些发黄的纸片中,这些纸片是无语的,也是无助的,黏附着斗争的神秘信息而永远沉睡在纸袋里。"[1]这不仅仅是陈徒手个人的慨叹,也是当代历史研究的无奈。类似这样的情况,陈徒手只得通过历史当事人的口述,结合"外部文献",复活具体的历史场景,推测各类运动中的雨骤风疏。他二十世纪九十年代即开始做口述,被陈远誉为"口述文学的推动者"。[2]他走访了大量的历史当事人,用他们的口述史料同公开文献互相补充、互相印证,立体再现了历史暴风雨中知识分子的遭遇。写俞平伯,他以《红楼梦研究》批判运动为中心,采访《红楼梦研究》当年的责任编辑文怀沙,俞平伯社科院文学所的同事曹道衡、王平凡、邓绍基、乔象钟、吴庚舜、张白山,当年曲社的成员张允和、楼宇烈、樊书培,以及俞平伯的家人亲属,挖掘出许多鲜活的、耐人寻味的历史细节。如俞平伯在九三学社做检查时,说对《红楼梦研究》是"敝帚自珍";开

---

① 陈徒手:《人有病天知否——1949年后中国文坛纪实》(修订版),第8页。

② 同上,第197页。

会时，他"坐沙发上抽烟很凶，烟叼在嘴唇上，烟灰落在胸前不拍不扫"；去世前几年随手写下不少随感，如"卫青不败因天幸，李广无功为数奇。两句切我平生。1989年试笔""赤条条来去无牵挂，心静自然凉。丁卯十月四日记"[①]等，俞平伯在政治批判中的学术自信，对政治运动的排斥、怀疑和观望，晚年心境的颓唐以及对命运的不甘等，都跃然纸上。建国后沈从文的"转业"是学术界关注的热点，但对他"转业"后的生活情形和内心状态知之甚少。陈徒手曾努力找过有关部门，但沈从文的官方档案难以看到，也没有正规的查询渠道。他通过走访沈从文当年历史博物馆的同事，还原了一个谨小慎微、默默奉献、不断努力而总是受到批评，怎么也不被认可、被接纳的"多余人"。用沈从文1951年没有发出的信中的话说："关门时，独自站在午门城头上，看着暮色四合的北京城风景……明白我生命完全的单独……因为明白生命的隔绝，理解之无可望……"[②]在新时代话语的重压下，"他在信中连续四次说到'个人渺小'"[③]。他努力想跟上时代，写小说歌颂炊事员，用阶级斗争的方法写跟土改有关的小说《财主何人瑞和他的儿子》，甚至还有写知识分子参加革命的长篇小说的写作计划，但最终都失败了。博物馆房间宽裕，沈从文却要不到一间办公室，在午门楼上和走廊里转了十年。这些都没能阻止他奉献的热情：他自愿当解说员，潜心服饰史的研究，甚至自己出钱为馆里收购文物。他处事低调，不愿张扬，整风时有人动员他发言，他三缄其口。《人民画报》的记者要拍一组他怎样培养学生的照片，他大发脾气，坚决不让拍。他"为社会做了很多服务工作，有求必应，把知道的东西全告诉你，很多人在学问上得到他的帮助"[④]。在陈徒手的见证叙述中，事实和感受通过象征糅合在一起，历史和现实、有形和无形的"午门"构成的

241

---

① 陈徒手:《人有病天知否——1949年后中国文坛纪实》(修订版)，第23页。

② 同上，第33页。

③ 同上，第30页。

④ 同上，第39页。

"压迫和震慑"，成为压在沈从文心口的磐石。上边不解决沈从文实际的生活困难，他宏大的没有任何私心的学术研究计划也被漠然置之。沈从文失望至极，一走了之，"再也没有回到那待了二十多年的大建筑物里，其情伤得之深显而易见"[①]。《老舍：花开花落有几回》主要依据北京人艺完整的艺术档案，这些资料几乎没有被研究者利用过。从中我们可以看到"两个老舍"：一方面，老舍觉得赶任务是光荣的，他紧跟形势写剧本"歌颂"，但却"屡屡拐进艺术的僵局中"；另一方面，他有"强烈的自省精神"[②]，他的艺术直觉本能地抵触外加的东西，甚至偶尔会拒绝高层的意见。比如周恩来建议《女店员》中的齐母要转变，《茶馆》第一幕发生的年份要调整。他都拒绝了。[③]正是在这种矛盾纠结的状态下，曹禺、焦菊隐、欧阳山尊等人注意到剧本《一家代表》第一幕茶馆戏的经典性。在他们的集体催生之下，《茶馆》这部经典话剧开始孕育。老舍起初担心"配合不上"，"配合不上"很快成为当时北京文艺圈子里的名言。[④]剧本一出来，曹禺称赞《茶馆》第一幕"古典""够古典水平"，"是古今中外剧作中罕见的第一幕"。焦菊隐形容第一幕是"一篇不朽的巨作"[⑤]。1956年稍为宽松的外部环境，以及曹禺、焦菊隐、欧阳山尊、于是之等的合力激励，《茶馆》这部作者"复杂而奇妙、独一无二"[⑥]的艺术高峰矗立了起来。《茶馆》舞台经典化的过程，我们可以看出人艺艺术群体的凝聚力，"看出其间他们的艺术痴迷投入，也可见他们深刻的裂痕和伤疤。这种裂痕或许一触及就让人伤神，但蕴藏着无比的真实度，显示了不正常岁月中光明与晦暗的两面性，缺一不可。它们衬托出《茶馆》戏中戏的独特分量，反射出老舍先生身上同样具备的复杂性和人生境界的暗喻性"。令

242

---

① 陈徒手：《人有病天知否——1949年后中国文坛纪实》（修订版），第59页。
② 同上，第84页。
③ 同上，第99页。
④ 同上，第101页。
⑤ 同上，第102页。
⑥ 同上，第106页。

人惊奇的是，这部剧作使得他们无间地融合为一个整体，"这一群充满艺术灵性、充满交错矛盾的艺术家们满台生辉，各自达到自己一生的巅峰"[①]。关于丁玲、赵树理、汪曾祺、郭小川等的研究均是如此，陈徒手常常能在丰富的"内部文献"中复现历史的复杂性和个体的矛盾性。比如丁玲"文革"后的言行，学界多有不解和批评。陈徒手通过大量史料文献的整理辨析，窥见了人们了解甚为有限的丁玲的真实内心世界——"多少年背运和折磨使她的处世方式粗疏和困惑，真实的她与场面上的她是有很大出入的，她自己也在为此相争和纠结，有时为了刻意突出自己的'左'反而让自己愈演愈烈下去，到了无法收拾的地步之后倒有了几分释然。"[②]赵树理的"农民式真诚和不明事理的'迂腐'"，郭小川的单纯、质朴和执着，汪曾祺"文革"中的谨慎和为难，都是詹体仁所谓的"平心尽心"之见。陈徒手的文章材料充分，揆情度理，叙议相洽，能够在不同的观点之间取得考证的平衡；文笔质朴，鲜活生动的细节使得叙述"感性十足，柔软有致，人物的形象也得以丰富而变得可爱可亲"[③]，极大地弥补了文学史叙述的生硬和干瘪带来的不足，成为了解当代文学和知识分子内心世界必不可缺的重要参考。

　　谢泳发现，当代文学史写作有一个令人深思的现象——"前代文学史叙述与后来的文学史叙述，在史料方面相差并不大，而评价立场和价值选择却发生了极大的变化。"这种"翻烙饼"的写作现象从一个极端走向了另一个极端，思维方式并没有发生多大改变。要改变思维方式，大量可靠的新史料是必不可少的基础。傅斯年就认为："史料的发现，足以促成史学之进步。而史学之进步，最赖史料之增加"[④]，足见史料对于历史学科之重要。当代文学史学科虽

---

① 陈徒手：《人有病天知否——1949 年后中国文坛纪实》（修订版），第65 页。
② 同上，第 146 页。
③ 同上，第 197 页。
④ 傅斯年：《历史语言研究所工作之旨趣》，《傅斯年全集》，第 1307 页。台北：联经出版事业公司，1980 年。

有史料工作，但专注者寥寥无几，材料零星散乱，不够完整，也很少有系统的整理、辨析和拓展，大量的材料还没有发掘（包括公开的和未公开的），"这些都在相当大的程度上影响了中国当代文学史学科地位的稳定"。这也与史料工作的特殊性有关。做史料一来"需要长期积累"，二来"这个工作相当枯燥"，三来"不大可能获得名声"。①还有一个重要原因，就是其中风险很大。陈徒手的研究拓展了当代文学研究的史料视野，夯实了这一学科的学科基础。凡是成熟的学科，无不具有稳定的史料基础和文献系统，这也是任何一个学科发展的逻辑起点。王蒙说，陈徒手"是以一种极大的善意敬意写这些离我们不远的作家们的，善人写，写的对象也善了起来可敬了起来。话又说回来了，不往善里写你往恶里写一下试试，光吃官司的危险也足以令作者吓退的。不全面是肯定的，不粉饰也不歪曲却是有把握的"②。比如，陈徒手虽然坚持"一切以事实说话"，但还是有许多难以预料的"意外"。1999 年，范曾和陈明就《午门城楼下的沈从文》与《丁玲的北大荒日子》两篇文章，分别公开撰文予以辩驳。陈徒手没有公开回应，再版时就细节的不够详尽周全之处做了补充订正。他坚信历史真相不可被摧毁，不能被抹杀，也无法"瞒和骗"，保留了主要事实。耐人寻味的是，陈徒手多次采访陈明，经其修改、同意后发表的《丁玲的北大荒日子》，陈明后来却写文章公开反驳。他对陈徒手解释说，陈的文章发表后，不少老同志打来电话说有问题，"扛不住老同志的压力，只有写文章提意见来缓解"。③笔者也曾遇到被采访者转身不承认自己所说之话的事情。由此足见史料发掘、整理与写作的艰难。这里面还有一个"内部文献"的规则和边界问题。如何使得"内部文献"的使用既能遵守《档案法》《保密法》等相关规定，同时又能利于学术繁荣，并在遇到危险时能够得到学术共同体的援助，成为"内部文献"整理

---

① 谢泳：《思想利器——当代中国研究的史料问题》，第 114—116 页。
② 陈徒手：《人有病天知否——1949 年后中国文坛纪实》（修订版），第 5 页。
③ 同上，第 146 页。

研究的一个关键问题。①

　　在史料的占有、熟悉之上，陈徒手形成了敏锐的历史悟性和洞察力，能够"力透纸背"，呈现诸多因素、条件、环节之间的历史关联，读解出不少意在言外的东西。邵燕祥在《故国人民有所思》的《序言》里这样评价："尤其难得的是，虽然事隔五六十年，却非道听途说，乃是根据当时官方材料的记录。姑不论对相关情况的表述（包括当事人的一句玩笑半句牢骚）因来自巨细无遗的层层报告，而是否或有失真之处；至少其中对人、对事的判断、定性以及处理意见等等，的确见出各级党委当时当地的真实立场和态度。"官方材料能否真实地反映历史真实，需要仔细地分析甄别、综合关联和深刻洞穿。这种洞穿力能以所见知未见，捕捉到文字背后的东西，通过恰切的历史想象，还原历史史实的"冰山"整体。陈徒手通过长期的研究和积累，获得了这种难得的穿透力。如上世纪五十年代初马寅初任北大校长时，中共曾高调宣传，在知识界影响很大。1954 年高教部检查北大，检查报告称："北京大学在和马寅初、汤用彤等的合作上基本做到尊重其职权，校内的一切公事都经过马寅初批阅，大事情都和他商量，做了的工作都向他汇报。在他出国的时候，江校长每月亲笔向他报告工作。"陈徒手注意到北大党委书记江隆基 1953、1954 年起草的几份工作报告，却是以自己名义上报，一字不涉马寅初，甚至一些会议，也独缺马寅初。另外一个细节也很具说服力——"马寅初不大管（或不能管）教学上的大事，却对校内清洁卫生工的调动、职员的大小事情都很关心，一有变化都要人向他报告。有一次北京政法学院工友因个人琐事打了北大一职员，北大写信给政法学院请求解决，马寅初竟花了很多时间亲自修改这封信件。"从这些，我们不难看出马寅初校长任上的苦涩与无奈。1956 年国家专家局负责人雷洁琼召集教授对高等教育的意见会，马寅初感叹自己不过是一个有职无权的"点头校长"。在他不知情的情况下，上面突降新的经济学主任，这让经济学出身的他

245

---

　　① 谢泳：《思想利器——当代中国研究的史料问题》，第 112 页。

大为不快。除此之外，校党委想尽一切办法，架空他在行政上的权力。有意思的是，马寅初有时候也"抓权"。如"有一次马寅初从上海返京，心事重重地进了办公室，对工作人员说：'有什么你们可得告诉我，（别）像交通部有一校长（黄逸峰）一样，许多事情下边做了，他还不知道，现在犯了错误，要撤职。'"。（1953年4月20日市高校党委统战部《各校上层统战工作情况》）马寅初抱怨有职无权，同时又担心因不知情被蒙蔽而受到处分，何其难哉！历史有时候像蒙着一层雾霾，朦胧难辨；有时候像水中的影子，一个涟漪也能使它扭曲变形。陈徒手缜密地将这些历史的"碎片"连缀在一起，打破历史的雾影，体察历史与人心的微妙处，曲尽马寅初在北大校长任上的尴尬处境。陈徒手的议论更令我们深思——"我们可以退一步设想，假如马寅初握有校长的实际权力，他能搞好北大的全面工作吗？答案是超乎其难，时代已经根本不赋予他天时、地利的条件，他无法具备驾驭超速失控、不按常规行驶的列车的能力。反过来说，马寅初不掌权应属他个人的幸事。"为什么？缘于他的性格、为人和教养。因为随后的此起彼伏的大批判脏活，事无大小，"都是要人心反复承受的巨大折磨，表现教条般的死硬态度，不能有一丝温情和犹豫，才能冷漠对待昔日的同事，从容布置斗争方案。马寅初下不了手，他后半生只有被人批判被人宰割的痛苦经验"①。这种见微知著的洞察、明心见性的体贴和困心衡虑的思考，成为陈徒手历史研究的显著特征。

由于关注一个时段，陈徒手的一些研究对历史现象和人物内心的"变化"揭橥不够，体现出"有顿无渐"的倾向。对历史研究而言，不仅需要"截取观察一个无限小的单位（历史的差异，即人们个人的趋向），用艺术的方法把它们连结起来（即发现这些无限小的单位的总和）"②，同时也需要将其置放到较大的历史阶段里去考

246

---

① 陈徒手：《故国人民有所思——1949年后知识分子思想改造侧影》（修订版）第35—53页。
② 雷海宗、林同济：《文化形态史观·中国的文化与中国的兵》，第141页。长春：吉林出版集团有限责任公司，2010年。

察审视，这才可能接近历史或研究对象的本质。这要求历史学家不仅能走进历史的腹地和人物的内心，同时要求具有宏阔的视野，能知人论世，能透视历史整体。专注某阶段，就这一阶段来看并没有错谬，但如果用"大历史"的眼光来透视，就可能发生了问题。某一阶段的研究当然不可能面面俱到，但在研究中必须综合考虑，既能微观考察，又能宏观透视，才不致被某一时段的材料束缚。比如冯友兰的多次转变，如果不综合他的一生，只截取某一个时段，就无法得出合理服人的解释。1950 年 10 月 5 日，中华人民共和国成立伊始，冯先生即致函毛泽东："决心改造自己思想，学习马克思主义，准备于五年之内用马克思主义的立场、观点、方法重新写一部中国哲学史。"毛在回函中说："不必急于求效，可以慢慢地改，总以采取老实态度为宜。"此时知识分子改造运动尚未开始，冯先生自我否定以迎王师，是"读史早知今日事"？还是觉得"天将降大任"于其身？"文革"中，冯先生作为"梁效"的骨干，代"四人帮"立言，批林斗孔，风光一时。"文革"结束后，冯先生虽受到学界讨伐，但因他的自我批判和学术影响很快又被重新尊崇。冯先生在《三松堂自序》中说，他是立其伪而没有立其诚，意思是，自兹以后，他已经立其诚不再立其伪了。有人则认为："冯先生一生与世沉浮，他的'伪'已经在他的主观意识上与'诚'凝为一体，他自己已经分辨不开了。在我们外人看来，他是吾道伪以贯之。从这中间，使我深深悟到宋朝人为什么一口咬定朱熹是'伪道学'的道理之所在。"[1]当然不能简单地说冯友兰的道"伪以贯之"。如果不综合冯先生所受的"经世致用"哲学的影响和内心深处的"帝王师""帝王相"情结，就很难看清冯先生思想的真面目。冯先生的一生，可以说为"儒学离不开政治"和"儒生离不开政治"这两个命题做了最真切的注脚。这同时引发出当代史研究的另一个问题，就是有些东西档案材料并不能反映，必须慎思明辨，注意到表态性发言和内心真实想法的背离。如果照单全收，不但不能说明问题，还可能遮

247

---

① 赵俪生：《桑榆集》，第 42 页。北京：新世界出版社，2009 年。

蔽一些问题。陈徒手主要考察冯友兰在五十年代到六十年代前期的转变①，但由于缺乏整体性的眼光，缺乏透彻的把握，"顿"明显而"渐"不足。这一方面由于写作设定的时段带来的限制；另一方面，走进哲学家、物理学家、科学家的内心，把握他们的思想和心灵，也需要一定的学力和长期的时间。职是之故，《故国人民有所思》就生动和深刻而言，较《人有病天知否》有明显的逊色。

从陈徒手笔下这些知识分子的命运遭遇上，我们可以看到"道统"与"政统"的艰难抗衡，以及"道"与"势"较量中前所未见的心灵悲剧。在此起彼伏的运动浪潮中，他们人人自危、人人企图自保，但最终没有几个人能够逃脱。一方面，他们在巨大的外在压力下不断自我矮化、自我贬抑和自我践踏，丧失了独立个性、思考能力和生存空间，逐渐完成了个体心灵和精神文化的"国有化"；②另一方面，他们紧跟形势不断"变脸"，为求自保，互相伤害、互相倾轧。每个人都是受害者，但很少有人守住底线，不去伤害别人，也极少有人对自己的行动进行反思，表现出一种阿伦特所谓的无动机无思想的服从权威和规则的——在我们每个人身上都存在的——"平庸的恶"。谢泳认为："中国知识分子一旦进入权力中心，便极少有人表现出对弱者的同情，在具体的工作中，宁左勿右是他们的工作方针。……他们处在权力中心的时候，对别人的痛苦麻木不仁。但他们没想到，自己一旦被权力抛弃，面临的是比他们当年所面对的弱者更为悲惨的结局。……在权力中心的冲突中，知识分子并不是绝对没有保留良知的可能，可惜中国知识分子普遍缺少这样的勇气。"③实际上，在高度原子化和孤立化的处境下，没有进入权力场的知识分子绝大多数亦是如此。当风暴没有牵涉到自己的时

① 陈徒手:《故国人民有所思——1949年后知识分子思想改造侧影》，第80—107页。
② 刘再复:《历史角色的变形:中国现代知识分子的自我迷失》，《知识分子》(纽约)1991年秋季号，第42页。转引自谢泳:《思想利器——当代中国研究的史料问题》，第270页。
③ 谢泳:《思想利器——当代中国研究的史料问题》，第137页。

候，更多的是自保、侥幸，甚至是幸灾乐祸和落井下石。当自己也被陷进去的时候，料想不到遭遇会更为悲惨。为什么会这样？有人说："中国的问题不是没有高人、智者，是成熟过度、自我封闭的制度、环境把这些高人、智者一代代斗争、放逐、边缘化，就像老虎没有青山，猴子没有丛林，再大的本事也没用。"①是"成熟过度"的文化，还是"自我封闭的制度、环境"导致了这奔流不止的悲剧？或者还是其他原因？或许心理学家米尔格伦的"艾希曼实验"更能说明问题。这个实验表明，在组织化的社会环境中，承受各种巨大压力的个体服从于权威，道德、伦理、良知、底线等对人的基本制约迅速失效，人性"恶"的一面主宰了人并不断扩大。组织化的社会环境并不需要作恶者，但一旦置身于这个环境之中，任何人都可能成为作恶机器的运作部件或工具，关键是个体如何来"捍卫自己"。

陈徒手通过自己的研究和写作，将历史场域里局部性的个人经验互相连贯，立体、复杂、多面地呈现出整体性的历史景象和公共记忆，既对历史情境有创造性的解释，又能将现实情怀投射在历史的研究之中。我们知道，公共记忆不仅塑造个体生命的本质，也塑造一个民族的心灵品性。何兆武曾说："江青一死竟带走了一部中国现代史，尤其是一部活生生的'文革'史；这真是中国史学史上无可弥补的巨大损失。……我们自身经历的事情，只有我们自己知道最清楚。为什么我们这一代人不尽到自己的责任，如实地记录下来，一定要留给子孙后代再去煞费苦心地挖掘那些已经不可再现的历史事实呢？"②由于我们缺乏耐舍尔所言的进行"语义记忆"的博物馆、公共论坛、杂志刊物等"记忆场所"，因而，以个人回想和历史口述为主的"事件记忆"尤为重要。当"真实"出现了问题时，我们更为需要见证，尤其是关于历史真相的见证。陈徒手在档案汇

---

① 查建英：《八十年代访谈录》，第101—102页。北京：生活·读书·新知三联书店，2006年。

② 何兆武：《苇草集》，第524页。北京：生活·读书·新知三联书店，1999年。

报、思想检查等原始材料中恢复历史的具体情境，将其与回忆文章和口述史料互相印证，将"内部文献"与"外部文献"互为补正，以卓越的历史感和敏锐的洞察力，通过周详贴切的阐释和情理相洽的叙述，抵达历史场域的幽眇深微和复杂晦暗之处，将人们对历史的粗疏认识转化为对历史的体验，为隐没在历史隧道里的知识分子画形绘心，凿壁留像，矫正史之偏，补正史之缺，尽到了何兆武所谓的"一代人的责任"。他将情愫压在冷静的叙述之中，在如史直书中体现出自己深远厚重的历史关怀，即历史学家吕森所说的——"我们应当借助回忆这个模式让历史变成一个具有改变现状之潜力的文化酵母，让那些历史的价值在人类精神的发展演变过程中构成文化的恒定因素，并且使得一个文化时代的结尾成为另外一个新的文化时代的开头。"[①]陈徒手所做的，是对遗忘的抵抗，是对一个人、一个群体的公共记忆的打捞和历史经验的见证。不仅如此，压在纸背的，是他积极寻找反思历史、改变现状的"文化酵母"的努力。正如他在《〈人有病天知否〉初版后记》中所说的："这本书文字里构筑的一切成了绝对历史，一去而不复返，那将是民族、国家的福音，是我们和儿女这一代人的幸事。"杜少陵有诗云："人生有情泪沾臆，江水江花岂终极？"世事能如人意吗？但愿吧。

2016 年 11 月于长安小居安

---

① 〔德〕耶尔恩·吕森:《雅各布·布克哈特的生平和著作》,雅各布·布克哈特:《世界历史沉思录·序言》。北京:北京大学出版社,2010 年。

正本清源，打开历史与美学的僵结
——论李建军的《重估俄苏文学》

　　苏联诗人塔尔科夫斯基有句很形象的诗句——"我是俄罗斯树干上的一片小叶"。1949 年后的中国，也可以称为苏联"树干上的一片小叶"。苏联这棵大树虽已不复存在，我们这片"大叶"仍挂在树巅。这片"大叶"如何依附"树干"，如何在"树干"上汲取营养，其有什么外在的表征和内在的理路，尤其是文化和文学上深层关联和整体反思，关注与研究与之极不相称。上世纪九十年代苏联解体以后，国内的俄苏文学研究亦很快沦为"冷门"，不仅风光不再，规模和成绩也极为有限。虽有零星的成果如丝如缕，但崇论宏议还是寥若晨星，屈指可数。

　　就重要性而言，五四以来的百年间，中国文学在寻找与时代契合共振并融汇至世界文学潮流的现代化进程中，没有哪个国家的文学像俄苏文学那样，长期地对中国文学的文学观念、文学精神、创作方法和文学体制等方面产生覆盖性的影响。而且，某些方面的影响和规约，直至如今力量依然强劲。因而，对于俄苏文学的全面重估，对于俄苏文学经验的深度清理，对于中国当代文学研究与创作，有着非常必要的非同小可的重大意义。这正如李建军在《重估俄苏文学·小引》中所言："中国最近一百年的许多事情，都需要到俄罗斯去追本溯源，去寻找理解的入口和阐释的线索。离开俄罗斯，中国自晚清以来的近现代历史，根本就无法说清；离开俄罗斯和俄罗斯文学，中国现代文学和中国当代文学中的很多问题，尤其是当代文学的起源问题和观念体系的形成，也根本无法说清楚。"①

251

---

① 李建军:《重估俄苏文学》第 9 页，南昌:二十一世纪出版社，2018 年 10 月。按:后文凡引此书，只标页码。

确如其言，中国现代文学尤其是中国当代文学的很大部分，就是在俄苏文学这个母体上嫁接繁育而成的。

遗憾的是，这样一个重要而重大的课题，因为方方面面的原因而一直未有融会通浃、析毫剖厘的研究。原因不外乎两个方面：一、俄苏文学因为意识形态的选择，不再是众所瞩目的"显学"，学界不大重视，研究者也不乏"势利"之眼；二、全面重估和深度清理需要熟悉俄苏历史、俄苏文化和俄苏文学，需要对其有通透彻底的把握，对研究者的学力和功力都提出了很高的要求。尤其是在一大批杰出的俄苏文学研究专家年老力衰或纷纷离世之后，这样需要精深学力、充沛精力的浩大学术工程，更是缺乏掣鲸鱼于碧海之中的"疏凿手"。

当然，并不是俄苏文学专家就能胜任这一工作，一些所谓的俄苏文学专家可能因为自己的专业、兴趣、某种情结和视野的限制，亦常有匪夷所思的观点。著名批评家、学者李建军高文博学，识力精越，虽不以俄苏文学研究为主业，但与俄苏文学有着不解之缘并有精深卓特的研究。能力意味着责任。他应运而出，拨云雾而观青天，使泾渭各清其清、各浊其浊，善莫大焉，功莫大焉！

早在大学时代，李建军就几乎读完了一流的俄苏文学作品。他鲸吸牛饮，含英咀华，那时就立志要写一本研究俄罗斯文学的专著。上世纪九十年代以后，他腾出手来，先后发表了《景物描写：〈白鹿原〉与〈静静的顿河〉之比较》《在谁的引领下节日般归来——巴赫金的作者与人物关系理论批判》《朴素而完美的叙事经验——全面理解契诃夫》《祝福感与小说的伦理境界》《异端的风度和愿景——以扎米亚金和〈我们〉为例》等一系列涉及俄苏文学经典或评估俄苏文学的单篇论文，发前人未发之覆，道学界未尽之言，影响深远。2013 年以来，他集中精力完成凤愿，以《小说评论》《名作欣赏》《扬子江评论》为主要阵地，开辟"回归本源"和"重估俄苏文学"专栏，对俄苏文学进行深度解读和全面"重估"。

2018 年 10 月，李建军将其所有关于俄苏文学研究的论文结构成《重估俄苏文学》一书，分"精神气质与伟大传统""文本解读

与经验开掘""文学批评与理念建构""观念异变与路向转换""接
续传统与创造辉煌"五个部分，对俄苏文学精神、文学观念、文学
批评等进行了前所未有的全面观照和深度解析。皇皇八十多万言，
经纬贯通，妙绪纷披，叙议相洽，圆融无碍；胸怀冲旷，感情热烈，
推陈致新，见解通达，"迎刃析疑如破竹，擘流辨似欲分风"[1]，是
一部打开俄苏文学研究"僵结"的力作，也是一部打开我们这个时
代文学困局、提撕文学创作者和研究者视野和水平的巨著。

俄罗斯是矛盾的、复杂的，其精神气质和文学现象更是层峦叠
嶂，错综复杂。别尔嘉耶夫说："俄罗斯是矛盾的、用理性无法解释
的"。俄罗斯十九世纪著名诗人丘特切夫曾这样来论述俄罗斯——

> 俄罗斯不能用理性揣想，
> 俄罗斯不能用尺子丈量。
> 俄罗斯有独特的秉性，
> ——对于它只能信仰。[2]

在李建军看来，俄罗斯并非不能用理性来解释。在他抽丝剥
茧、逻辑秩然的考辨分析之下，俄罗斯的无理性和复杂性，俄罗斯
文学的精神内核和强大传统，得以达地知根，张本继末，得到充分
的彰显。在他看来，作为一个地跨欧亚两洲的北方大国，"就国家
性格和文化气质来看，俄罗斯正像它的双头鹰国徽所象征的那样，
具有欧亚文化的双重性：一方面，从政治上看，它是一个封闭、落
后、专制的亚洲国家；另一方面，从文化上看，它又是一个富有宗
教气质的欧洲国家。这种文化上的二重性造成了俄罗斯知识分子极

---

① 钱钟书：《振甫追和秋怀韵再叠酬之》，《周振甫讲〈管锥编〉〈谈艺录〉
编选说明》，《周振甫讲〈管锥编〉〈谈艺录〉》，第 4 页。南京：凤凰
出版集团，2005 年。

② 童道明先生说："把 'верить' 译作 '信仰'，完全是为了照顾韵脚，
更准确的意思是 '相信'。"童道明：《俄罗斯不能理喻》（代序），童
道明：《阅读俄罗斯》，第 1 页。上海：生活·读书·新知三联书店，
2008 年。

为独特的生存境遇：他们有着欧洲式的宗教气质和自由灵魂，却必须与亚洲式的专制暴君周旋"。除了西方和东方之外，俄罗斯知识分子选择在恰达耶夫所谓的"第三个方向前进"。"第三个方向前进"的精神气质和文化理想，李建军阐释为："一方面，帮助俄罗斯从世俗的亚洲式的'暴政'下解放出来；另一方面，又要使她避免成为欧洲的任性的个人主义、泛滥的拜金主义和可怕的暴力主义价值观的牺牲品，从而使俄罗斯成为一个在基督之爱照临下的人人皆兄弟的'特殊的世界'。"（第25页）这种特殊"方向"的探寻和"特殊的世界"的塑造，决定了俄罗斯文学的精神向度和美学追求——"对俄罗斯作家来讲，文学既是一种美学现象和艺术现象，更是一种宗教现象和伦理现象。……深沉的苦难意识、强烈的宗教仪式、强大的自由仪式和人道主义精神，影响着俄罗斯文学的精神气质，构成了俄罗斯文学的精神基础和精神传统，使它成为一种充满道德诗意和批判激情的高贵的文学。……对宗教和人道主义的信仰，赋予了俄罗斯文学一种特殊的功利主义气质。它充满了从道德上影响人和改变人的内在热情。"因而，俄罗斯文学表现出浩瀚深阔的精神世界和诗意充沛的道德热情：其强烈地关注现实、介入现实，富有质疑精神和批判精神。其以强大而神圣的宗教力量为凭借，消解了世俗权力的绝对性和唯一性，涌现了无畏地站在恺撒对立面的普希金、果戈理、扎米亚金、帕斯捷尔纳克和肖洛霍夫们；其"总是表现出求善的热情和对世界的祝福感，总是表现出对罪恶的反省精神和忏悔意识"，"充满热情地描写人物在道德上的升华和精神上的复活"；其"不能容忍道德上的粗野和趣味上的粗鄙"，"将道德诗意化，将诗意道德化"（第21页），"希望人们摆脱'丑恶的生活'，活得更有尊严，更有教养，更有活力，更有诗意"（第44页）。这种由普希金、果戈理、屠格涅夫、陀思妥耶夫斯基、托尔斯泰和契诃夫建立并夯实起来的伟大而强劲的精神传统和叙事传统，虽经由了新的文学潮流的不断挑战和意识形态的强力干扰，但始终能够弦歌不辍，绵延不绝。

在写作空间严重逼仄的苏联时期，这种精神传统和叙事传统也不曾式微——"从曼德施塔姆的诗里，我们可以看到普希金的自由精神的影响；从扎米亚金的小说里，可以看到果戈理诡奇想象的影响；从帕乌斯托夫斯基的《金蔷薇》里，可以看到屠格涅夫的影响；从左琴科的小说里，可以看到契诃夫的影响；从肖洛霍夫的《静静的顿河》和格罗斯曼的《生存与命运》里，可以看到托尔斯泰《战争与和平》的影响；从索尔仁尼琴的《古拉格群岛》里，可以看到陀思妥耶夫斯基和赫尔岑的影响。"即使在现代主义和消费主义甚嚣尘上的二十世纪末期和二十一世纪初期，俄罗斯文学"寻求真相和追求真理的现实主义精神""关注'小人物'的人道主义精神"依然哺育出阿列克谢耶维奇的"巨型人道主义叙事"（第839—840页）。如果没有俄罗斯文学强劲的精神传统和叙事传统的经验支持，没有这种经验的吸纳和转化，一个世纪以来苏俄文学的面貌和境状是不难想见的。这恰恰亦是百年中国文学的"软肋"，在五四文学所形成的启蒙精神和人道主义叙事被驱逐和边缘化以后，中国文学先是沦为政治说教的工具，继而被各种主义牵着鼻子游走，表现出惶惶的丧家犬之状和无所依傍的流浪汉行状，成为我们不堪回首和不愿面对的惨痛教训。庆幸的是，在刘绍棠、张洁、王蒙、路遥、陈忠实、从维熙、蒋子龙、史铁生和张承志等充满诗意和道德热情的写作中，我们可以依稀看见契诃夫、艾特玛托夫、肖洛霍夫、亚·恰科夫斯基和尤里·纳吉宾等人的影子，看见俄苏文学对当代中国文学的经验支持。遗憾的是，这样极其宝贵的值得珍视的精神资源和叙事经验，已被当代文学避而远之或者拒而远之。这是值得我们认真思考并深刻反思的。

《重估俄苏文学》最见功力的，是李建军打开历史与美学僵结的勇气和卓识。俄苏文学在对中国文学的百年影响中，我们或因时势需要，或因舆论导向，或因理解差异，或因有意筛选，一时烈火烹油，鲜花着锦，一时花果飘零，枝残叶败。总之，其运命有别，影响殊异，由之而起的迷障、误解和偏见云集丛生，亟待总结清理。诸如曾在中国烜赫一时的"别车杜"，在当代文学求新趋变的风气里，早已过气、落伍和失效。果真如此吗？如别林斯基，在李建军看来，并非完人，也"非第一流的学者"。就认知而言，其有不少错误——"在政治上，他曾经赞美过沙皇发动的波罗金诺战争；在美学理念上，他曾经宣扬过'纯艺术论'；在文学上，曾经贬低甚至否定过乔治·桑和席勒，对圣博甫的'历史批评'也曾做过不正确的评价，甚至将巴尔扎克称作'小市民作家'，对着热爱巴尔扎克的格里戈罗维奇批评《欧也妮·葛朗台》'俗不可耐'；从认知方式上来看，正像普列汉诺夫所批评的那样，'一般来讲，别林斯基在抱有妥协情绪的时期，往往会滥用先验论的逻辑体系，并且轻视事实。'然而，'他痛心而愤恨地回忆自己以往思想上的迷雾，并运用自己的全部才智和力量来补偿这些过失。'所以，在这样的错误和转变里，人们所看到的，不是见风使舵的摇摆，而是一以贯之的真诚态度与自我纠正的勇气。正像以赛亚·柏林所指出的那样：'他的一贯，是道德上的一贯，而不是思想上的一贯。'"（第405—406页）在文学批评上，别林斯基也并非人人喜欢，但他是非常成熟的，并树立起了一个伟大批评家的典范：他将"共同性、相互联系、依赖性和连锁性"当作"文学的特点"，强调个人生活和文学批评的"普遍性"，强调文学的"社会性"和"人类性"。这种"普遍性"，"是一种高尚的、有教养的生活态度和生活方式，是开放的、包容的、利他主义的，而不是封闭的、狭隘的、利己主义的"，由此也必然导致强调文学的"责任感"和"自觉性"（第403—404页），将文学批评不仅视为"求真的认知行为"，而且视为"求善的伦理行为"，甚至视为"宗教信仰一样的伟大事业"（第411页）。缘此，他为果戈理的中篇小说辩护，也缘此，他批评果戈理自我作践的《与友人书简选粹》。正是在他手里，俄罗斯文学与批评构建起了积极而健康的互动关系，他"培养了俄罗斯作家的世界观，培养了他们高贵的文学气质，培养了他们对文学的庄严而质朴的态度"。（第405页）俄国文学的全面发展和辉煌鼎盛，离不开别林斯基的敏锐观察和正确批评，倘若没有别林斯基，俄罗斯民族的文学意识、文学观念和文学造诣，绝无可能达到如此成熟、如此熠目的成熟境地。因而，别林斯基的文学观念和批评经验，非但没有过时，而且是我们急需珍视的走出文学批评困境的"阿里阿德涅之线"。

　　"别车杜"中的车尔尼雪夫斯基虽在当下中国文学界很少被提起，但他的影响却隐而不彰。"他的美学思想和文学理念，不仅长期控驭着中国二十世纪的文学理念和文学写作，而且，直到今天，他的'生活主宰论'的文学思想，依然潜在地影响着我们的文学意识和文学行为，仍然范导着我们的文学规约模式。"（第 675 页）车氏"美即生活"的观念体系本意在于强调生活之于艺术的重要性，克服艺术脱离现实的倾向，进而通过艺术来改变现实。然而，这种对"生活"的无限抬高，将审美功利化，否定了美的多样性和丰富性，严重挤压甚至取缔了作者的主体性，带来车氏难以预料的负面影响。在李建军看来，"美即生活"的观念体系，是典型的"取消主义美学"，车氏"忽视了艺术的独立性和多重价值，忽视了作家的个性尊严和艺术想象力的自由性质——这就必然会弱化艺术超越现实、匡正现实的批判力量，甚至会造成艺术臣服生活、作家臣服现实的严重后果"（第 650 页）。这种观念体系被我们奉为圭臬之后，"生活被赋予了意识形态化的内容"："生活被区别对待，被分出了等级和善恶——对于艺术家和作家来讲，所谓有意义的生活，是他者的生活，而不是自己的生活；是斗争的生活，而不是和谐的生活；是集体的生活，而不是个人的生活。为了描写和叙述他者的生活，艺术家和作家被要求深入生活，被刻意安排体验某种生活。……不是人在认识和阐释生活，而是特殊的生活制约和支配着人。评论艺术家和作家想象的合理性的标准，判断艺术作品和文学作品真实性的标准，一切的一切，全都决定于那种特殊性质的生活。在这种被赋予了'阶级性''斗争性'和'正确性'的生活的重压下，艺术家和作家逐渐丧失了感受的能力、想象的自由和批判的勇气，最终，彻底丧失了自己的个性、尊严和创造力。"（第 657 页）车氏"美即生活"的观念体系带给我们的经验教训是极其沉痛和惨重的，但我们一直未有深刻的辨析和彻底的清理。直至当下，"深入生活""体验生活"依然被我们视为宝物，奉为律条，仍有不少的作家将其悬于心头并在作品中践履力行。因而，李建军重新梳理被米海依洛夫斯基戏谑为仿佛一双"煮得半熟的靴子"的车氏美学理论和文学观念，岂能谓过时哉！

杜勃罗留波夫是不世出的伟大批评家，他精微的文学感受力、成熟的文学鉴赏力和可靠的文学判断力，于今依然芳芬未沫。但他对中国产生巨大影响的，是我们至今仍风靡不衰的"人民性"话语，这是其评价文学品质良窳和境界高下的唯一尺度。杜氏将写作分为两类：一类是作家自我陶醉的写作，一类是与人民经验密切关联的写作。在他看来，普希金、茹科夫斯基、杰尔查文、果戈理的创作，都没有表现"人民的生活"和"人民的愿望"，这未免偏执和武断。他的"人民性"，固然"有助于拓宽俄罗斯文学的精神视野，强化俄罗斯文学的现实感，提高俄罗斯文学的人道主义水平"（第548页），但存在严重的阶级偏见、先设的仇智主义冲动和狭隘的民粹主义倾向。从学理上看，杜氏"对人民性的理解，显得有些简单化，在用它来阐释具体作家和作品的时候，甚至显得有些狭隘和武断。他没有认识到，应该在'人民性'与'人道主义'之间，应该在'人民性'与'人类性'甚至'个体性'之间，建构一种开放而积极的关联"。从批评实践来看，"不仅'人类性'一维偏弱，而且，还大有将'人民性'与作家的个人经验对立起来的倾向。他没有认识到，在文学内容的复杂构成中，作家的介入，他对自己的感受、态度和思想的表达，乃是一个自然而必要的事情"。（第549页）因而，在批评的有效性上，"人民性"就大打折扣甚至极不可靠。这于开口闭口仍不离"人民性"的我们，是值得深深警惕和深入思考的。

不止"别车杜"，《重估俄苏文学》对俄苏文学理论、文学观念、文学批评、文学文本、文学体制的反思和清理是全方位、多层面的。如对普列汉诺夫文学批评僵硬的"绝对一贯性"和美学理论封闭的"一元决定论"的反思，对托洛茨基文学思想中狭隘的政治实用主义、"主宰阶级论"、忽视个性等将文学视为"革命代数学"偏见的纠正，对日丹诺夫"全新的文学价值体系"和文学"新信仰"

258

的清理，对"解冻文学"语境下的赫鲁晓夫主义的阐析，对于勃列日涅夫时代停滞、平庸和废坏的文学状况的梳理，等等，无不"根柢无易其故，而裁断必出己意"，正本清源，钩深致远，理气淋漓，发人深省。

《重估俄苏文学》最见学力的，是李建军对"勿以暴力抗恶"的"托尔斯泰难题"、托尔斯泰为何否定甚至诋毁莎士比亚、巴赫金的"作者—人物关系理论"的局限等文学领域内的世界级著名难题，给出了精湛赅恰的回答。《复活》阐发的"饶恕"伦理和"勿以暴力抗恶"理论，是托尔斯泰后期思想中的"核心价值观"和绝对道德律令，是一个极具阐释难度的重大命题。正如李建军所论述的，其"是弥漫在托尔斯泰作品中的思想气息，是照亮他的叙事世界的精神光芒。这个来自《圣经》的思想，在托尔斯泰的诠释中，获得了巨大的影响力，以至于成为十九世纪以来经常被人争论的话题——认同者奉它为绝对真理，反对者斥之为异端邪说；革命者批评它，认为它的思想体现了农民的保守和宗教的伪善；自由主义者批评它，认为它不符合捍卫尊严和权力的基本原则；就连对托尔斯泰推崇备至的艾尔默莫德，也对托尔斯泰的'不抵抗'理论缺乏公正的评价"。（第106—107页）在"斗争哲学"主导的"互斗"中国和"后斗争"时代的"互害"中国，托氏的主张明显陈义过高，水土不服。当年，一些"肉食者"就将托氏的这一主张跟宋襄公"蠢猪式的仁慈"等同视之。对于普通的中国人来讲，这种源于宗教的"饶恕"伦理也难以生根发芽。

那么，这个"托尔斯泰难题"如何解答？这个难题对于我们，有什么启示和意义？李建军给出了令人满意的答案。在他看来，就实践层面而言，"勿以暴力抗恶"是托尔斯泰"几乎只有他一个人可以使用的道德武器和话语工具"，缺乏普遍的实践的可能，"无法对抗现实生活中巨大的恶"；从思想层面而言，这一思想"发心止恶，促人向善，具有不容低估的伦理意义和道德意义。不仅如此，从更高的意义上，它给我们提供了一个检验和评价现实状况的尺度，一种反思人类生活中某些重要问题的启示"；从道德的角度而言，"作为一种具有宗教性质的伟大的道德理想，它使我们羞愧，使我们焦虑，并在那些崇高的内心中，点燃了彻底改变人类的野蛮本性和行为的崇高激情"；从艺术的角度而言，其"以一人敌一国，以一种足以致命的方式，对抗强大的教会和政府"，"这是精神世界和观念世界的暴力，更是话语和修辞范畴的暴力。它将宗教性的感召力与文学性的感染力结合起来，形成了一种令人无法抗拒的吸引力和说服力，最终形成了一种毁灭性的打击力量"。（第 115 页）托氏这个令人困惑而沉重的"难题"，其价值和意义被完全开掘出来，并被阐发为一个使我们深思深省的伟大启示。

托尔斯泰彻底否定甚至诋毁莎士比亚是世界文学中的著名"公案"。托氏认为《哈姆雷特》"拙劣、淫秽、低级而又毫无意义"，《李尔王》"人物塑造得不自然，人物之间的关系也处理得不自然"（第527 页），《配力克里斯》《第十二夜》《暴风雨》《辛白林》和《特洛伊罗斯与克瑞西达》比《李尔王》还要糟糕。这是为何呢？托尔斯泰曾数遍认真研读德文、英文和法文版的莎士比亚作品，"他的批评始终给人一种切实感和严肃感"（第527 页）。李建军认为，问题首先在于美学精神和艺术风格理解上的差异，在莎翁那里，"戏剧是一种多元杂糅的艺术，既是象征主义和浪漫主义的，也是古典主义和现实主义的"。单就现实主义而言，莎翁与托翁也大不相同。对托翁来讲，"现实主义意味着客观，准确，合乎分寸，合乎情理和逻辑"。对莎士比亚而言，"奇迹与庸常之间，幻想与现实之间，并没有严格的界限；而神、精灵、鬼魂会参与到人的生活里来，一切夸张的、奇异的、偶然的、神秘的事情，也都是正常的。这样，他所创造的世界，就是一个由现实主义、神秘主义、浪漫主义和象征主义共同构成的世界"。托翁不知道，"超自然主义的'自然'和'真实'，与严格现实主义的'自然'和'真实'，是两种完全不同的风格和样态"。托翁用"臆想""不自然""不真实""没分寸"等李建军所谓的"规则现实主义"尺度来评价莎翁的"不规则现实主义"，难免发生错位和冲突。其次，托翁无视莎翁复杂的世界观和积极而又健康的生活态度和伦理精神，隐而不彰的宗教情感，从宗教意识和道德意识的角度，批评莎翁戏剧"没有形成符合于时代的宗教信念，甚至没有任何信念"，"极其低下、极不道德"，表现了"一种最低下最庸俗的世界观"，与莎翁剧作的实际严重不符，也经不住辨析。最后，"民粹主义意识和阶级偏见，也是托尔斯泰否定莎士比亚的一个原因"。我们知道，托尔斯泰是贵族，却过着农民式的生活，也总是站在农民的立场，来评价贵族阶层和富有阶级；在莎翁这里，"公爵们是重要的，农民则是小丑"。托翁对莎翁的偏见和否定，"多多少少，也来自这种文学之外的身份意识和阶级意识，来自一种对知识分子古老的敌意"。（第529—530页）李建军大中至正、鞭辟入里的分析，使得这一著名文学公案终于有了明察秋毫、不偏不倚的"判决"。

巴赫金的"作者—人物关系理论"上世纪八十年代介绍到中国后，风靡不衰，其中不乏囫囵吞枣、生搬硬套者，更遑论能揭示其短长者。在李建军看来，巴赫金的小说修辞理论，从大的方面来看，"表现了近代人文主义运动和启蒙主义思潮的精神，又与现代主义思潮是相通的，表现了解构主义反对绝对中心和'全在'话语的典型特征"，"具有冲击和否定专制话语的力量，有利于消解人们对某种统一的唯一的思想教条的崇拜"；从小说创作处理主体关系的具体方面来看，"则有校正现代主义小说将人物符号化、抽象化、物态化、理念化的作用"。但其也有明显的局限和弊病，比如，"否定作者的主导地位和修辞性介入的意义和作用"；让一切话语平等地进入小说，形成"众声喧哗的杂语的小宇宙"，"没有中心，没有相对稳定的东西"，"否定了人类已经形成的思想和文化的普遍原则和对某些重大问题的规律性认识"，"把话语置于彼此永远不能融合的无尽的时间之流中"；"作者既不能作肯定性的陈述，提供现成的答案，也不能与人物的意识达到相交、相融的契合境界，这就导致了消极的个人主义、任意相对主义和普遍怀疑论"。（第1053—1054页）这可以说是目前所见的对巴赫金的"作者—人物关系理论"所做的最为精当深刻的辨析，是那些不明就里、动辄套用巴赫金的学者们必须参读的巴赫金研究经典。

《重估俄苏文学》突出体现了李建军善于将长聚焦的历史透视和细致精微的审美透视有机结合，将高屋建瓴的宏观阐释与细针密缕的微观剖析高度融合起来的一贯的研究特征。如其通过"俄罗斯文学的态度和选择"阐述"文学上的唯美主义与功利主义"，通过高尔基贬低果戈理来考察"俄国文学的裂变和异化"，通过阿列克谢耶维奇的巨型人道主义叙事来窥察其"对俄罗斯文学传统的完美接续"，对契诃夫"朴素而完美的叙事经验"的阐发，对谢德林仇恨叙事学及其成因的分析，对奥勃洛莫夫性格的重新"发现"，对《钢铁是怎样炼成的》的重新衡定……或明其脉络，或述其大端，或发其宏旨，或显其幽微，无不体现出一个杰出学者出凡入胜的高卓造诣。更为难得的是，他持有一般俄苏文学研究者少有的对该领域的高度敏感，以及披沙拣金的功夫与洗眉刷目的眼力。如米尔斯基的《俄国文学史》，在学术界地位极高，影响甚大。英国诗人、学者多纳德·戴维在上世纪二十年代认为"尚无一部英国文学史，无论多卷本或单卷本，能如米尔斯基这部俄国文学史一般为英语增光添彩"。[①]近年被译成中文以来，有学者曾言："以文采、学问、史识三个向度来衡量，米尔斯基有多好，别的文学史就有多不好。"[②]在李建军看来，米尔斯基固然"是第一流的俄罗斯文学史家，也是有着第一流鉴赏力的天才批评家"，其"史家修养和批评才能，确非流俗能比"。但在"法国态度"与"俄国态度"冲突的语境中，他"无法在自己内心调和'认同'与'批判'的冲突，也无法调和'斯拉夫派'的'民族性'与'西欧派'的'公民性'之间的矛盾。作为贵族和保守主义者，他显然是倾向于'斯拉夫派'的"。（第599页）他"是以'法国态度'来研究和批评俄罗斯文学的，其中甚至掺杂着他对十月革命后的俄罗斯的怨怼心理。正因为心怀这样的怨

[①] 刘文飞：《米尔斯基和他的〈俄国文学史〉》，《俄罗斯研究》2012年第3期。

[②] 江弱水：《文、学、史的大手笔：米尔斯基〈俄国文学史〉》，《秘响旁通：比较诗学与对比文学》，上海：复旦大学出版社，2016年，第281页。

怼，他对别林斯基尤为不满，多有贬抑。他对果戈理和俄国现实主义的理解和评价，也都存在着严重的偏差"。（第 591 页）这些深刻的洞察，对于我们在研究中"一味认同"和"盲目崇拜"米尔斯基及其《俄国文学史》的现象，具有救偏补弊的重要作用。

梅列日科夫斯基也是近年来在中国学界影响颇大的批评家。李建军认为，他"无疑是第一流的文学批评家"，"细读文本的功夫很深，善于捕捉那些很有价值而又容易被人忽略的细节。他有敏锐的洞察力和高超的比较能力，善于发现作家之间的差异。他的文学批评是真正文学性的，字里行间，弥散着馥郁的诗意，闪耀着灵性的光芒"。但他由绝对一元化宗教意识主导的文学理念，在他钟情的"对抗性比较"批评中，往往简单化地阐释作家和分析文本，表现出扩张化阐释的倾向（第 563 页）。比如他的普希金与托尔斯泰的比较、托尔斯泰与陀思妥耶夫斯基的比较，都存在着严重脱离文本语境、不能契合实际情况、结论似是而非的严重弊端。在李建军看来，"梅列日科夫斯基的文学批评固然有助于我们认识作家复杂的宗教感情，也能启发我们思考作品所表现的复杂的宗教主题，但是，它本质上是一种封闭的认知结构和主观化的批评模式，充满了狭隘的偏见和严重的主观任意性"（第 572 页），是"被信仰之水颠荡的文学之舟"。这是应该引起我们的梅列日科夫斯基迷们警惕和反思的。纳博科夫是著名的俄裔美籍作家，也是当代一些作家备为推崇的"大师"，那么，他的文学理念和文学创作，有哪些需要清理的"毒素"呢？少人问津，也无力问津。李建军认为，从文学理念上看，纳博科夫"用'新批评'的方法和现代主义文学的标准来解读文学作品"，"对形式的兴趣大于对意义和道德的兴趣"，对现实主义充满敌意和偏见，缺乏事实感和历史感，"将常识与美对立起来，甚至与善对立起来"；从写作实践来看，纳博科夫"完全符合现代主义的四个关键特征：向读者宣战，向自我意识宣战，梦想非历史文学，对意义交流不感兴趣"（第 620 页），"只为自己写作，只为那些患有政治冷淡症的唯美主义读者写作"（第 622 页），严重偏向形式一边。因而，他没有达到十九世纪俄罗斯文学的伟大境界，即使与肖洛霍夫和帕斯捷尔纳克相比，也有很大距离。这对膜拜纳博科夫的读者和推崇纳博科夫的作家而言，可谓一支醒脑退热的清凉剂。

此外，《重估俄苏文学》还彰显出厚重的历史诗情和峻切的现实关怀。表面看来，全书是研究俄苏文学，实际上无处不关涉到中国当代文学。一方面，这由于二者之间复杂的渊源和嬗变关系，另一方面，也因为现实的境遇需要历史的反刍来添加情味，增强深度。克罗齐认为："只有现在生活中的兴趣方能使人研究过去的事实。因此，这种过去的事实，只要和现在的生活的一种兴趣打成一片，它就不是针对一种过去的兴趣而是针对现在的一种兴趣的。"①李建军所谓的这种避开中国当代文学的"迂回的研究"，不是出于历史癖和比较癖，固然有对"招闹取怒、殊无好况的尴尬境地"（第1066页）的厌恶，更具决定性的，是其念兹在兹、释兹在兹的俄罗斯文学情缘，以及洞穿历史和美学迷障的激情。因而，全书在历史观念和审美意识上，表现出难得的贯通性、整体性和透视性。

总之，《重估俄苏文学》，覆载俄苏文学，"彰往而察来，而微显阐幽"，"洋洋乎大哉"，是一部研究俄苏文学的"空前待后"的里程碑式的学术巨著。也是一部倾注作者心力，打开历史与美学僵结的、饱含人文情怀关怀的精湛佳构。殷海光先生在《中国文化的展望·序言》里感喟道："在这样一个闷塞的时代和环境，我们多么需要在学问和思想上打开僵结的人物啊！"②李建军及其《重估俄苏文学》，宜乎谓也！

2019 年 5 月于长安小居安

---

① 〔意〕克罗齐：《历史学的理论和实际》，第 2 页。北京：商务印书馆，1982 年。
② 单纯、旷昕主编：《良知的感叹——二十世纪中国学人序跋精粹》，第422 页。深圳：海天出版社，1998 年。

后 记

本书所收的文章，为我从事文学批评以来觉得差强人意的作品。其中，最早的写于2006年，当时读硕士，意气风发，对学术有点激情，也有些期待；最晚的写于2019年，此时年届不惑，学术和世事的真相，说不上已经看透，但大抵怎么回事，皆已明了。生活也淡然清净，每天按部就班地上课、读书、写作，对一切安之若素，没有过多的期许。

岁月磨人，也磨性子。倏忽之间，在高校已任教十四年。若再向前追溯，从1998年中师毕业执鞭杏坛算起，已站讲台二十二载。初登讲坛，朝气蓬勃、棱角分明，如今敦默寡言，四平八稳。岁月亦磨文章，从二十多岁的金刚怒目，到三十来岁的菩萨低眉，到如今的不痛不痒，有关切与热爱，有成熟与理性，也有无奈与失望。就此而言，本书亦可谓我文学批评的成长史。因此，检视旧作时，特意选取了各个阶段具有代表性的作品，不避幼稚，亦不避圭角，作为存照，自惕自勖。

此次董理亦发现：自己以往的文学批评，虽题目驳杂，内容不同，但基本上都关涉到当代作家作品、文学现象的评价问题，研究路径和学术理论也颇为清楚——那就是倚重材料和实证，追求艾略特在《批评的功能》中所言的"有事实感"的批评和研究。尽管我天资愚钝，所见甚浅，于艾略特精义的领会也极为有限，但基本上还是老老实实、一步一个脚印去做的，即使锋芒毕露的少作，也没有完全背离胡适之"有一份材料说一份话"原则。倘若这些文章有一丁点价值，也完全是这些材料所赐。这样大言炎炎，绝无王婆自夸之态，只不过想说明：狐狸与刺猬，总要凭自己仅有的本事吃饭罢了。

这里要特别感谢吴义勤先生长期以来的提掖和关怀。也是因他的抬爱，此书才忝身于影响甚巨的"剜烂苹果·锐批评文丛"第二辑。于我，这既是无声的鼓励，亦是令人感念的鞭策。自己也唯有更加努力勤勉，方不辜负吴义勤先生及文坛诸多师友的厚望与期许。

2020 年 4 月 6 日于长安小居安

图书在版编目（CIP）数据

批评的德性 / 王鹏程著 .—北京：作家出版社，2020.12
（剜烂苹果·锐批评文丛）
ISBN 978-7-5212-1085-9

Ⅰ.①批… Ⅱ.①王… Ⅲ.①中国文学—当代文学—文
学评论—文集 Ⅳ.① I206.7-53

中国版本图书馆 CIP 数据核字（2020）第 145966 号

批评的德性

作　　者：王鹏程
责任编辑：田一秀
装帧设计：孙惟静
出版发行：作家出版社有限公司
社　　址：北京农展馆南里 10 号　　　邮　　编：100125
电话传真：86-10-65067186（发行中心及邮购部）
　　　　　86-10-65004079（总编室）
E-mail:zuojia @ zuojia.net.cn
http://www.zuojiachubanshe.com
印　　刷：天津中印联印务有限公司
成品尺寸：152×230
字　　数：238 千
印　　张：17.25
版　　次：2020 年 12 月第 1 版
印　　次：2020 年 12 月第 1 次印刷
ISBN 978-7-5212-1085-9
定　　价：49.00 元